UNE ÉTRANGE CHALEUR

LES GRANDS MÉCHANTS LOUPS

UNE ÉTRANGE CHALEUR

Heather Killough-Walden

Traduit de l'anglais par
Catherine Vallières

Copyright © 2011 Heather Killough-Walden
Titre original anglais : The Heat
Copyright © 2015 Éditions AdA Inc. pour la traduction française
Cette publication est publiée en accord avec Trident Media Group, LLC, 41 Madison Avenue, 36th Floor, New York, NY 10010, USA

Éditeur : François Doucet
Traduction : Catherine Vallières
Révision linguistique : Nicolas Whiting
Correction d'épreuves : Nancy Coulombe, Katherine Lacombe
Conception et montage de la couverture : Matthieu Fortin
Illustrations de la couverture : © Thinkstock
Mise en pages : Mathieu C. Dandurand
ISBN papier 978-2-89752-761-7
ISBN PDF numérique 978-2-89752-762-4
ISBN ePub 978-2-89752-763-1
Première impression : 2015
Dépôt légal : 2015
Bibliothèque et Archives nationales du Québec
Bibliothèque nationale du Canada

Éditions AdA Inc.
1385, boul. Lionel-Boulet
Varennes, Québec, Canada, J3X 1P7
Téléphone : 450-929-0296
Télécopieur : 450-929-0220
www.ada-inc.com
info@ada-inc.com

Diffusion
Canada :   Éditions AdA Inc.
France :   D.G. Diffusion
                  Z.I. des Bogues
                  31750 Escalquens — France
                  Téléphone : 05.61.00.09.99
Suisse :   Transat — 23.42.77.40
Belgique :   D.G. Diffusion — 05.61.00.09.99

Imprimé au Canada

Participation de la SODEC. ꓢODᴇC
Nous reconnaissons l'aide financière du gouvernement du Canada par l'entremise du Fonds du livre du Canada (FLC) pour nos activités d'édition.
Gouvernement du Québec — Programme de crédit d'impôt pour l'édition de livres — Gestion SODEC.

Catalogage avant publication de Bibliothèque et Archives nationales du Québec et Bibliothèque et Archives Canada

Killough-Walden, Heather

    [Heat. Français]

    Une étrange chaleur

    (Les grands méchants loups ; 1)
    Traduction de : The Heat.

    ISBN 978-2-89752-761-7

    I. Vallières, Catherine, 1985-   . II. Titre. III. Titre : Heat. Français.

PS3611.I445H4214 2015   813'.6   C2015-941064-9

Merci…

À mon mari, qui m'a accordé son soutien indéfectible,
et à Erotica Republic, qui m'a aidée à me lancer.

PROLOGUE

— Écarte les jambes.

Elle tira sur les menottes qui la retenaient au barreau de la tête de lit pour vérifier si elles résistaient bien. Elle était devenue nerveuse. Un changement s'était opéré en lui. Elle se demanda si elle n'aurait pas dû prévenir quelqu'un de l'endroit où elle allait.

— Je t'ai dit d'écarter les jambes, répéta-t-il, le ton dur.

Elle le fixa pour essayer de le comprendre. *Ça fait partie de son jeu*, se dit-elle. *Laisse-le prendre son pied. Il va ensuite te laisser partir, et tu n'auras pas à passer la nuit dans ce tripot. Peu importe le prix à payer.*

Elle écarta les jambes, laissant ses chevilles retomber chacune d'un côté du lit de la chambre d'hôtel. L'air froid lui entoura les cuisses, lui refroidissant tout le corps.

Il hocha une fois la tête en signe d'approbation.

— Tu es une brave fille, Lily.

— Je ne m'appelle pas Lil…

— Ce soir, si ! la corrigea-t-il en se penchant vers elle pour poser un index sur ses lèvres.

Elle s'immobilisa sous lui.

— Compris ?

Les yeux de l'homme luisaient anormalement.

Elle hocha la tête en signe d'obéissance.

CHAPITRE UN

LE GARÇON EN BLEU PORTE DU NOIR

— Tabitha, ferme-la et passe-moi une autre bière, lui dit Lily dans un éclat de rire, la main tendue devant elle.

La femme aux cheveux noirs sourit malicieusement et sortit une autre bière du fond de la glacière. De petits morceaux de glace fondue glissèrent de la bouteille pendant que Lily la décapsulait et la portait à ses lèvres.

Tabitha poussa un soupir et secoua la tête.

— Assez parlé des hommes. Pour l'instant.

Elle prit une gorgée avant de poursuivre.

— Parle-moi de l'État de l'étoile solitaire. Comment ça va au pays des serpents à sonnette et des boucles de ceinture ?

Lily était partie de Baton Rouge pour aller étudier au Texas après l'obtention de son diplôme d'études secondaires. Elle termina sa gorgée et haussa les épaules.

— Là où j'étais, c'était plus sec… plus chaud.

Elle s'appuya contre le divan, perdue dans ses pensées.

— Il n'y a pas d'arbres, alors les ouvriers du bâtiment doivent se cacher sous les ponts pour se rafraîchir.

Tabitha poussa un petit sifflement.

— Il y fait plus chaud qu'ici ? demanda-t-elle, incrédule.

— De dix à quinze degrés de plus, crois-le ou non.

— Tu veux dire qu'il fait 42 degrés là-bas ?

— En été, ouais. Les rues fondent littéralement. Les souliers collent à l'asphalte, et les pneus des voitures crissent au démarrage, même si elles partent lentement. C'est chaud.

Elle secoua la tête et prit une grande gorgée. Le simple fait de penser à cet endroit la faisait transpirer.

Tabitha se mit aussi à secouer la tête.

— Eh bien, ma fille, pour être honnête, tu n'as pas manqué grand-chose pendant ton absence.

Lily fronça les sourcils.

— Que veux-tu dire ?

Tabitha devint soudain lugubre.

— Tout de suite après l'ouragan Katrina, notre population a triplé. Le taux de criminalité a monté en flèche, soupira-t-elle. Danny n'en pouvait plus.

Elle faisait référence à son frère Daniel, policier à Baton Rouge. Lily se souvenait de lui. Il était difficile à oublier.

— Les gens sont devenus méchants, continua Tabitha. Les conducteurs sont devenus impolis, ils ont cessé de laisser les autres passer devant dans les embouteillages. Les prix ont augmenté. Les insultes raciales pleuvaient sans cesse. C'était… désagréable.

Lily resta un moment silencieuse. Par respect.

— Ça a duré combien de temps ? demanda-t-elle ensuite.

Depuis son retour, on la traitait pourtant avec cette même gentillesse immense et naturelle dont elle se souvenait si bien. C'était l'hospitalité du sud qu'elle avait toujours connue en Louisiane. Si vous demandiez à quelqu'un où trouver un taxi, cette personne secouait la tête et offrait d'aller vous reconduire en disant : «Je m'en allais par là de toute manière…»

Si vous aviez besoin de monnaie pour téléphoner, quelqu'un allait assurément plutôt vous prêter son téléphone cellulaire. Et si vous vous informiez d'un bon endroit où aller manger un bon plat de jambalaya, un citoyen de Baton Rouge allait certainement vous inviter à dîner. C'était tout simplement ainsi.

Tabitha soupira.

— Jusqu'à tout récemment, en fait. J'ai remarqué que c'est en train de revenir à la normale. C'est comme si les gens reprenaient finalement le cours de leur vie, comme s'ils se souvenaient de qui ils étaient. De qui ils sont.

Elle haussa les épaules et prit une autre longue gorgée de bière.

Lily digéra ces renseignements, et les deux jeunes femmes tombèrent dans un silence complice. Puis, Lily prit une grande inspiration et poussa un soupir de satisfaction.

— La pluie m'a vraiment manqué. J'avais constamment le réflexe de vouloir verser des bouteilles d'eau Dasani sur la terre texane desséchée, dit-elle en riant. Ou du moins, d'aller faire pipi à l'extérieur.

Tabitha se mit à rire avec elle.

— Même durant la saison des pluies, dit encore Lily en mimant des guillemets, il ne pleuvait pratiquement…

Mais elle s'interrompit. Un bruit l'avait fait se figer. C'était un merveilleux vrombissement, profond et réel. Elle le distinguait de tous les autres.

— Est-ce une Harley? demanda-t-elle.

Tabitha fronça les sourcils.

— Oui, en effet. Est-ce…

Elle se leva et se dirigea vers la cuisine, où une porte-moustiquaire donnait sur une cour asphaltée. Lily se leva elle aussi et suivit le regard de son amie.

Un motocycliste s'arrêta dans l'allée de bitume, sa mince silhouette découpée par la lumière d'un lampadaire et celle de la pleine lune. Pour une soirée louisianaise, il faisait étonnamment clair. Sans trop savoir comment, Lily se retrouva aux côtés de Tabitha, se dirigeant inconsciemment vers la porte-moustiquaire, attirée par cette image classique — un homme au physique d'acier sur une moto chromée vrombissante.

Le motocycliste laissa le moteur tourner en sourdine tout en posant un pied botté par terre ; il semblait les regarder toutes deux au travers de la visière complète de son casque noir.

— Eh bien, j'y crois pas, murmura Tabitha, le sourire aux lèvres pendant qu'elle décrochait la chaîne de la porte pour ouvrir celle-ci. Le grand frère a répondu à l'appel.

Les yeux de Lily s'écarquillèrent.

— Le grand frère ?

Elle dévisagea la grande silhouette assise sur la Harley Softail. Était-ce le frère de Tabitha ?

— Tu veux dire Daniel ? *Bon sang…*

Tabitha poussa un grognement railleur en guise de réponse, et elle descendit sur le porche arrière. Lily la suivit, posant sa bière sur le comptoir avant de laisser la porte-moustiquaire se refermer derrière elle.

Le motocycliste retira son casque et abaissa la béquille, qui, comme le vit Lily, était décorée d'un crâne surmontant une paire de tibias croisés. Il débarqua lentement et se dirigea vers elles. Lily remarqua sa taille. Il était déjà grand lorsqu'ils étaient à l'école secondaire, mais il semblait maintenant encore plus grand. Combien mesurait-il ? 1,88 mètre ? 1,90 mètre ? 1,90 mètre de muscles. Il portait des jeans noirs serrés qui mettaient en valeur des quadriceps durs et tonifiés, et un t-shirt noir ajusté épousait les formes bien affinées de ses biceps bronzés par le soleil. À force de faire de la moto.

Ses cheveux noirs comme du jais ondulaient librement sur ses épaules. Ses yeux bleus brillaient comme des saphirs à la lumière des lampadaires pendant qu'il se dirigeait vers elles. Lily essaya de ne pas ouvrir la bouche d'étonnement. Elle garda résolument ses mâchoires fermées. Elle se retint de se lécher les lèvres.

Il avait vraiment fière allure.

— Eh bien, salut, le grand frère. Par quel miracle du destin saurais-tu expliquer ton auguste présence parmi nous, pauvres et humbles membres de ta famille ?

Tabitha parlait à son frère d'une voix traînante, debout, les mains sur les hanches, à quelques mètres en retrait. Daniel Kane esquissa un large sourire révélant ses parfaites dents blanches, ce même sourire qui avait rendu Lily amoureuse de lui dix ans plus tôt lorsqu'il en était à sa dernière année d'école secondaire.

— Bon, bon, ma p'tite sœur. Pas besoin de te montrer hostile envers moi. Je suis un homme occupé ; tu le sais, ma chère.

Son fort accent du sud était tout à fait sexy, et Lily ressentit soudainement le goût de prendre une gorgée de cette bière qu'elle avait laissée dans la cuisine.

Tabitha secoua la tête, mais elle sourit finalement, levant les mains en signe de défaite.

— Merde, comme je suis contente de te voir, Danny.

Elle s'approcha de lui et il lui fit un long câlin chaleureux. Voyant se raidir les muscles des bras de Danny, Lily sentit la chaleur lui monter aux joues.

Daniel l'aperçut soudain par-dessus l'épaule de sa sœur, fixant ses yeux sur elle, qui se sentit aussitôt figer sur place.

— Et serait-ce la petite Lily ? demanda-t-il.

Ses yeux prirent une lueur étrange, et il afficha un sourire malicieux. Il se détacha doucement de sa sœur, après avoir dû se pencher pour l'enlacer. L'intensité de son regard étincelant augmenta, et Lily se croisa les bras, soudainement mal à l'aise sans trop savoir pourquoi. Il la regardait maintenant d'une manière presque intrusive.

— Salut, Daniel. Ça fait longtemps, dit-elle.

Kane l'observa un long moment, de haut en bas et de bas en haut, à la manière typique des hommes du sud qui n'avaient pas peur de s'afficher. Lily sentit instantanément que la légère robe bain de soleil blanche qu'elle avait choisi de porter ce soir-là attirait son regard. Le mince coton de la robe convenait parfaitement bien par ce temps chaud. Ce vêtement lui avait semblé simple et frais, idéal pour une soirée avec sa meilleure amie. Elle regrettait maintenant son choix.

— Eh bien, eh bien, ma chère. Mais comme tu as grandi.

Il secouait lentement la tête avec une admiration manifeste qui se voyait très bien sur ses beaux traits. Puis, il s'avança, et Lily s'efforça de ne pas reculer.

— Je pourrais dire la même chose de toi, dit Lily, détournant le regard vers sa moto, à plusieurs pas d'elle. Depuis quand conduis-tu ce genre de véhicule ?

— Depuis toujours, ma chère. J'ai ça dans le sang.

Il haussa les épaules et rit doucement. Lily sentit un délicieux frisson lui parcourir le corps.

Tabitha apparut derrière lui, attirant l'attention de Lily.

— Ne l'écoute pas, Lil, dit-elle en secouant la tête comme pour la réprimander. Un coureur de jupons demeurera toujours un coureur de jupons, qu'il occupe ou non un emploi respectable.

Le sourire aux lèvres, Daniel s'arrêta à environ un demi-mètre de Lily.

— Bon, bon, Tabby. Est-ce ainsi qu'une délinquante récidiviste doit s'adresser à un chef de police ?

Lily cligna des yeux vers lui. Tabitha aussi.

— Mais bon sang, de quoi parles-tu, Danny ? Tu as décroché le poste ? demanda Tabitha, incrédule.

Daniel fut un long moment sans la regarder, les yeux plongés dans ceux de Lily. Puis, son sourire s'élargit, et il se tourna vers sa sœur.

— Ouais.

Tabitha écarquilla les yeux, et son air dubitatif se transforma en un mélange de surprise et de joie.

— Au nom de tous les saints, tu as intérêt à ne pas te moquer de moi.

— Je le jure sur tout sauf sur les saints, p'tite sœur, dit-il en riant, levant la main droite comme s'il jurait sur la Bible. J'ai reçu la nouvelle de la mairie ce matin.

Tabitha lui fit un autre câlin, puis elle recula en secouant la tête.

— Tu as, genre, douze ans, Danny ! Ne faut-il pas être très vieux pour obtenir ce poste ?

Daniel posa son regard sur Lily, qui n'avait encore rien dit, mais qui ne pouvait s'empêcher de penser qu'il attendait une réaction de sa part.

— Eh bien, c'est vrai que je suis le plus jeune chef jamais nommé à Baton Rouge. Mais je porte l'uniforme bleu depuis quinze ans, dit-il en posant à nouveau son regard sur Tabitha. J'imagine que le maire trouvait que je méritais cette promotion.

Tabitha continuait malgré elle à secouer la tête.

— Je n'arrive pas à y croire. Que vas-tu faire de tout ce pouvoir? demanda-t-elle en souriant d'un air contrit. Oh, comme ils ont fait une erreur, cette fois-ci!

Daniel rit encore, puis il porta son attention sur Lily. Elle rougit devant l'insistance de son regard. Cette fois-ci, elle ne pouvait s'empêcher de penser qu'elle s'immisçait dans ce qui aurait pu être un moment privé entre deux membres d'une même famille. Mais elle profitait aussi d'une occasion unique. Car même si elle ne l'avait pas vu depuis de nombreuses années, Lily recevait dans ses rêves, depuis longtemps, la visite de Daniel Kane. Depuis l'école secondaire. Et il paraissait mieux avec l'âge.

Il avait quatre ans de plus que Tabitha, ce qui signifiait donc presque cinq de plus que Lily. Celle-ci avait d'abord eu le béguin pour lui lorsqu'elle et Tabitha, ainsi que leur amie commune, Alexis, étaient alors des Bulldogs[1] de première année à l'école secondaire spécialisée de la paroisse de Baton Rouge Est. Tous les amis et toutes les admiratrices — d'ailleurs nombreuses — de Danny savaient alors déjà qu'il voulait entrer dans la police. Il ne l'avait jamais caché.

Lorsqu'il avait reçu son diplôme, sous les applaudissements bruyants de ses amis et les larmes silencieuses de plusieurs demoiselles passionnées, c'était exactement ce qu'il avait fait. Il était entré dans la police. Lily ne l'avait plus revu depuis. Après avoir terminé ses études secondaires, elle avait quitté la ville pour aller s'établir à La Nouvelle-Orléans, puis,

---

1. N.d.T.: Le bouledogue est l'animal emblème de la *Baton Rouge Magnet High School*, l'établissement scolaire auquel l'auteure fait ici référence.

Dieu merci, juste avant que Katrina ne frappe, elle avait de nouveau déménagé dans une petite ville de l'ouest du Texas. D'ailleurs, comme elle avait toujours respecté la loi, elle avait rarement eu l'occasion de croiser le chemin de quelque policier que ce soit, et encore moins celui de Kane.

Cinq ans auparavant, Tabitha avait annoncé à Lily que son grand frère avait été promu sergent. Lily était assez certaine que c'était la seule nouvelle, bonne ou mauvaise, qu'elle ait entendue au sujet de cet homme depuis plus d'une décennie.

Et voilà qu'il se trouvait devant elle, grand, fort et toujours aussi beau. Il avait l'air de ne tout simplement pas vieillir. Et il était le chef de police de Baton Rouge. D'instinct, sans vraiment y songer, elle porta le regard vers sa main gauche. Pas d'alliance. Était-il gai ? Elle leva les yeux vers son visage et fut immédiatement attirée par son regard. Il était comme un feu bleu, chaleureux et prometteur.

Non. Il n'était pas gai. Immédiatement, elle songea à ce trait caractéristique des beaux hommes hétéros célibataires : il avait peur de s'engager.

Bien sûr, ce n'était probablement pas la vraie raison non plus. Il était policier. Il se consacrait de toute évidence à son travail, sinon il ne se tiendrait pas ainsi devant elles à leur annoncer qu'il venait tout juste d'être promu chef de police.

Et ce n'était pas vraiment honnête de supposer que son célibat s'expliquait simplement par le refus de l'engagement. Après tout, elle-même n'était pas la personne la plus romantique au monde. Pour être honnête, elle avait déjà suffisamment de responsabilités sans céder en plus à la pression supplémentaire de fonder une famille. À vingt-huit ans, elle n'était toujours pas en couple, et elle n'était pourtant pas laide. Ni lesbienne.

— Tu ne trouves rien à dire, ma chère ? Tu n'as pas de mots de félicitations pour ton nouveau chef de police ?

Kane lui sourit, les yeux étincelants d'espièglerie. Son sourire se voulait presque taquin.

— Félicitations, Daniel. Je suis contente pour toi.

Elle lui sourit en retour, maudissant ce réflexe en elle qui la faisait rougir à la moindre provocation. Mais Danny était trop près, et sa proximité avait un effet dévastateur sur son corps. Elle sentait presque sa peau contre la sienne, même s'ils se trouvaient à au moins soixante centimètres l'un de l'autre. D'une certaine manière, il remplissait cet espace. Par magie noire, elle en était plutôt convaincue.

Lily savait à quoi elle rêverait cette nuit-là.

— Eh bien, merci, ma chère.

Une lueur lui traversa le regard l'espace d'un instant, pour aussitôt disparaître. Lily cligna des yeux, incertaine de ce qu'elle avait cru voir.

— Danny, nous prenions un verre. Tu veux te joindre à nous ? lui demanda Tabitha.

Kane fixa Lily durant de longues secondes, et juste avant que le silence ne devienne inconfortable, il détourna le regard vers la maison à quelques mètres.

— Eh bien, je crois bien que oui. Vous êtes seules, mesdames ?

— C'est la soirée des dames, mon grand frère. Mais nous ferons une exception pour le commissaire de police. Au fait, que veux-tu bien dire par « délinquante récidiviste » ?

Tabitha saisit son frère par le coude et se dirigea vers la maison. Lily avança à côté d'eux.

— Tabby, je suis policier. Crois-tu vraiment que je ne suis pas au courant de ta passion pour la vitesse ?

Il souriait encore, mais avec une nuance de reproche. Lily observait l'échange avec intérêt. Daniel Kane avait presque tout du grand frère typique, mais il demeurait policier jusqu'au bout des ongles.

— Si tu n'avais pas la chance d'avoir un membre de la famille dans les forces de l'ordre, tu aurais perdu ton permis il y a déjà trois contraventions, p'tite sœur.

Tabitha émit un autre bruit moqueur, et elle ouvrit la porte-moustiquaire. Kane laissa d'abord passer les filles, puis il ferma la porte derrière lui.

Les trois se dirigèrent vers les divans du salon, puis Tabitha tendit une bière glacée à son frère. Il la secoua pour faire tomber les petits morceaux de glace et la décapsula, jetant le bouchon sur la table basse où les filles avaient laissé les autres. Puis, il s'adossa au sofa, prit une grande gorgée et appuya son bras droit sur le dossier. Lily était assise face à lui. Tabitha était debout près du piano, qui avait appartenu à sa mère de nombreuses années auparavant.

Daniel regarda Lily.

— Quel véhicule conduis-tu, ces temps-ci, ma chère ?

Il sourit et se pencha vers l'avant, les coudes appuyés sur les genoux, les deux mains entourant sa bouteille foncée.

— Est-ce là ta petite Dodge ?

— Oui, c'est la mienne.

Lily n'était pas riche. Elle possédait une Dodge Neon 1998 noire à deux portes. On aurait dit une baguette qui ne pesait presque rien. Son moteur de cent trente chevaux-vapeur suffisait à la tâche. Plus ou moins. La plupart du temps.

— Jolie bagnole. On dirait une baguette, dit-il. J'aime les filles qui savent manier les baguettes, ajouta-t-il en souriant de façon impudente.

Lily comprit le sous-entendu, mais elle refusa de le laisser paraître. Elle fit dévier le sujet.

— Ce n'est rien en comparaison à la Night Train que tu as là. Belle moto.

Daniel haussa les sourcils avant de cligner des yeux.

— Tu as un côté sombre et dangereux, n'est-ce pas, ma chère ? Une belle fille comme toi qui connaît ses motos ?

Lily sourit à son tour tout en portant sa bouteille à ses lèvres pour prendre la gorgée dont elle avait envie depuis dix minutes. Daniel, dont les yeux saphir scintillants semblaient recéler des secrets, l'observa attentivement pendant qu'elle buvait.

Puis, d'une voix basse qui activa délicieusement les terminaisons nerveuses de Lily, il lui demanda :

— Tu veux faire un tour ?

Lily cracha presque sa bière. Voulait-elle faire un tour ? Plus que n'importe quoi d'autre à ce moment-là. Dès l'instant où elle avait entendu — et ressenti — le moteur, elle avait eu envie de monter sur la moto. Quelle fille ne voudrait pas enfourcher cet engin ?

Elle avala la bière et jeta un coup d'œil à Tabitha. Cette dernière avait les yeux plissés.

— Tu es incorrigible, Danny. Laisse cette fille tranquille.

— Oui, je veux faire un tour.

Les yeux de Tabitha s'écarquillèrent, et Kane sourit. Il posa sa bière, se leva et tendit la main à Lily. Elle se mordit la lèvre, réfléchissant un instant. Puis, elle posa aussi sa bière et prit la main de Daniel.

Il enroula ses doigts chauds et sécurisants autour des siens. Elle rougit une fois de plus, mais elle inclina la tête pour cacher sa réaction tout en contournant la table basse pour rejoindre Danny.

— Hum, Lily…

— Allons, allons, p'tite sœur. Cette dame a fait son choix.

— La ferme, Danny.

Tabitha se rapprocha alors qu'ils sortaient de la cuisine, la porte-moustiquaire claquant derrière eux. La Night Train attendait, son chrome poli reluisant de manière invitante à la lueur des hauts lampadaires.

— Lily, tu veux un pantalon ? J'ai des jeans.

Lily baissa le regard vers sa robe. Elle se demanda s'il valait la peine de prendre le temps de se changer maintenant, sachant que si elle attendait encore longtemps, elle n'aurait plus le culot de monter sur la selle derrière le nouveau chef de police de Baton Rouge. Elle leva les yeux vers Daniel, qui l'observait avec intérêt, l'expression légèrement amusée et les yeux on ne peut plus malicieux.

Était-il un conducteur prudent ? Il était policier, après tout. Est-ce que ça faisait de lui un conducteur prudent ? Impossible à dire. Quoiqu'il avait dit qu'il conduisait une moto depuis longtemps.

Et si la moto devait se renverser, serait-ce important d'avoir des jeans ? Lily s'épargnerait assurément des égratignures en portant un pantalon plutôt qu'une robe. Pour l'instant, cependant, elle était plus inquiète de ne pas avoir de casque, Daniel n'en ayant qu'un.

— Tout ira bien, ma chère, dit-il doucement.

Il avait le ton bas, rassurant, et il avait une touche autoritaire qu'il avait dû acquérir au travail.

— Prends le casque.

Il le lui tendit et monta sur la moto en un mouvement fluide témoignant de son expérience. Lily resta debout à l'observer démarrer le moteur, qui gronda en prenant vie.

— Lily, reviens d'ici une heure, tu m'entends?

Tabitha vint se placer entre les deux, empêchant soudainement Lily d'apercevoir Kane. Celle-ci regarda son amie dans les yeux. L'expression de Tabitha dégageait quelque chose… de préoccupant. Une sonnerie d'alarme retentit dans la tête de Lily.

Tabitha se pencha vers elle.

— Ma fille, lui souffla-t-elle, ne te laisse pas embobiner par ce gars-là, d'accord?

Lily n'eut même le temps de répondre que déjà, Tabitha se retournait vers son frère en le fixant d'un regard dur.

— Comporte-toi bien, le grand frère. Je suis sérieuse.

Daniel sourit, mais la lueur étrange apparut une fois de plus dans ses yeux bleus. Il leva les doigts dans un salut paresseux, la tête inclinée d'un côté en faisant tourner le moteur à plein régime dans un grondement assourdissant.

— Oui, m'dame.

Puis, Tabitha fit un pas de côté, et le regard de Daniel tomba une fois de plus sur Lily. Sans réfléchir davantage, celle-ci enfila le casque, puis elle passa un bras autour du cou de Daniel et monta sur la moto, relevant ce faisant sa jupe à mi-cuisse. Elle était contente d'avoir des chaussures plates plutôt que des sandales. C'était déjà beaucoup de faire de la moto en robe, et l'idée de faire de la motocyclette les orteils nus lui donnait la trouille.

Elle s'installa comme il faut sur le siège en cuir pendant que Daniel lui prenait les mains et les passait autour de son torse dur comme de l'acier.

— Accroche-toi bien, ma chère. Et ne te penche ni d'un côté ni de l'autre.

Elle le savait. Ce n'était pas la première fois qu'elle faisait de la moto. Mais elle hocha la tête, sachant qu'il pouvait sentir ce mouvement dans son dos.

Tabitha recula d'un pas, les mains sur les hanches, secouant la tête. Daniel fit un dernier salut en direction de sa sœur méfiante, et il fit sortir la moto de l'allée.

CHAPITRE DEUX

OÙ VAS-TU SI VITE ?

Daniel savait que Lily ne le devinerait jamais, mais il entendait son cœur battre. Il avait une très bonne ouïe.

Et son odorat était encore meilleur. Même si la vitesse à laquelle ils roulaient avait pour effet de souffler vers l'arrière la belle odeur de Lily, il pouvait sentir le shampoing qu'elle avait utilisé pour se laver les cheveux. Le parfum très discret qu'elle avait appliqué sur ses poignets. Le sang qu'elle avait perdu ce matin-là, probablement en se rasant les jambes, ou peut-être en coupant une pomme. Et il pouvait sentir encore autre chose. Quelque chose d'intense et de taquin qui émanait de son corps.

Il avait tout de suite perçu cette particularité dès qu'il avait rencontré Lily la première fois, à l'école secondaire. Elle ne sentait pas comme les autres filles. C'était différent. Prometteur, à défaut d'un meilleur terme. Il la trouvait déjà attirante en soi, mais cette odeur qui lui était propre la rendait encore plus attirante.

Daniel s'était tenu loin d'elle, cependant. Sous les ordres stricts de sa sœur cadette. Tabitha lui avait dit, en des termes sans équivoque, qu'il pouvait avoir n'importe quelle autre fille, mais qu'il devait ficher la paix à sa meilleure amie.

Et même s'il n'était pas du genre à recevoir des ordres de qui que ce soit, il savait en vérité que Tabitha avait été très sérieuse. Il ne voulait pas qu'elle le déteste pour Dieu sait combien de temps juste parce qu'il n'arrivait pas à garder sa queue dans son pantalon. Tabitha était particulièrement rancunière. Il avait donc gardé ses distances.

Chaque année scolaire de Lily, il avait fait mine de ne rien remarquer. Mais il l'avait observée alors qu'elle devenait une jeune femme d'une beauté à en couper le souffle. Elle était grande et agile, avec des cheveux dorés qui tombaient en ondulations dans son dos et des yeux couleur d'amande aux reflets d'or qui étincelaient au soleil. Il n'avait tout simplement pas pu s'empêcher de la remarquer. Il ne le savait pas à l'époque, mais sa frustration de ne pas pouvoir ajouter Lily à son tableau de chasse lui avait fait prendre un chemin sombre.

Il avait couché avec *toutes* les autres amies de Tabitha dès qu'elles en avaient eu l'âge. Il les avait passées une à une comme des allumettes. Il l'avait fait comme *par obligation*. Comme si un démon par-dessus son épaule l'y obligeait. Tout homme normal se serait senti mal d'agir ainsi. Mais il n'était pas normal. Et son appétit était un peu plus… féroce.

Les emmener au lit était presque trop facile. Il était bien conscient de ce qu'elles disaient de lui lorsqu'elles croyaient qu'il ne pouvait pas les entendre. Au contraire, il les entendait parfaitement. Elles voulaient bien davantage coucher avec lui que l'inverse. Il leur donnait donc ce qu'elles voulaient. À chacune, sauf Lily St. Claire, bien sûr.

En dépit du fait qu'il avait reçu l'ordre de se tenir loin de Lily, la vérité n'en demeurait pas moins qu'il n'avait aucune idée de ce qu'elle voulait. Alors que les amies de

Lily se dépêchaient de confier leurs envies à cette dernière et qu'elles n'hésitaient pas à rigoler en racontant leurs rêves osés, Lily se faisait pour sa part plus discrète. Elle gardait ses secrets derrière ses yeux aux reflets d'or. Ces secrets auraient rendu Daniel fou si elle n'avait pas déménagé au moment où elle avait obtenu son diplôme.

Dix ans de séparation, c'était précisément le laps de temps dont il avait eu besoin pour la chasser de ses pensées. Daniel était passé à autre chose. Au sens figuré, du moins. Car il avait quand même connu beaucoup de femmes durant cette période. Il avait néanmoins bâti sa carrière. Il avait fait de bons investissements. Il était devenu adulte.

Mais même s'il riait facilement et même s'il avait toujours une blague à raconter, il se sentait souvent vide à l'intérieur. Froid. Un peu anxieux. Le temps passait plus lentement pour lui que pour la majorité des hommes. Mais qu'importe, les aiguilles du temps continuaient quand même à tourner pour lui aussi. Et une partie de lui devenait de plus en plus agitée.

Il savait de quoi il s'agissait. L'envie grandissait. Le besoin l'envahissait. Les gens de son espèce ressentaient cette impression depuis des milliers d'années. Il n'avait d'autre choix que de tenter de son mieux d'en faire abstraction, mais cette envie et ce besoin se collaient à lui comme son ombre. Il ne pouvait s'en défaire. C'était une sensation omniprésente qui lui rappelait sans cesse l'homme qu'il était — la *créature* qu'il était — et ce qu'il devait accomplir pour obéir à cette force intrinsèque.

Lily… Il mit les gaz à fond, puis la moto s'élança en trombe sur un autre long segment de route. Lily se tint plus fermement, et Daniel sourit, exhibant ses blanches dents de prédateur. Cette fille était encore plus belle que dans ses souvenirs.

Tabitha, bien sûr, était restée en contact avec sa meilleure amie durant toute cette décennie, et même si Lily s'était retrouvée dans un autre État, Tabitha était allée quelques fois lui rendre visite. De temps à autre, si Daniel était chanceux, Tabitha mentionnait le nom de Lily devant lui. La plupart du temps, c'était lorsque sa petite sœur avait bu, ou alors qu'elle oubliait de se retenir. En ces moments, elle lui disait où vivait sa meilleure amie et ce qu'elle faisait. Elle lui avait dit que Lily était devenue travailleuse sociale et qu'elle s'épuisait parfois en travaillant sur des dossiers horriblement déprimants. Elle avait admis qu'il arrivait souvent à Lily de ne pas dormir la nuit.

Daniel l'écoutait attentivement, mais avec résignation. Il agissait comme quelqu'un demandant ce qu'il advenait d'une ancienne flamme. Amusant, mais inutile. Lily St. Claire avait toujours été une âme gentille, la première à répliquer contre les durs à cuire, à se porter à la défense des plus faibles. Elle était aussi belle à l'intérieur qu'à l'extérieur. Il n'y avait rien en Lily St. Claire qui ne pût être admiré. Tout de même, il avait d'autres chats à fouetter qu'une relation impossible avec une personne de son passé qui n'habitait même pas à proximité.

Il ne s'était pas du tout attendu à la revoir.

Mais lorsqu'il avait arrêté sa moto et qu'il avait vu Lily sortir sur le porche éclairé par une ampoule, dans cette robe bain de soleil blanche vaporeuse, ses cheveux dorés ondulant comme des rayons de soleil autour de ses épaules jusqu'à sa taille mince, il avait été complètement abasourdi. En un mot, paralysé.

Ah, la petite Lily... Elle n'avait aucune idée de ce qu'elle venait de faire. Elle était revenue gambader innocemment dans son monde... comme le petit chaperon rouge.

Il n'y avait désormais plus de promesse qui tienne envers sa sœur, et il n'y avait plus d'espoir pour Lily, maintenant qu'il avait de nouveau humé le parfum de son corps et découvert ce qui l'attirait tant chez elle.

Il se demanda si elle fréquentait quelqu'un. Ce serait plu-tôt facile à découvrir. Et d'y remédier.

Daniel Kane désirait Lily St. Claire du plus profond de son être surnaturel. Diable, il la désirait depuis plus de dix ans.

Et il obtenait toujours ce qu'il désirait.

* * * *

Il sent bon, songea Lily pendant que Daniel sortait de l'allée pour prendre la route. Malgré le casque, elle arrivait tout de même à sentir son blouson en cuir et quelques effluves encore présents de sa lotion après-rasage. *Et on se sent bien contre lui.* Elle se rappelait l'époque, à l'école secondaire, où ses amies et elle parlaient de Daniel Kane dans son dos. Elles avaient toutes leurs propres souhaits ou rêves le concernant. Alexis, la petite diablesse qui prétendait ne rien connaître à la Wicca, rêvait de l'attacher un jour à un lit dans une pièce sombre pour se divertir à sa guise à ses dépens. Meagan voulait l'emmener au bal de l'école pour voir s'il dansait aussi bien qu'il bougeait dans tout ce qu'il faisait. Sherry, l'athlète du groupe, était très impressionnée par sa rapidité à la course; il avait établi tous les records dans l'équipe d'athlétisme de l'école. Et sans le moindre effort. Sherry rêvait de le battre un jour et de recevoir de sa part un baiser en guise de félicitations.

Lily avait aussi des rêves le concernant. Mais c'étaient de vrais rêves, qu'elle faisait la nuit dans son lit. Et ils étaient étranges. Perturbants, même, au point où elle les gardait pour elle-même. La seule personne à qui elle avait osé les raconter était Tabitha, la sœur de Daniel. La meilleure amie de Lily.

Elle se souvenait précisément de ce jour et de cette conversation :

— Tu sais, Tabby, avait commencé Lily en mordant dans un sandwich, j'ai rêvé à ton frère la nuit dernière. C'était un rêve particulièrement bizarre.

— Ah ouais ? avait répondu Tabitha, le regard curieux et les sourcils légèrement froncés. Tu es sûre de vouloir le raconter ? avait-elle continué en insérant une frite dans sa bouche avant de s'interrompre, pensive. Ça ne va pas me faire vomir ou quelque chose comme ça, n'est-ce pas ?

Lily avait rougi.

— Non, avait-elle répondu en secouant la tête. Tu vas probablement juste rire, sans plus. Ce n'était pas grossier ni quoi que ce soit du genre. J'ai seulement rêvé qu'il était dans les bois derrière l'école, avait-elle commencé, s'arrêtant tout de suite pour revoir l'image dans sa tête. Un instant, il se tenait debout, ses yeux bleus brillant comme s'ils étaient éclairés par-derrière par une lampe, et la minute d'après, il avait disparu, laissant place à un énorme loup noir.

Tabitha lui avait alors décoché un regard particulièrement étrange. Lily n'avait pas réussi à le déchiffrer. Son amie l'avait-elle crue dingue ? Une sorte de folle démente ? L'avait-elle crue, au moins ?

— Un loup, hein? lui avait finalement demandé Tabitha, la voix basse.

Une lueur étrange était passée dans le brun noisette de ses yeux. Mais cette lueur était aussitôt disparue, et Tabitha avait émis un bruit désobligeant.

— Il le voudrait tellement, dit-elle en secouant la tête, souriant avec ironie. Tu es une créature étrange, Lil. Tu as une imagination à faire mourir d'envie, par contre. J'aimerais bien l'avoir. Ça m'aurait été utile pour cette maudite composition en anglais.

Lily avait refait ce rêve de nombreuses fois de diverses façons depuis cette nuit-là. Mais elle n'en avait plus parlé. Elle s'était contentée de sourire, d'acquiescer aux propos de ses amies et de rire avec elles lorsqu'elles parlaient du pouvoir d'attraction incroyable de Daniel Kane. Elles étaient alors adolescentes, après tout. Mais elles en revenaient toujours à Daniel. Il était tout simplement trop parfait.

Et dix ans plus tard, il n'était encore que plus beau. *Si seulement elles pouvaient me voir maintenant*, songea Lily, le sourire narquois. Daniel fit accélérer la Harley, et le vent se mit à gronder autour d'eux. Lily inclina la tête et l'appuya contre le dos de Danny, sur son blouson en cuir. *J'espère que ça ne le dérange pas*, songea-t-elle. Elle ne pouvait s'en empêcher. Elle regretta en quelque sorte que le casque les sépare. Elle se sentait si bien contre lui. Il était si fort. *Si sûr.*

Ils continuèrent plusieurs minutes dans un silence assourdissant, Daniel conduisant son engin comme s'il le faisait vraiment depuis toujours. Sa conduite expérimentée mettait Lily à l'aise, et elle se fondit contre lui, même si elle le tenait encore fermement.

Elle finit par se rendre compte qu'ils étaient de retour sur la route principale qui menait chez Tabitha, et elle sentit une vague de déception l'envahir. Elle se ressaisit cependant, se réprimandant mentalement d'avoir les hormones d'une adolescente.

Tabitha sortit sur le porche lorsqu'ils arrivèrent dans l'allée. Lily, soudainement gênée, s'éloigna du dos de Daniel.

Lorsqu'il eut finalement éteint le moteur de la moto et descendu la béquille, Lily retira immédiatement son casque et se mit à descendre de l'engin. Devant elle, Daniel, rapide comme l'éclair, tendit le bras vers l'arrière et lui prit le poignet.

Lily s'arrêta net pour le regarder. Il avait agi si rapidement qu'elle l'avait à peine vu bouger. Il la tenait fermement, les doigts enroulés autour de son mince poignet.

Elle devait admettre que son toucher l'électrisait d'une manière étrange. La chaleur de sa main lui remonta le bras et sembla s'enrouler autour de sa poitrine, lui rendant la respiration difficile. Mais il l'avait saisie si rapidement, et sa poigne était si ferme… Elle retint son souffle et le dévisagea d'un air interrogateur.

Presque aussi rapidement qu'il l'avait saisi, il lui lâcha le poignet. Il s'arrêta un moment, comme pour retrouver son sang-froid.

— Fais attention, dit-il ensuite doucement, ses yeux bleus et intenses semblant la captiver. Ne touche pas les tuyaux avec tes jambes, ma chère. Ils sont brûlants.

— Ah, d-d'accord, merci, bégaya-t-elle.

Elle hocha la tête, se rendant compte qu'il n'avait voulu que l'empêcher de se blesser. Elle était idiote. Pourquoi le laissait-elle l'atteindre ainsi? Elle n'avait pas dix-huit ans! *Reviens-en*, s'ordonna-t-elle.

Elle continua de descendre de la moto, puis elle replaça sa robe. Tabitha fut à ses côtés en un claquement de doigts.

— Tu t'es amusée ? demanda-t-elle, la voix pleine de suspicion.

Lily se tourna vers elle, étonnée du comportement étrange de son amie. Elle espérait aussi que l'obscurité de la nuit avait au moins partiellement dissimulé son rougissement, parce que même s'il n'y avait aucune véritable raison, elle se sentait légèrement coupable.

— C'était merveilleux, répondit-elle doucement, puis elle se tourna vers Daniel. Merci pour cette balade, Daniel. C'était exactement ce dont j'avais besoin.

Daniel Kane ne dit rien pendant ce qui sembla un long moment, puis il fit un hochement de tête à Lily avec un sourire entendu.

— Toujours la bienvenue, ma chère. Tout le plaisir est pour moi.

Puis, il laissa son regard glisser vers sa sœur.

— Je vais maintenant partir, ma p'tite sœur. Mais nous avons du temps à rattraper, dit-il, laissant le message passer, le regard dur et l'expression impassible. Je communiquerai avec toi.

Sur ce, il prit le casque que Lily lui tendait, et il se le glissa sur la tête. Il l'attacha sous son menton, fit un autre hochement de tête aux deux filles, puis démarra sa motocyclette.

Tabitha et Lily se tinrent l'une à côté de l'autre pendant que Daniel sortait de l'allée et disparaissait dans un vrombissement dans la nuit. Puis, Tabitha se tourna vers Lily.

— Ma fille, dis-moi qu'il n'a pas tenté de faire quelque chose avec toi.

Lily la regarda en clignant des yeux.

— Quoi ? fit-elle en la regardant d'un air incrédule. Tabby, nous ne nous sommes même pas arrêtés ! Nous n'avons fait que de la motocyclette ! Il s'est très bien comporté, et il a très bien conduit.

Tabitha l'observa encore un moment, puis elle poussa un soupir.

Lily soupira aussi.

— Bon, qu'est-ce qui se passe ? Ne va pas croire que je n'ai pas remarqué cet avertissement dans le regard que tu lui as servi avant que je monte sur la moto. Je ne vois que ça dans mon travail, des gens qui utilisent le langage non verbal pour communiquer. Qu'as-tu contre l'idée que ton frère soit en relation avec moi ?

Ce fut au tour de Tabitha d'être stupéfaite. Mais cette stupéfaction se changea en culpabilité, et elle leva les mains en signe de défaite.

— D'accord, d'accord. Tu as raison. Je suis désolée. Je sais simplement quel genre de putain d'homme est mon frère, et je ne veux pas qu'il te fasse quelque chose qui puisse nous éloigner l'une de l'autre. C'est tout.

Lily l'observa avec méfiance. Tabitha semblait suspicieusement dissimuler un secret dans le fond de ses yeux noisette. Lily aurait voulu tirer les choses au clair, mais elle savait que Tabitha n'en dirait pas davantage. Pas ce soir-là.

— D'accord, abandonna momentanément Lily. Je comprends.

Le vent se leva et fit bruire la mousse espagnole qui pendait des chênes au-dessus de leurs têtes. Ayant étrangement froid, elle se croisa les bras.

— Rentrons ; je vais nous faire du thé, dit-elle en s'avançant la première sur le porche jusqu'à la porte. Je crois qu'il va y avoir bientôt un orage.

— Je le crois aussi, acquiesça Tabitha.

Lorsque Lily entra dans la maison, elle jeta un coup d'œil derrière elle et vit que son amie regardait la rue sombre dans laquelle Daniel avait disparu. Tabitha fixait cette artère noire comme si elle s'attendait à voir le diable en personne revenir à pied.

CHAPITRE TROIS

UN LIVRE TROUBLANT

Lily se tourna doucement dans son lit pour regarder par la fenêtre. L'orage était disparu aussi vite qu'il était arrivé, un phénomène typique de la Louisiane en ce début de mois de juin. À cette période de l'année, les grands vents synonymes de sale temps passaient rapidement, accompagnés d'éclairs de chaleur. Ceux-ci illuminaient le ciel comme s'ils piquaient une crise de colère. Ils déversaient des millions de litres d'eau sur le bayou, puis s'enfuyaient, comblés et silencieux, laissant dans leur sillage une humidité accablante avec son lot de moustiques.

La lune, qui en était à son troisième quartier, éclairait d'une lueur bleue la pelouse onduleuse devant la maison de Tabitha. Si Lily plissait les yeux pour observer la scène avec attention, elle arrivait à apercevoir les brefs éclairs de lumière produits par quelques rares mouches à feu — des lucioles — dans l'obscurité des haies qui entouraient le terrain de Tabitha. Il lui semblait que ces insectes se déployaient en moins grand nombre qu'auparavant. Leur population évoluait, comme tout le reste dans le sud du pays, d'ailleurs.

Lily soupira. Elle n'arrivait pas à dormir. Étendue depuis des heures, elle avait anormalement chaud, puis froid ; ses terminaisons nerveuses étaient si éveillées qu'elle avait repoussé tous ses draps depuis longtemps. Elle songeait à son retour à Baton Rouge.

Beaucoup de choses peuvent se produire en peu de temps — et Lily avait été absente assez longtemps. Durant cette décennie, les tours jumelles s'étaient effondrées à New York, une guerre avait été déclenchée en représailles, puis un ouragan avait dévasté la Louisiane, transformant à jamais le visage d'un État jadis uniquement reconnu pour sa musique zydeco, ses écrevisses, ses chants gospel et son boudin.

Tout en fixant la brume chaude qui s'élevait du gazon où s'accumulait maintenant de la rosée, Lily repensa à sa discussion avec Tabitha plus tôt en soirée. Elle devait admettre que même si elle était contente de retrouver la généreuse gentillesse des gens du sud, elle était tout aussi sidérée de constater les changements survenus qu'heureuse de voir que certaines choses étaient demeurées les mêmes.

Il y avait à l'époque un théâtre sur College Drive où Lily et ses amies déboursaient chacune quinze dollars tous les vendredis soir pour aller voir de très bons et de très mauvais acteurs et actrices jouer dans des pièces de Mark Twain et de Shakespeare. Le théâtre était situé dans un centre commercial linéaire qui abritait aussi un café ouvert vingt-quatre heures sur vingt-quatre où les étudiants de LSU[2] passaient leurs nuits à manger des beignets et à boire du café noir louisianais à l'approche des examens finaux. Il y flottait un arôme paradisiaque.

Le centre commercial, ses beignets, son café et ses pièces de théâtre à quinze dollars avaient maintenant disparu pour laisser place à un magasin à grande surface Wal-Mart.

---

2. N.d.T.: Louisiana State University (Université de l'État de la Louisiane).

Certaines choses dans la ville semblaient avoir été épargnées par le temps. Un magasin d'articles d'occasion près de Burbank était toujours au même endroit depuis plus de vingt ans. C'était chez Here Today Gone Tomorrow[3] que Lily avait acheté tous ses vêtements lorsqu'elle était au secondaire. Elle se souvenait de l'époque où le plancher de la boutique était alors en terre battue. Eh oui, ce magasin existait bel et bien encore.

Highland Park était pour ainsi dire identique à ce qu'il était dix ans auparavant.

L'extérieur de l'appartement de ses parents sur l'avenue GSRI[4] était toujours peint en rose. Ses parents étaient partis depuis longtemps, cependant; ils avaient déménagé en Oregon cinq ans auparavant. Mais l'appartement existait toujours.

Tout de même, tant de choses avaient changé, et ces changements étaient difficiles à accepter. Lily trouvait du réconfort dans la constance, dans la répétition. Il était bon pour l'âme de savoir que certaines choses ne disparaîtraient jamais. Mais devant le fait accompli, l'âme devait s'adapter. Et cet effort d'adaptation, c'était un peu comme apprendre à nager en sautant dans la partie profonde d'une piscine. Le simple geste de garder la tête hors de l'eau devenait une entreprise ardue. Et parfois, il était tout simplement difficile de respirer.

Lily soupira à nouveau. Pour une énième fois depuis son retour, elle se demanda si elle avait fait le bon choix. Elle n'était pas une femme faible. Elle avait été élevée par de bons parents. Ils s'aimaient l'un l'autre, et ils aimaient leur

---

3. N.d.T.: Pourrait se traduire par «Disponible aujourd'hui, disparu demain», par allusion à chaque produit ou article en vente.

4. N.d.T.: Avenue du Gulf South Research Institute (Institut de recherche de Gulf South).

fille, profondément. Ils connaissaient la différence entre le bien et le mal. Et ils lui avaient inculqué cette valeur — et le besoin de se battre pour la conserver. Lily était l'une de ces personnes extrêmement rares et extrêmement chanceuses qui avaient des parents qui les incitaient au courage, mais qui savaient offrir leur réconfort lorsque tout n'allait pas comme prévu.

Lily voulait aider les gens de sa ville natale lorsqu'ils en auraient le plus besoin. À la lumière de ce qu'elle avait vu au cours des derniers jours, ce moment était venu. Baton Rouge croissait au-delà de sa capacité, comme un ballon qui menaçait d'éclater. Et Lily ne voulait pas que ses habitants éclatent à leur tour de désespoir.

Lily cligna des paupières, se rendant compte qu'elle fixait le même point depuis plusieurs longues minutes et que ses yeux brûlaient. Elle s'assit sur le bord du lit et saisit le livre à couverture rigide qui se trouvait sur sa table de chevet. Puis, nu-pieds, elle se rendit sur le bout des orteils jusqu'à la porte de la chambre d'amis, qu'elle ouvrit doucement. La porte grinça soudain, et Lily s'arrêta. Comme elle n'entendait aucun bruit en provenance de la chambre de Tabitha, elle finit de l'ouvrir et sortit dans le couloir.

Elle réussit à se rendre à l'escalier et à descendre au rez-de-chaussée sans faire entendre d'autres craquements. Lorsqu'elle arriva au salon, elle saisit la couverture qui trônait sur la berceuse et s'assit sur le sofa pelucheux, enroulant fermement le molleton autour d'elle. Puis, elle fixa le livre qu'elle venait de poser à côté d'elle.

Des yeux d'un vert intense, placés sur fond noir, l'observaient. Elle reconnaissait ces yeux. C'étaient ceux de l'homme apparaissant sur la couverture arrière — l'auteur du livre,

Malcolm Cole. Cet homme était incroyablement beau. Il avait les cheveux épais et brun foncé, presque aussi longs que ceux de Daniel...

Daniel...

Le grand frère de Tabitha l'avait hantée toute la nuit. Elle secoua la tête pour le chasser de ses pensées. Elle se concentra à nouveau sur le livre. Les yeux de Cole semblaient presque briller en raison de leur couleur vert émeraude. Lily n'avait jamais vu d'autres personnes avec de tels yeux. Ils étaient presque surnaturels. L'auteur portait peut-être des verres de contact? Elle en doutait. Ils semblaient trop bien s'harmoniser avec le reste de sa personne.

Cole écrivait des romans à énigmes, et de si belle façon que, depuis des années, Lily était une lectrice assidue de ses œuvres. Elle n'était pas la seule; ses fidèles lecteurs l'avaient d'ailleurs rendu riche et célèbre. Lorsque Lily commençait à lire un de ses livres, elle avait beaucoup de difficulté à le poser. L'auteur avait cette faculté particulière de sembler entrer dans la tête de ses personnages. Surtout dans celle des méchants. Il les connaissait à fond; leur manière de penser, leurs désirs... C'était comme s'il se tenait à côté d'eux, comme s'il les observait commettre leurs actions profondément injustes, un geste maléfique à la fois.

Parfois, lorsqu'elle lisait une de ses œuvres, Lily s'imaginait entendre la voix de Cole lui murmurer l'histoire à l'oreille. Elle avait entendu parler l'écrivain une fois lors d'une entrevue; il avait la voix semblable à celle de Rupert Everett. Un vilain Britannique, méchant et délicieux.

Elle rêvait même à lui. En fait, il n'y avait que deux personnes au monde auxquelles Lily rêvait encore et encore. L'une était Daniel Kane, et l'autre, Malcolm Cole.

Lily tendit le bras et retourna le livre pour observer l'incroyable beauté de cet homme sur la couverture arrière.

— Salut, mon beau, marmonna-t-elle doucement.

Il semblait lui sourire en retour. Mais son sourire avait quelque chose d'étrange. Il était... machiavélique. Comme si Cole cachait un secret à tous et que ça l'amusait.

Elle cligna des yeux en le regardant.

— Eh bien, peu importe ton secret, j'espère seulement que ce n'est pas que tu mesures un mètre cinquante et que tu pèses cent quatre-vingts kilos.

Malcolm Cole devait venir à Baton Rouge le lendemain. Il serait à la librairie Barnes and Nobles pour une séance de dédicace. Elle attendait cet événement avec impatience depuis des semaines. Elle fut parcourue d'un frisson de joie à cette pensée. Il ne lui restait plus que quelques heures à attendre.

Dans une semaine, elle commencerait à travailler à l'hôpital du centre-ville, et sa carrière s'accaparerait encore toute sa vie. Elle voulait profiter à fond du temps libre qu'il lui restait jusqu'à ce qu'elle soit à nouveau submergée par des cas de maltraitance envers des enfants, des femmes et des bébés non désirés, sans compter les toxicomanes, qui, selon elle, avaient de bonnes raisons d'avoir succombé à la drogue.

D'ici là, son temps lui appartenait. Sa présence à la séance de dédicace de Malcolm Cole figurait au sommet de sa liste de choses amusantes à faire. Son amie Alexis lui avait dit qu'elle était vieux jeu, mais sa vraie vie, c'était une suite de montagnes russes, et c'est pourquoi elle aimait ralentir le rythme durant ses congés.

Lily ouvrit le livre à la page marquée d'un signet. Quelques instants plus tard, elle était déjà absorbée dans sa lecture, oubliant peu à peu le reste de l'existence… Le tueur détruisait systématiquement toute preuve susceptible de l'inculper. Il procédait d'ailleurs avec attention depuis le début, ce qui lui rendait la tâche facile. Ses gestes étaient précis et bien réfléchis, exécutés avec un calme délibéré qui faisait frissonner Lily jusqu'au plus profond de son être.

Elle était si captivée par le récit sous ses yeux qu'elle n'entendit pas Tabitha qui descendait l'escalier. Lorsque celle-ci posa le pied sur le plancher, le faisant grincer bruyamment, Lily poussa un cri et faillit mourir de peur.

Tabitha hurla à son tour malgré elle, reculant vivement contre le mur, où elle heurta un tableau qu'elle eut tout juste le temps d'attraper avant qu'il ne tombe.

— *Seigneur*, ma fille! Mais qu'est-ce qui se passe? s'exclama Tabitha en plaçant une main sur sa poitrine, tout essoufflée.

Lily était maintenant debout, et lorsqu'elle eut tout analysé, elle poussa une expiration tremblotante et se laissa tomber lourdement sur le sofa.

— Bon sang que tu m'as fait peur, Tabby.

Son propre cœur battait la chamade.

— *Moi*, je t'ai fait peur, à *toi*? Lil, tu as failli me faire faire une crise cardiaque!

Tabitha s'éloigna du mur et parcourut le reste du salon pour aller s'asseoir sur le petit sofa en face de Lily.

— En plus, veux-tu bien me dire ce que tu fais ici? Tu n'arrivais pas à dormir? lui lança-t-elle en faisant un signe vers le livre que Lily avait échappé sur le tapis, sous la table basse.

Lily secoua la tête.

— Non, en effet. Désolée de t'avoir fait peur.

Tabitha haussa les épaules, repoussant une longue mèche de cheveux noir bleu par-dessus son épaule.

— Ça va, ma chère. Que lisais-tu donc ?

Lily lui tendit le livre. Tabitha en regarda longuement la couverture, puis elle le retourna. Elle se figea.

— Il est séduisant, n'est-ce pas ? demanda Lily. Il va être chez Barnes and Nobles au CitiPlace, demain. Veux-tu venir le rencontrer avec moi ? ajouta-t-elle avec un sourire espiègle.

Tabitha n'avait toujours pas détaché ses yeux de la photo.

— Tabby ?

Tabitha releva soudainement la tête. Ses yeux noisette semblaient distants.

— Quoi ?

Lily cligna des yeux.

— J'ai dit qu'il serait en ville demain. Pour une séance de dédicace. Tu es de toute évidence folle de lui, dit-elle en souriant une fois de plus. Alors, aimerais-tu m'accompagner ?

Tabitha fronça les sourcils. Elle posa le livre sur la table basse, et Lily remarqua que sa main tremblait.

— Je suis désolée, Lil. Je suis fatiguée, c'est tout. En fait, je n'étais descendue que pour prendre un verre d'eau. Je n'arrive pas à avoir les pensées claires si je ne dors pas suffisamment, et je travaille très tôt demain.

Elle se leva, contourna la table basse et se dirigea vers la cuisine.

Quelques secondes plus tard, elle revint avec un verre rempli d'eau.

— Je retourne me coucher. À demain matin.

Lily fronça les sourcils, confuse devant le comportement soudainement étrange de son amie. Mais elle hocha la tête et fit un signe de main à Tabitha, qui se trouvait dans l'escalier.

— D'accord. Bonne nuit.

* * * *

Tabitha ferma la porte de sa chambre, essayant de ne pas se laisser perturber par ces derniers instants. Mais lorsqu'elle fut seule, elle déposa le verre d'eau et se précipita vers sa table de chevet, sur laquelle se trouvait son téléphone cellulaire. Elle l'alluma et attendit qu'il se connecte au réseau, réfléchissant à toute vitesse.

Les parents de Tabitha avaient été tués alors qu'elle n'avait que huit ans et que Daniel en avait douze. Lily St. Claire avait semblé la seule au monde à vraiment comprendre sa désolation, son anéantissement. Lily possédait le don de l'empathie, ce qui expliquait pourquoi Tabitha était si proche d'elle.

Tabitha et son frère étaient partis vivre chez leurs grands-parents à l'autre bout de la ville, et c'étaient ces derniers qui leur avaient enseigné le mode de vie des êtres de leur espèce. Au départ, Tabitha avait refusé de se laisser convaincre. Mais il y avait des limites à nier des évidences.

Et dans le cas de Tabitha, il venait de se produire le pire qui pouvait lui arriver dans son monde déjà passablement troublé. Quand Lily lui avait raconté son rêve au sujet de Daniel et du loup, Tabitha avait tout de suite su ce qu'était Lily. Elle en avait aussitôt déduit que si Daniel l'apprenait lui aussi, il tenterait de lui enlever sa meilleure amie.

Elle ne pouvait pas laisser ce scénario se concrétiser. Tabitha n'avait personne d'autre au monde, et elle n'aimait d'ailleurs pas particulièrement son grand frère. Elle comprenait que le comportement de Danny s'expliquait suppo-sément par le feu qui habitait son sang, mais elle le voyait tout de même comme un beau salaud. Et elle savait que s'il apprenait ce qu'elle savait à propos de Lily, on ne pourrait plus l'arrêter. Même ses grands-parents défendraient le droit de Daniel sur Lily.

Tabitha avait donc exigé qu'il reste loin d'elle, et bien qu'il eût trouvé sa sœur étrange, il avait acquiescé à sa demande.

Tabitha se passa la main dans le visage. Il était très probable qu'il sache maintenant la vérité sur Lily.

Lorsque son téléphone se connecta au réseau, elle composa le numéro de son frère et attendit une fois de plus. Il répondit dès la première sonnerie.

— Qu'est-ce qu'il y a ?

— Daniel, c'est moi.

— Oui, je le sais, p'tite sœur. Mon afficheur fait plutôt bien son travail.

Il semblait impatient. Irrité. Ce n'était pas surprenant, d'ailleurs. Il était probablement livide de rage parce qu'elle lui avait caché la vérité sur Lily durant toutes ces années.

— Danny, c'est au sujet de Lily…

— Pas maintenant, Tabitha, la coupa son frère. Nous en discuterons lorsque je serai rentré du travail.

Tabitha entendait en arrière-plan ce qui ressemblait à des bruissements de feuilles, des photocopieuses en marche et des voix étouffées. Daniel était au travail. À trois heures du matin.

— Ça ne peut pas attendre, Daniel. Elle est en danger.

Il y eut un silence à l'autre bout du fil. Puis, une porte claqua, et les bruits en arrière-plan s'estompèrent.

— Vas-y, je t'écoute, ordonna-t-il.

— C'est Malcolm Cole. Il va être en ville demain, dit-elle avant de s'arrêter pour lui laisser le temps d'accuser le coup. Pour une séance de dédicace, et Lily est une *grande* admiratrice.

Une fois de plus, il y eut un silence. Puis, Daniel se mit à pousser des jurons avec véhémence, sa voix assourdie indiquant à Tabitha qu'il avait couvert le téléphone de sa main. Il lui revint un instant plus tard, le ton ferme.

— Reste auprès d'elle aussi longtemps que possible.

Il raccrocha.

Tabitha regarda son téléphone dans sa main, puis elle s'assit sur le bord de son lit. Elle se sentit envahie par la peur, le cœur enserré dans un étau de glace. Elle frissonna. *Cole.*

La situation se dégradait vraiment.

* * * *

Daniel Kane éteignit son téléphone, puis il se tint immobile comme une statue, son regard bleu survolant la ville plongée dans l'obscurité sous sa fenêtre.

Malcolm Cole.

L'arrivée de cet homme tombait au mauvais moment de façon si impeccable qu'il devait l'avoir fait exprès. Il devait être au courant pour Lily St. Claire.

Mais c'était impossible. C'était une coïncidence, rien de plus. Ce devait l'être. Une horrible coïncidence dangereuse.

Daniel baissa les yeux et se rendit compte qu'il avait brisé son téléphone tant il le serrait. Il relâcha sa poigne, et des morceaux de plastique et de fils tombèrent sur le plancher. Il regarda par terre sans vraiment les voir.

Le moment était venu de jouer serré.

Daniel se rendit à la poubelle à côté de son bureau, et il laissa tomber les restants de son appareil tout au fond. Puis, il appuya sur le bouton d'interphone de son téléphone de bureau.

— Jennings, apporte-moi un nouveau téléphone cellulaire, dit-il d'une fausse voix calme. Et j'aurais besoin que tu me fasses quelques vérifications sur quelqu'un.

Quelques secondes plus tard, on cogna à sa porte. Il leva les yeux et lança :

— Entre, Jennings.

La porte s'ouvrit, et un jeune homme entra. Il était grand et bien bâti, mais pas aussi bien découpé que Daniel. C'était un bel Américain, avec des cheveux brun foncé, des yeux d'un bleu gris orageux et un menton proéminent.

Daniel le connaissait depuis l'école secondaire. À cette époque, Allan Jennings était un crack en informatique à lunettes, beaucoup moins bien bâti que maintenant. Daniel avait conclu qu'il portait maintenant des verres de contact, ou qu'il avait peut-être contribué à nourrir l'industrie de la chirurgie oculaire au laser. De toute manière, Allan ne portait plus de lunettes, et il remplissait maintenant son uniforme d'une manière que ne manquaient pas de remarquer les policières du département.

Au secondaire, Jennings agaçait Daniel. Il était tout simplement si... *agaçant*. Le penchant évident de Jennings pour Lily St. Claire n'avait pas aidé sa cause. Malgré la promesse qu'il avait faite à sa sœur, Daniel était intervenu personnellement auprès d'Allan.

Cependant, tout ça appartenait au passé, et Jennings semblait avoir tout oublié. Il faisait partie de ce service de police depuis presque aussi longtemps que Daniel, et il avait prouvé à maintes reprises qu'il méritait sa confiance. Cet homme avait évolué. Il était passé de monsieur-je-sais-tout discret à policier d'expérience, et Daniel l'estimait davantage que tout autre policier humain travaillant sous ses ordres. Il était l'un des très rares humains à qui Daniel faisait confiance.

Allan Jennings se tenait maintenant devant Daniel, carnet de papier dans une main, stylo dans l'autre. Avec l'air d'attendre quelque chose, il observait son chef, le stylo au-dessus des feuilles.

— Des préférences quant au téléphone, monsieur? La même chose que le précédent, ou un meilleur?

— La même chose. Assure-toi que je ne perde pas mes messages vocaux.

— Oui, monsieur. Et vous vouliez que je fasse des recherches sur quelqu'un?

— Oui.

L'expression de Daniel s'assombrit. Comment présenter sa demande avec délicatesse? Il prit un moment pour choisir ses mots.

— Il y a un auteur qui va venir en ville pour une séance de dédicace.

Jennings réfléchit un moment.

— Malcolm Cole?

Daniel inclina la tête.

— Tu en as entendu parler.

— Auteur excellent. Livres excellents — je les ai tous lus. Il comprend vraiment bien les scènes de crimes.

Tu ne crois pas si bien dire, songea Daniel.

— En effet, répondit-il simplement avant de prendre une profonde inspiration pour se calmer. Jennings, il faut que je connaisse son heure d'arrivée, son numéro de vol, le nom de son hôtel, son numéro de chambre, son itinéraire pour toute la durée de son séjour, le jour et l'heure de son départ et les renseignements pertinents sur son vol de retour.

Jennings nota le tout consciencieusement, mais il fronçait maintenant les sourcils.

— D'accord, chef. Mais puis-je vous demander ce qui se passe ?

— Il ne se passe rien, Jennings, répondit calmement Daniel. Je suis simplement curieux, c'est tout.

Il lui fit un sourire qui voulait dire « Je mens, mais je ne vais pas te le dire, alors ne me pose plus la question », et Jennings hocha la tête de manière compréhensive.

— Je vois, dit Jennings, remettant le bouchon sur son stylo avant de se redresser. Chef, pendant que je suis ici, j'en profiterais pour me faire confirmer certaines choses.

Daniel se tourna vers son bureau pour fouiller dans ses papiers et ses dossiers.

— Je t'écoute.

— Nous avons besoin d'un représentant au sein d'un comité de surveillance de quartier qui s'organise dans le district trois. Des suggestions ?

Daniel réfléchit un moment. Les représentants devaient être extravertis et bien de leur personne.

— Envoie Tate. Et dis-lui d'amener Margaret. Ils forment un bon duo.

Jennings hocha la tête, retira le bouchon de son stylo et cocha un point sur sa liste.

— Les plaintes de bruit battent des records dans Tiger Town. Ça ne s'est pas calmé depuis la remise des diplômes. Devons-nous porter un grand coup ?

Daniel soupira, lut quelque chose sur l'une des feuilles qu'il tenait en main et passa à la suivante.

— Non. Mais envoie quelques voitures identifiées à divers intervalles sur Highland et GSRI. Au hasard durant une semaine ou deux. Vois si ça aide.

Une fois de plus, Jennings hocha la tête, et il cocha un autre point sur sa liste.

— L'unité canine a fait savoir qu'un de leurs chiens est malade. Quel vétérinaire ?

Daniel leva le regard.

— Quel chien ?

Jennings cligna des paupières.

— Euh, je n'en suis pas certain, monsieur.

Daniel plissa les yeux.

— Chaque chien a son propre vétérinaire, Jennings. Aimeriez-vous qu'on appelle un médecin au hasard si vous étiez malade ? N'avez-vous pas votre propre médecin de famille ?

Jennings blêmit légèrement, mais il hocha la tête.

— Hum, d'accord. Je vais donc vérifier, chef. Je m'en occuperai moi-même.

— Parfait, rétorqua Daniel en hochant lui aussi la tête.

Il se rendait compte qu'il se comportait en abruti, mais cette histoire de Cole le préoccupait, et il aimait bien les chiens. Ces problèmes pouvaient être réglés par d'autres policiers. Ce qu'il lui importait de savoir — immédiatement —, c'était l'endroit où se trouvait Malcolm Cole et ce qu'il pouvait bien avoir planifié au sujet de Lily St. Claire.

Jennings s'éclaircit la gorge.

— Une dernière chose, monsieur. La commission scolaire de la paroisse de Baton Rouge Est aimerait mettre un partenariat sur pied pour l'an prochain.

— Confie aussi cette tâche à Tate. Il aime ce genre de niaiseries. Maintenant, cours faire cette vérification sur Cole, et fais ça vite. Fais-moi part de ces renseignements dès que tu les auras.

Jennings acquiesça et tourna les talons.

Lorsque ce dernier eut quitté la pièce et refermé la porte derrière lui, Daniel se laissa tomber sur son fauteuil, et il expira longuement et lentement par le nez. Il se sentait mal. Il ne tenait pas en place. Il était mal à l'aise. Troublé. Il ne souhaitait pas être assis là à attendre des renseignements.

Il voulait être à l'extérieur. *En chasse.* Pour pouvoir se défouler et se libérer afin de mieux réfléchir. Il devait trouver Lily. Il devait la suivre et lui parler. Et il ne serait pas capable de le faire de l'arrière d'un bureau.

Daniel se leva et ramassa ses clés dans le bol à l'extrémité de son bureau, puis il se rendit à la porte de la pièce, l'ouvrit et se mit à traverser la salle d'un pas décidé. En passant devant un policier assis à son bureau, il s'arrêta et baissa le regard.

— Mayfield, laisse-moi emprunter ton téléphone.

Le policier fouilla dans sa poche et en sortit un petit téléphone cellulaire qu'il tendit à son chef.

— Assure-toi que Jennings sache qu'il doit me joindre à ton numéro s'il a besoin de quoi que ce soit — et dès qu'il aura les renseignements que je lui ai demandés, ordonna Daniel.

— D'accord, chef.

— Merci.

Daniel mit le téléphone cellulaire dans sa poche et sortit de l'immeuble pour se diriger vers une voiture banalisée, à l'avant du terrain de stationnement.

CHAPITRE QUATRE

LA MINCE LIGNE BLEUE

Lily poussa un soupir de satisfaction. Ce début de matinée estivale annonçait une journée assez fraîche, qui atteindrait peut-être les vingt-cinq degrés au maximum. Une brise légère laissait clairement présager de la pluie. Lily sourit en pensant à l'orage qui s'installerait sans doute en fin d'après-midi.

Elle adorait les orages. Elle savait qu'il n'était pas normal de préférer une journée pluvieuse à une journée ensoleillée. Mais elle n'avait jamais été vraiment… *normale*. Au secondaire, elle était plutôt, de son propre aveu, «en marge». Comme ces garçons et ces filles ni BCBG, ni cracks en informatique, ni meneuses de claques, ces gens qui, même s'ils aimaient aussi bien Ozzy et Metallica que tout autre groupe de métal, n'étaient pas pour autant rockeurs.

Ils étaient tout simplement en marge. C'était ainsi que Lily se sentait.

Ça ne voulait pas dire qu'elle n'avait pas son lot d'amies. Mais elles formaient un groupe plutôt éclectique. Elles n'étaient pas aussi monochromes et uniformes que la lignée rayonnante de meneuses de claques à queues de cheval identiques assises à leur table de cafétéria. Elles n'étaient pas aussi faciles à cerner que l'ennuyeuse bande de gars à lunettes à la table des cracks en informatique.

Ce groupe de filles en marge regroupait en son sein une blonde, une Afro-Américaine, une fille blême aux cheveux d'un noir bleuté — Tabitha —, une fille athlétique et une Juive menue et plutôt timide aux cheveux d'un rouge cuivré qui frisottaient un peu trop jusqu'à ce que la reine de beauté afro-américaine se décide à lui montrer comment se servir des produits capillaires. Et aucune d'entre elles ne se formalisait du fait que leur blonde amie raffolait des orages, malgré son teint si éblouissant, si sud-californien.

Lily sourit à cette pensée. Oui, elle aimait les gros orages. C'était l'une des deux choses qui lui avaient le plus manqué de la Louisiane durant son absence. L'autre, bien sûr, c'était ce groupe d'amies assises avec elle autour de la grande table ronde sur la terrasse extérieure d'un restaurant de burritos sur Corporate Boulevard — le IZZO's Illegal Burrito. Dans les souvenirs de Lily, ce restaurant n'existait pas dix ans auparavant. En fait, elle était assez certaine que la plupart des commerces du centre-ville avaient ouvert leurs portes durant son absence.

Il s'était écoulé beaucoup de temps depuis sa dernière rencontre avec toutes ses amies les plus intimes. Elle éprouvait une chaleureuse sensation de bien-être. Comme de la purée de pommes de terre avec de la sauce brune pour calmer un mal de gorge. Elle était appuyée contre le dossier de sa chaise, sirotant lentement son thé glacé tout en écoutant leurs plaisanteries familières.

— Pourrais-tu s'il te plaît t'habiller de façon un peu plus dévergondée la prochaine fois, Alex ? Il me semble que tes mamelons ne paraissent pas tout à fait assez, laissa tomber

Meagan, qui but sa Margarita à grands traits tout en désignant de la main le haut très serré de son amie.

Alexis repoussa plusieurs longues tresses lustrées par-dessus son épaule et fixa Meagan de ses yeux jaune doré.

— Désolée, mon chou, mais tu as acheté toutes les dernières tentes en vente à ta dernière séance de shopping, rétorqua-t-elle en pointant la tête vers le t-shirt un peu ample de Meagan.

De l'autre côté de la table, Sherry fit un sourire à Alexis.

— Tu ne comprends sérieusement pas pourquoi tu t'entends tellement mieux avec les gars qu'avec les filles, Alex?

— Ouais, c'est un mystère, renchérit Meagan par dérision en tirant sa langue avant de prendre une gorgée de sa boisson. Les filles la détestent en la voyant si belle. Moi y compris, marmonna encore Meagan en décochant un regard exaspéré à Alexis.

— Tu ne me détestes pas, mon amie. Tu m'aimes.

Alex serra Meagan, et cette dernière endura ce geste en levant les yeux au ciel. Puis, Alex se tourna vers Sherry en pointant un de ses longs doigts manucurés vers elle.

— Et toi? T'es simplement jalouse parce que tu dois traîner ton cul blanc au gym plusieurs heures par jour pour qu'il ressemble au mien au naturel.

Alexis se tourna de côté et pointa ses fesses moulées dans un jean. Elles semblaient réellement défier la gravité. Ça avait toujours été ainsi.

Sherry se mordit l'intérieur de la joue pour s'empêcher de sourire une fois de plus. Puis, elle posa son regard sur Alexis.

— D'accord, tu m'as démasquée. Je suis jalouse. Et je déteste aussi un peu ton cran.

Tabitha n'avait pas encore parlé. Lily posa un regard silencieux et curieux sur son amie, mais Tabitha fixait son verre ; elle n'écoutait pas vraiment.

Sammy, le frère aîné d'Alex, se pencha alors vers l'avant, ses énormes biceps étirant le tissu tendu de son t-shirt gris alors qu'il posait les coudes sur la table tout en fixant Meagan d'un regard brûlant. Tous les yeux étaient tournés vers lui alors qu'il scrutait impitoyablement la jeune rousse plutôt menue.

— Eh bien, quant à moi, je les *aime* plutôt dissimulés, dit-il d'une voix traînante, promenant son regard sur les lèvres et la poitrine de Meagan. Ça me donne envie de découvrir les petites surprises cachées. Qu'en dis-tu, ma chère ?

Meagan rougit violemment, puis elle s'étouffa avec sa Margarita.

Pendant qu'Alexis lui donnait des tapes plutôt violentes dans le dos, tout le groupe se mit à rire, même Lily.

— Ouais, tu aboies, mais tu ne mords pas, ma fille, se moqua Alex en secouant la tête.

— Hé, avez-vous déjà remarqué que lorsque les femmes portent une robe, les hommes sont plus portés à leur ouvrir les portes que lorsqu'elles sont en pantalon ? demanda soudainement Lily.

Elle avait observé les gens alentour tout en écoutant ses amis badiner, et comme il lui arrivait parfois de le faire malgré elle, elle avait laissé ses pensées lui échapper sans les filtrer. Elle était complètement hors sujet, et tous à table auraient dû être déconcertés, mais ils connaissaient bien Lily, et ils avaient vite reconnu ses vieilles habitudes.

Alexis haussa les épaules.

— Bien sûr, ma fille. C'est en raison de ce vieux truc dans la tête des hommes, leur cerveau. Une femme en robe semble automatiquement plus féminine, donc sans défense. *Donc*, l'homme veut l'aider.

— Lily, bon sang, d'où te viennent ces observations ? lui demanda Sherry. Et Alex, je ne suis pas d'accord. Une femme n'a pas à porter une minijupe et une chemisette pour avoir l'air sexy.

— Ah ! Ah ! Tu te tiens sur la défensive. C'est un sujet délicat pour toi, n'est-ce pas, mon ange ? remarqua Alexis en se tournant vers Sherry, un sourcil haussé. Parce que tu as peur de montrer ton beau corps pour lequel tu travailles tant. Ma fille, pourquoi *prends-tu donc la peine* de faire tout ce cardio ? demanda encore Alexis en s'éloignant un moment du sujet.

Elle poussa un soupir, puis elle revint à son idée de départ.

— Et je n'ai pas dit « sexy », tu sauras. J'ai dit « féminine ». Je n'ai pas non plus dit « minijupe » ni « chemisette ». J'ai dit « robe », le mot employé par Lily.

Alexis prit une gorgée et réussit à se donner l'air d'avoir gagné le prix de la plus grosse prise dans un concours de pêche à la ligne.

Et pan !

— Ses observations lui viennent des gens qu'elle ne cesse de regarder vivre, ma chère, dit Sammy en revenant à la question de Sherry, probablement pour éviter à toute la tablée une discussion stérile qu'il sentait sur le point d'éclater entre Sherry et Alexis — qui étaient toutes deux les plus belles têtes brûlées sur corps de femmes que Lily ait jamais vues. Elle est toujours en train d'observer, n'est-ce pas vrai, Lily ? Tu gardes le monde à l'œil pour pouvoir le sauver, poursuivit-il en lui souriant.

Celle-ci se sentit rougir.

— C'est bien Lily. Notre prophétesse. Notre mère Teresa en personne, acquiesça Meagan avant de laisser échapper un hoquet. J'ai besoin d'un autre verre.

Alexis semblait vouloir dire quelque chose lorsque soudainement, elle se figea, fixant un point par-dessus l'épaule de Lily.

— Oh, Seigneur, pitié...

Son regard devint rêveur.

— Ne vous tournez pas, les filles, mais je sens que nous allons vivre un grand dérangement.

Évidemment, elles se tournèrent toutes, ainsi que Sammy.

Daniel Kane ferma la porte de sa voiture de police banalisée et marcha dans leur direction. Comme la veille, il était vêtu de noir de la tête aux pieds. Des lunettes réfléchissantes complétaient sa tenue. Par chance pour lui, la journée était relativement fraîche pour cette période de l'année.

Le chef monta sur la terrasse du restaurant et retira ses lunettes. Lily se figea sur place lorsqu'il posa résolument ses yeux bleus sur elle après l'avoir repérée. Il continua de l'observer peut-être un instant de trop alors qu'il se rendait à la rencontre du groupe. Puis, il détourna le regard pour scruter les autres personnes présentes à la table. Ce n'était plus seulement Meagan qui rougissait. Même Alexis, aussi sans pudeur qu'elle fût, semblait quelque peu désarçonnée.

Daniel hocha respectueusement la tête.

— Mesdames, les salua-t-il.

Toutes les femmes le saluèrent en même temps, sauf Lily, chacune marmonnant des paroles incohérentes. Lily se mordit la lèvre pour s'empêcher de sourire.

— Sammy, dit Daniel en faisant un signe de tête au frère d'Alex, qui s'était levé pour l'accueillir.

— Comment ça va, mon homme ? répondit Sammy.

Les deux hommes se donnèrent un genre de poignée de main. Lily était toujours déroutée par ces poignées de main «viriles». Comment les hommes s'y prenaient-ils pour toujours les faire comme il le fallait ?

— Est-ce que j'interromps quelque chose en particulier ? demanda Daniel avec son accent languissant du sud qui nouait l'estomac de Lily.

Une fois de plus, les femmes à la table s'empressèrent de lui assurer que ce n'était pas le cas, et dans leur hâte, elles parlèrent toutes en même temps. Elles rougirent une fois de plus.

Sammy toussa dans son poing et se rassit.

* * * *

Daniel n'essaya même pas de cacher son sourire. C'était un sourire carnassier. Qu'il n'avait pas peur d'afficher.

Assise à côté de Lily, Tabitha observait son frère avec l'air d'attendre quelque chose. Il pouvait sentir la peur de sa sœur. Elle était bouleversée à cause de Cole. Le moment était venu pour Daniel de prendre la situation en main.

— Lily, dit-il doucement.

Elle leva les yeux vers lui sous les sourires narquois et amicaux de ses compagnes et de Sammy. À la grande satisfaction de Daniel, flatté dans son ego de mâle, elle devint immédiatement plus mal à l'aise sous son regard scrutateur. Elle se croisa les jambes et se repositionna sur sa chaise. Elle rougit.

Lorsqu'il posa les mains sur la table et se pencha vers l'avant comme s'il voulait la clouer sur son siège d'un simple regard, son sourire fut presque cruel.

— J'aimerais te parler une minute en privé, si ça ne te dérange pas, ma chère.

Il baissa les yeux sur le couvert devant elle sur la table. Rien n'avait été servi ; elle n'avait pas encore mangé.

— Je vais t'offrir le repas.

Lily tenta de déglutir, mais il voyait bien qu'elle avait la gorge sèche. Elle faillit tousser, mais réussit finalement à faire un hochement de tête.

Il se redressa et lui tendit la main. Elle recula sa chaise et accepta la main qu'il lui tendait, puis il lui fit contourner la table.

— Elle va vous revenir un peu plus tard, mesdemoiselles, leur dit-il.

Il retira en même temps le sac à main du dossier de la chaise pour le mettre sur l'épaule de Lily, dont le cœur se mit à battre plus vite ; Daniel pouvait l'entendre. Elle devait tout juste venir de se rendre compte qu'elle serait bientôt seule avec lui.

— Où allons-nous ? lui demanda-t-elle.

Il prit son temps pour répondre tout en la guidant vers la voiture, et il lui ouvrit la portière du côté passager. Ce n'est que lorsqu'elle fut à l'intérieur et qu'elle eut commencé à s'attacher qu'il lui répondit.

— Chez moi.

Les yeux de Lily s'écarquillèrent. Daniel referma la portière. Par le pare-brise, il voyait que les mains de sa passagère s'étaient figées sur la boucle de la ceinture de sécurité. Il appuya sur un bouton de sa télécommande pour verrouiller de l'extérieur la portière du côté de Lily.

Elle écarquilla davantage les yeux avant de tâter la poignée. Il savait qu'il lui faisait presque peur à en mourir, mais il n'avait pas le choix pour l'instant. Il se dirigea de son côté, ouvrit sa portière et se figea. Une brise passa dans ses cheveux. Ce vent avait une odeur, une odeur qui confirma les peurs de Daniel. Cole se trouvait dans les parages, ce qui signifiait qu'il était bel et bien au courant pour Lily. Daniel serra les mâchoires pendant que, par réflexe, il scrutait la rue et les bâtiments attenants dans le but d'apercevoir cet autre homme.

Évidemment, il ne le trouva pas. Il ne s'y attendait pas, d'ailleurs.

Daniel se glissa sur le siège du chauffeur.

— Calme-toi, ma chère, dit-il de son meilleur ton de négociateur en refermant sa portière et en démarrant la voiture. Je ne te mordrai pas.

Pour l'instant, ajouta-t-il mentalement.

— Daniel, veux-tu bien me dire ce qui se passe ?

Il se tourna et l'étudia minutieusement. Elle savait reconnaître un enlèvement lorsqu'elle en voyait un, et elle était sur le point de passer en mode attaque. Et si elle le faisait, il l'imiterait à son tour — mais il ne pouvait pas se le permettre pour l'instant.

Il soupira et s'appuya contre le dossier, la voiture tournant toujours au ralenti.

— D'accord. La vérité, c'est que nous devons discuter, et je ne peux pas te laisser t'enfuir avant de t'avoir dit ce que j'ai à dire.

Il continua d'observer l'adorable visage de Lily, sur lequel défilaient ses émotions l'une à la suite de l'autre pendant qu'elle analysait les mots qu'il venait de prononcer.

Il voyait qu'elle soupesait minutieusement chaque détail : elle était l'amie de Tabitha, elle était assise à côté d'un policier qui faisait partie des «bons» dans la vie, et elle savait que toutes ses amies l'avaient vue partir avec lui — *chaque détail.*

Elle prit finalement une profonde inspiration et elle sembla se détendre un peu.

— D'accord, dit-elle d'une voix qui ne tremblait plus que légèrement. De quoi allons-nous discuter?

Il fit bouger la voiture en marche arrière et sortit du terrain de stationnement.

— Je te le dirai lorsque nous serons arrivés.

* * * *

Lily observa Daniel dévisser une bouteille de Coca-Cola, qu'il lui tendit. Elle la prit et la porta à ses lèvres, puis elle prit une gorgée avec empressement tant elle avait la bouche et la gorge sèches.

Il s'assit en face d'elle.

— Je vais aller droit au but, Lily, commença-t-il en se penchant vers l'avant pour s'appuyer les coudes sur les genoux tout en tenant sa propre bouteille de Coca-Cola comme il l'avait fait la veille avec sa bière. Que sais-tu au sujet de Malcolm Cole?

Lily cligna des yeux.

— L'écrivain?

Le regard de Daniel s'assombrit. Une ombre lui traversa le visage.

— Oui, l'écrivain.

Elle cligna des yeux une fois de plus.

— Eh bien… je… euh, je sais qu'il sera ici ce soir. En fait, à bien y penser, il est probablement déjà arrivé en ville.

Daniel posa sa bouteille sur la table basse devant lui.

— Il n'est pas qu'écrivain, ma chère. C'est un meurtrier.

Lily le dévisagea. Elle ouvrit la bouche, puis elle la referma. Elle fronça les sourcils.

— Pardon?

— Il est préférable d'écrire sur un sujet qu'on connaît bien, Lily, et c'est exactement ce que fait Cole.

Il s'appuya contre le dossier et l'observa attentivement.

Son téléphone cellulaire sonna au même moment. Il le sortit de la poche au niveau de sa poitrine et y jeta un coup d'œil. Son expression était impassible. Il posa de nouveau les yeux sur Lily, puis il se leva lentement. Sans détacher ses yeux d'elle, il contourna son sofa, se rendit dans le couloir, ouvrit son téléphone et le porta à son oreille.

Lily l'observait d'où elle était, assise sur sa causeuse. Il se comportait de manière si étrange. Cole, un meurtrier? C'était là une nouvelle ahurissante. D'où sortait-il ça? Et si Cole était un tueur, pourquoi n'avait-il pas été arrêté? Pourquoi Daniel était-il ici à lui raconter cette histoire plutôt qu'en cour pour obtenir un mandat d'arrêt contre lui, ou quelque chose du genre? Que se passait-il?

Daniel parlait au téléphone à voix basse, le ton catégorique, ses yeux ne la quittant pas une seconde. Ils étaient passés de bleu métallique à bleu saphir, scintillant maintenant d'une lueur étrange. Le malaise de Lily augmentait de seconde en seconde.

Finalement, elle se leva. Daniel éteignit son téléphone et se tourna vers elle. Il avait la mine sombre.

— Je suis désolé, ma chère, mais je dois partir.

— Que s'est-il passé ? demanda-t-elle en essayant de garder son sang-froid.

— Triple homicide sur Bennett Drive.

Il remit son téléphone dans sa poche et il s'approcha d'elle avec détermination. Elle recula d'un pas et se heurta à la causeuse.

— Je ne voulais pas que les choses se passent ainsi, Lily, mais je n'ai pas le choix.

Il s'arrêta à trente centimètres d'elle, et il ouvrit le tiroir de la table qui se trouvait à côté de la causeuse. Une paire de menottes apparut, qu'il saisit aussitôt d'une main.

Le cœur de Lily battant douloureusement contre sa cage thoracique, elle passa à l'action. Il devait cependant avoir prévu qu'elle tenterait de fuir, car il la retint immédiatement en enroulant son autre main autour de son bras.

— Daniel, lâche-moi ! *Bon sang !*

— Pas question, ma chère. Je donnerais n'importe quoi pour avoir le temps de tout t'expliquer maintenant, mais je ne peux pas. Et tu n'as aucune idée du danger que tu cours.

Sur ce, il la fit pivoter brusquement et se pencha pour la prendre sur son épaule. Elle se retrouva soudainement suspendue la tête en bas comme un quartier de viande. Elle cria.

— Daniel, pose-moi !

Elle devenait confuse avec la peur qui s'installait en elle. Elle réfléchit à toute vitesse. C'était Daniel Kane : un policier, le frère de Tabitha, un homme bon. Il n'allait pas lui faire de mal.

N'est-ce pas ?

Il monta les marches deux par deux en la transportant comme une plume.

Il passa ensuite un cadre de porte et la jeta sur un lit. Elle rebondit une fois et tenta de se ressaisir, mais il ne lui en laissa pas le temps. Il lui passa tout de suite un bracelet des menottes autour de son mince poignet et accrocha l'autre à une épaisse colonne de lit métallique.

Lily eut le souffle coupé de surprise, et elle essaya immédiatement de se défaire du bracelet qui la retenait prisonnière, mais la main de Daniel se retrouva soudainement autour de sa gorge, la serrant très doucement, mais de manière menaçante. Elle se calma immédiatement.

— Ne fais *pas* ça, grogna-t-il à son intention, la voix maintenant plus basse, menaçante et étrangement animale. Les menottes ne céderont pas, et tu finiras par te faire mal en te débattant ainsi pour t'en défaire. Compris ?

Ses yeux la percèrent jusqu'aux os. Haletante, elle commençait à se sentir prise de vertiges, mais elle se força à hocher la tête. Il lui lâcha la gorge.

Il descendit alors du lit, et elle l'observa se déplacer dans la pièce avec agilité et détermination. Elle prit quelques courtes secondes pour étudier la chambre. Lit et draps noirs de grand format, carpette blanche, murs gris foncé. La pièce, bien que minimaliste, était décorée avec goût.

C'était la chambre de Daniel Kane.

Elle n'eut que quelques secondes à sa disposition, car Daniel revint presque tout de suite vers le lit, une deuxième paire de menottes dans la main gauche et un couteau de poche dans l'autre. La peur de Lily se changea en terreur ; en proie à la panique, elle laissa échapper un cri que Daniel ignora. La maison était éloignée de la route ; personne ne l'entendrait.

Mais il s'était immobilisé à côté du lit et l'observait maintenant avec une expression qui témoignait à la fois de sa détermination et de sa souffrance. Il semblait presque déchiré.

— Lily, je sais que tu as peur, dit-il. Mais tu sais bien que je ne te ferais jamais de tort. Fie-toi à ton instinct.

Lily convint en elle-même de la logique de ces paroles. Le côté calme de son cerveau, celui qui se manifestait toujours lorsqu'elle devait travailler avec des familles affolées ou des alcooliques en détresse, lui répétait que Daniel Kane était un bon policier, une ancienne flamme et le frère aîné de sa meilleure amie. Si ce dernier avait vraiment l'intention de lui faire mal, il ne se soucierait pas du fait qu'elle se fasse des ecchymoses avec les menottes. Il n'allait pas lui faire de mal. Il ne dégageait pas cette intention. Le côté logique de son cerveau lui répétait ces pensées comme un mantra.

Mais le côté illogique et terrifié de son cerveau hurlait de manière hystérique, couvrant presque ses autres pensées.

— Pourquoi fais-tu ça? exigea-t-elle de savoir, le ton un peu trop aigu.

— Je te l'ai dit, je ne peux pas te l'expliquer pour l'instant, mais c'est pour ton bien.

Daniel s'installa sur le lit. Incapable de s'en empêcher, Lily se débattit à nouveau. D'une main experte qui donna le tournis à Lily, Daniel lui saisit l'autre poignet et l'attacha à la colonne de lit opposée de manière à ce qu'elle ait les bras écartés. Il ne lui laissa même pas la possibilité de lui donner des coups de pied, car il était à cheval sur elle, lui plaquant ainsi les jambes contre le matelas.

Elle l'observa de ses yeux embrouillés de larmes, éprouvant à nouveau des étourdissements lorsqu'elle le vit sortir la lame du canif et lever sa main gauche. Rapidement, il se passa la lame sur la paume, y faisant une entaille profonde et nette. Du sang foncé coula autour de la plaie.

Puis, il tourna son regard vers elle une fois de plus, et elle se sentit figée comme un cerf par des phares de voiture. Elle respirait péniblement ; seule sa respiration irrégulière meublait le silence qui occupait l'espace séparant leurs visages l'un de l'autre. Elle ne pouvait rien faire, sauf observer Daniel alors qu'il la fixait.

Il est si beau, songea-t-elle, l'esprit affolé. *Comment peut-il être si beau alors qu'il se livre à tout ça ? Va-t-il me tuer, finalement ?*

Comme s'il lisait dans ses pensées, il secoua la tête une fois.

— Bon Dieu, Lily ! Je ne vais pas te tuer, ma chère.

Sa voix était à peine plus forte qu'un murmure. Son expression était toujours empreinte de culpabilité, mais ses pupilles dilatées engloutissaient la majeure partie du bleu de ses iris. Il avait l'air du chat de Lily lorsque ce dernier s'apprêtait à bondir sur quelque chose.

— Jamais de la vie, ajouta-t-il.

Ses mains se mirent ensuite à bouger, et Lily réussit à peine à détacher son regard de son assaillant alors qu'il posait la lame contre son avant-bras droit.

— *Non !* Daniel, *s'il te plaît…*

Avec une vigueur renouvelée, elle se débattit contre les menottes, se contorsionnant en tous sens sous lui. La friction inévitable des menottes lui irritait profondément la peau jusqu'aux os. Elle remarquait à peine la douleur, mais Daniel poussa un faible juron et éloigna rapidement la lame du bras de Lily. Il posa le canif à côté d'elle sur le lit et se rassit, la bouche fermée et des éclairs dans les yeux.

— Lily, regarde-moi.

Lily sentit sa poitrine se serrer. Elle voyait des étoiles. Elle faisait de l'hyperventilation. Mais elle réussit à le regarder.

— Tu dois me faire confiance, ma chère. Je n'ai pas le temps de t'expliquer, mais je te jure sur tous les saints que j'essaie de te protéger. Il faut que je le fasse.

— D-Daniel… dit-elle en essayant de respirer, d'aspirer assez d'air pour dire encore quelques mots. J'ai peur ! Que se passe-t-il ?

Daniel l'observa en silence, le temps de plusieurs autres battements de cœur. Puis, à la vitesse de l'éclair, il la saisit par la nuque avec sa main saine. Il lui inclina la tête vers l'arrière et lui couvrit les lèvres d'un baiser vigoureux, exigeant.

Lily se débattit, bien que tout de suite submergée par des sensations contradictoires. Elle était totalement envahie par la peur et la confusion, mais lorsque Daniel la força à ouvrir la bouche sous lui, y plongeant profondément la langue, la peur de Lily se mit à s'estomper, et elle sentit un plaisir profond et inévitable la traverser comme une flamme. La chaleur se répandit dans sa poitrine, se lova dans son ventre et se fraya un chemin jusqu'à un endroit encore plus bas. C'était complètement anormal.

Mais elle ne pouvait se dégager.

Lily faiblissait. Elle sentait sa force s'échapper de ses membres comme par magie. Daniel l'embrassa plus profondément, puis un grognement s'éleva de ses entrailles, enveloppant Lily comme le tonnerre. Elle avait l'impression qu'il la buvait, qu'il épanchait une soif depuis trop longtemps ressentie, et elle commença à se sentir bien et vraiment vidée.

Elle finit par arrêter de se débattre. Il ne lui restait tout simplement plus de force. N'offrant plus de résistance, elle s'abandonna à Daniel, qui relâcha sa poigne sur ses cheveux pour descendre les doigts jusqu'à sa nuque, qu'il se mit à effleurer doucement. Il semblait trembler contre elle. Lily, quelque part dans sa tête, ressentit soudain un changement qu'elle percevait par sa langue. C'étaient les dents de Daniel... Ses canines semblaient plus longues. Plus aiguisées.

Mais elle ne s'en soucia guère. Elle était enivrée. Elle se demanda si elle avait été droguée.

Voilà comment c'est, lui chuchota son esprit grisé. *Voilà comment c'est que d'embrasser Daniel Kane.*

Daniel laissa passer une autre minute complète avant de mettre fin au baiser. Lorsqu'il s'arrêta enfin, la respiration de Lily était devenue lente et peu profonde. Son corps désirait cet autre corps d'une manière qu'elle n'aurait jamais pu imaginer. Surtout pas maintenant, dans ces circonstances.

Par ses paupières à demi fermées, elle l'observa se redresser lentement. Il n'avait plus cette lueur bleue dans les yeux; ses pupilles s'étaient dilatées complètement, reflétant le noir de ses cheveux. Elle savait maintenant, le constatant de si près, ce que c'était que d'avoir faim de quelqu'un.

Il la fixa pendant ce qui sembla une petite éternité, puis il reprit le canif. Et cette fois, il ne s'arrêta pas avant d'appuyer la lame sur l'avant-bras de Lily pour pratiquer une entaille dans sa chair pâle et tendue.

Lily grimaça en raison du petit pincement sur sa peau, et elle poussa un léger halètement. Mais elle n'avait pas véritablement peur. Le baiser de Daniel avait chassé toute frayeur en elle.

Les yeux d'un noir absolu de Daniel trouvèrent une fois de plus les siens au moment où il posait le couteau, et il entoura le bras de Lily de sa main tachée de sang, couvrant sa plaie avec la sienne.

Lily laissa sa tête retomber contre le cadre de lit en acier. La douleur de son avant-bras se transforma presque aussitôt en une étrange chaleur. Cette chaleur lui remonta le bras jusqu'au corps comme les pointes d'une flamme, lui léchant les seins, et Lily sentit ses mamelons se durcir contre sa robe mince. Puis, l'étrange chaleur descendit sur son ventre jusqu'à cet endroit humide entre ses jambes. Lily gémit et ferma les yeux. C'était comme être embrassée à nouveau.

Elle sentit Daniel se pencher vers elle, ses lèvres s'approcher de son oreille.

— Tu ne sais pas à quel point j'ai envie de toi en ce moment, ma chère. Le désir que tu ressens n'est rien en comparaison au mien.

Sa voix avait complètement changé. Elle était maintenant beaucoup, beaucoup plus grave, et elle résonnait dans le corps de Lily, la caressant de l'intérieur comme s'il s'agissait d'une créature vivante.

La poigne de Daniel se resserra autour de son bras. Il désirait vivement une fois de plus embrasser Lily. Celle-ci gémit au contact de leurs langues, puis son corps se convulsa en un orgasme, et elle fut prise d'un vertige d'une félicité interdite. Elle se sentit enveloppée de près par une obscurité toute chaude qui l'aspirait comme la marée. Elle se laissa porter par la dernière vague de son orgasme, puis sombra dans l'inconscience.

* * * *

Daniel Kane mit fin très lentement à son baiser, et il ouvrit les yeux pour observer la jeune femme menottée à son lit.

L'envie le tenaillait comme un démon. C'était une douleur qu'il n'avait jamais connue dans sa vie. Une douleur impitoyable et cruelle au-delà de l'imaginable qui lui faisait presque monter les larmes aux yeux.

Avec une volonté qu'il ignorait posséder, il lâcha le bras de Lily et se redressa en position assise, mettant quelques précieux centimètres de distance entre leurs deux visages. Il avait la respiration haletante, irrégulière. Il lutta pour recouvrer son souffle et pour redevenir maître de son corps. Il inclina la tête vers l'arrière, puis dans un immense effort, il fit rentrer ses crocs. Lorsqu'ils eurent disparu, il regarda Lily à nouveau. Son regard glissa de son visage endormi jusqu'à la marque qu'il avait laissée sur son bras. À l'endroit où se trouvait quelques instants plus tôt une entaille faite au couteau, il ne restait plus maintenant qu'un symbole. Un symbole bleu fait de petits nœuds complexes. Daniel était en extase devant cette marque, apposée sur la compagne qu'il avait choisie.

Par curiosité, il jeta un coup d'œil à sa propre main. Il avait la même marque sur sa paume, à l'endroit où il avait pratiqué une entaille. Les deux plaies avaient disparu, comme si elles n'avaient jamais existé.

C'est fait, songea-t-il. *Je l'ai marquée.* Les doigts tremblants, il caressa doucement une longue mèche de cheveux dorés dans le cou de Lily, et il effleura le contour de sa clavicule. *Elle m'appartient.*

C'était ce qu'il pouvait faire de mieux pour l'instant. Ça la protégerait, au moins un peu.

Il laissa tomber sa main sur sa cuisse, puis il prit une profonde inspiration vacillante. Il devait partir. Le maire et sa famille avaient été tués. Il connaissait le meurtrier ; il n'avait même pas besoin d'aller sur la scène du crime. Il savait qu'il sentirait l'odeur de l'autre loup à la seconde où il entrerait dans la maison du maire. C'était l'œuvre de Malcolm Cole. Un homme intelligent. Cole savait que c'était la seule façon d'obliger Daniel à laisser Lily seule. Le crime devait être frappant, et il devait pouvoir attirer l'attention des gens de la télévision.

Daniel n'avait d'autre choix que de se rendre sur les lieux. Il était le nouveau chef de police. Les médias seraient sur place. Et Lily serait seule. C'était exactement ce qu'attendait Cole.

C'était un putain de cauchemar.

Il avait dû saper la force de Lily et l'endormir de son baiser, mais ce n'était pas ce qu'il avait souhaité faire la première fois qu'il l'embrasserait. Elle serait confuse à son réveil, puis elle serait en rogne. Elle tenterait presque assurément de s'enfuir.

Il allait assigner un véhicule de police à l'avant du domicile et s'assurer de la présence de Tabitha. Il ne pouvait rien faire de plus.

Lentement, il se leva et retira les menottes des poignets de Lily. Puis, il la souleva et repositionna son corps endormi au milieu du lit. Il la recouvrit doucement de draps et s'éloigna. Ses cheveux dorés s'étalaient autour d'elle, contrastant avec la literie noire.

Il avait encore mal. *Seigneur*, comme il avait mal ! Mais il réussirait à tout faire rentrer dans l'ordre à temps. Avec une autre respiration tremblotante, il sortit son téléphone cellulaire de la poche au niveau de sa poitrine et composa un numéro. Tabitha répondit dès la première sonnerie.

— Viens chez moi, Tabitha. Elle dort. Je veux que tu sois auprès d'elle à son réveil… Tu lui diras que je suis désolé.

Il raccrocha sans attendre de réponse, puis il se dirigea vers la porte et quitta la pièce, non sans avoir jeté un dernier coup d'œil à la mince ligne bleue qui ornait le bras droit de Lily.

CHAPITRE CINQ

CSI : BATON ROUGE[5]

— Tes méthodes me surprennent un peu, Jennings, mais je dois admettre que j'en constate les avantages.

Jennings resta silencieux un très long moment avant de réussir à formuler une réponse en parlant au téléphone cellulaire.

— Oui, monsieur. Ça me semblait logique, monsieur. Il sera maintenant confus, et vous nous avez appris qu'il faut les affaiblir, peu importe comment.

Il y eut une autre longue pause, mais cette fois-ci de la part du premier interlocuteur.

— Oui. Je vois.

Sa voix était calme et son ton, bas. Et même si Jennings y voyait une marque de respect, cette voix lui donnait froid dans le dos. Il aurait pu jurer avoir entendu des bruits de fond qui ressemblaient à des sonneries d'ascenseurs, à des tintements de verres... et à des sonneries de machines à sous ?

— Jennings, tu as la chance de pouvoir influencer le cours des événements. De faire quelque chose de bien pour

---

5. N.d.T.: Clin d'œil à la série télévisée canado-américaine *CSI : Miami* dont le titre de la version française est demeuré le même au Canada (« *Les experts : Miami* » en France). Le sigle CSI signifie *Crime Scene Investigation* (*Recherches sur une scène de crime*).

l'humanité. De la débarrasser d'un véritable fléau. Fais tout ce que tu peux, et ne me déçois pas. Tu t'en es bien tiré jusqu'à maintenant, et tu es en mesure de voir ce que bien d'autres comme toi ne voient pas. Tu peux monter ces démons l'un contre l'autre.

— Oui, monsieur, répondit Jennings. Cette pensée m'a traversé l'esprit, monsieur.

L'autre poursuivit sur sa lancée.

— Bon, il se trouve que je sais que tu as des raisons personnelles de vouloir t'intéresser à cette histoire, et je peux comprendre, dit-il avant de faire une brève pause. Cependant, il te faut demeurer lucide. Au bout du compte, c'est notre objectif qui importe, et pas nos désirs personnels. Ne les laisse pas t'aveugler dans ton travail. Compris ?

Jennings déglutit profondément, se doutant du fait que son interlocuteur l'avait fort probablement entendu. La boule dans sa gorge était trop grosse et trop sèche.

— Oui, monsieur. Je comprends.

— Parfait. Je ne communiquerai plus avec toi. Je ne veux plus avoir de tes nouvelles jusqu'à ce que tu aies terminé cette tâche.

— Compris.

Jennings entendit la tonalité qui mettait fin à leur conversation. Il ferma lui aussi son téléphone, puis le rangea dans sa poche de ses doigts tremblants.

* * * *

Une bande jaune de scène de crime ayant été installée aux deux extrémités de la rue du quartier résidentiel, Daniel dut se garer à un bout et passer à pied en dessous de la bande alors qu'un autre policier s'empressait de la soulever pour lui faciliter la manœuvre.

Déjà, Daniel pouvait sentir le sang, même si la maison du maire était encore à plusieurs centaines de mètres. Le regard dissimulé derrière ses lunettes de soleil réfléchissantes, Daniel tourna la tête de côté et leva légèrement le nez. Il s'attendait à flairer immédiatement la senteur de Cole. Après tout, s'il avait pu la détecter dans une rue très fréquentée du centre de la ville comme celle abritant le restaurant où Lily et ses amis s'étaient rassemblés, il pouvait sûrement remarquer cette senteur près des lieux d'un crime sanglant commis par l'écrivain.

Mais sa senteur était absente. Du moins, il ne pouvait pas encore la percevoir.

Daniel serra les dents, et il ressentit une sensation de froid s'installer dans le bas de sa colonne. Il analysa subrepticement les alentours de la scène du crime. Le camion du coroner était stationné au bord du trottoir. Une ambulance, sirène éteinte et feux d'urgence activés, était également garée tout juste derrière. À l'autre bout de la rue, un camion de pompiers bloquait efficacement l'accès dans les deux sens, sa longue carrosserie rouge luisante s'étirant d'un trottoir à l'autre.

Des civils s'étaient rassemblés le long du périmètre de sécurité ; des voisins curieux et effrayés, au nombre desquels se trouvaient des personnages influents de la haute société. Daniel devrait lui-même s'occuper d'eux. Lorsqu'il était question de notables dont l'argent représentait l'élément vital de Baton Rouge, les relations publiques nécessitaient un certain doigté.

Une équipe de reportage était déjà sur place. Daniel pouvait déjà entendre les questions en rafale adressées directement à tout policier assez négligent pour s'approcher à moins de trois mètres de la femme au microphone.

Plusieurs autres équipes étaient sans aucun doute en chemin. Daniel soupira, et son estomac se serra. C'était mal vu que les médias arrivent sur une scène de crime avant le chef du service de police. Il devrait se trouver une excuse. Il doutait sérieusement que le public de la neuvième chaîne ou des nouvelles de dix-huit heures se satisfasse d'entendre « Désolé, je devais marquer ma compagne ».

Une équipe médicale sortait de la somptueuse résidence du maire. En traversant l'un et l'une après l'autre la porte avant double, les membres de l'équipe retiraient leurs gants de latex et les protège-chaussures bleu et blanc qu'ils avaient dû enfiler. Daniel s'approcha d'eux, et le coroner leva les yeux.

— Chef, dit-il.

Daniel hocha une fois la tête pour répondre à son salut. C'était une salutation sinistre pour aller avec ces circonstances sinistres.

Les cheveux gris-blanc du coroner étaient devenus légèrement crépus dans l'humidité d'après-tempête, et ses lentilles cornéennes se distinguaient facilement du jaune-blanc gorgé de sang de ses yeux fatigués. Son visage alternait entre sourires compatissants et froncements de sourcils sincères. Il s'appelait Jeffrey Hershel, et il était coroner depuis vingt-neuf ans.

Daniel avait remarqué qu'avec les années, les personnes occupant un métier ou une profession quelconque développaient littéralement le physique de l'emploi. Les chefs pâtissiers devenaient toujours gros et sentaient le chocolat. Les vedettes rock choisissaient des vêtements et teignaient leurs cheveux jusqu'à devenir aussi colorés que les paroles de leurs chansons. Les plombiers finissaient toujours par ressembler à de la merde. Après avoir passé tellement de temps auprès des corps d'un grand nombre de personnes assassinées ou trouvées mortes, Jeffrey Hershel avait commencé à prendre l'apparence d'un cadavre. Ce n'était pas un boulot facile. Daniel en était venu à se demander, après toutes ces années à titre d'agent de la paix, s'il ne ressemblait pas lui-même à un véritable criminel en chair et en os.

Le détective Aiden Knight se glissa à côté du coroner. Knight était un homme bien bâti, farouchement beau et presque aussi grand que Daniel. Ses cheveux bruns coupés négligemment lui arrivaient aux épaules. Il avait des yeux d'un ambre intense, mais très cernés, et sa barbe datait de plusieurs jours, ce qui lui donnait l'air de quelqu'un qui ne s'était pas offert le luxe de dormir ou de se raser depuis longtemps. Il avait un petit calepin noir en main.

— Chef, salua-t-il Daniel.

Daniel hocha la tête une fois de plus. Il soupira, jetant un coup d'œil à la porte derrière eux, s'imaginant l'horreur qui l'attendait à l'intérieur.

— Quelles sont les premières constatations, messieurs ?

— La gouvernante et la professeure de piano ont trouvé le corps ce matin vers onze heures trente. Quand la gouvernante est arrivée, la professeure de piano était assise sur le porche à attendre qu'on lui ouvre. Apparemment, elle devait donner un cours à onze heures. La gouvernante a une clé.

Le détective Knight fit un signe vers les deux femmes qui se tenaient en retrait sur le côté, près de la bande jaune de scène de crime, leurs corps enveloppés de couvertures malgré la chaleur du milieu de journée. Elles étaient manifestement encore un peu sous le choc.

— Avez-vous demandé à un adjoint médical de s'occuper d'elles ? demanda Daniel.

— Oui, monsieur. Elles ont chacune reçu un calmant, mais nous leur avons demandé de rester sur place pour que l'on puisse les interroger.

Daniel hocha encore la tête. Il était pleinement conscient de repousser l'inévitable. Il ne voulait pas entrer. Le maire n'avait jamais été un ami intime de Daniel, mais ils étaient quand même assez proches. Daniel avait partagé un repas avec sa famille à plus d'une occasion, et chaque année au temps des Fêtes, ils s'échangeaient des cadeaux dans l'atmosphère chaleureuse et amicale de la maison du maire.

Cette fois-ci, ce ne serait pas du tout la même atmosphère.

Comme s'il percevait l'hésitation de son patron, le détective Knight se pencha pour lui murmurer quelques mots à l'oreille.

— Tout a été photographié et étiqueté, chef. Nous voulons seulement que vous jetiez un coup d'œil et fassiez une brève déclaration.

Daniel approuva d'un signe de tête. Il prit une profonde inspiration pour se calmer, puis il hocha une fois de plus la tête, comme pour se rassurer lui-même. Le détective lui tendit une paire de gants et des couvre-chaussures, que Daniel enfila aussitôt. Les deux hommes firent ensuite un pas de côté, et le chef Daniel Kane entra dans la maison du maire.

En entendant le bruit feutré de son tout premier pas amorti par son couvre-chaussure sur les carreaux de marbre de l'entrée, Daniel nota l'immense différence que constituait la présence de la mort dans une maison. Ce n'était pas simplement le silence par opposition à la musique, au tinta-marre des casseroles, aux murmures de la télévision et de la radio, ou alors au rire d'un enfant. Ce n'était pas que l'odeur, qui pour lui était particulièrement révélatrice. Au lieu du parfum d'un pot-pourri à la cannelle ou de la senteur d'un chèvrefeuille fané collé à la semelle d'un soulier, il percevait plutôt l'odeur des ampoules de flash, de la silicone et du gra-phite des mines de crayons. Il percevait aussi une odeur de sang, d'urine, de peur et de poudre d'arme à feu.

Mais ce n'étaient pas non plus que les odeurs.

Non. Il y avait autre chose. Comme une nouvelle vibra-tion dans l'air. Ou un manque de vibration. C'était comme si la vie qui habitait cette maison, remplie de lumière et de bruits, avait maintenant disparu. L'air était dénudé. Vide. Confiné.

C'était presque insupportable. Daniel se surprit à retenir son souffle, comme l'aurait fait un homme marchant vers la chaise électrique, alors qu'il avançait dans le corridor où la puanteur de la mort était à son paroxysme.

C'est la fillette qu'il vit en premier. Daniel se figea sur place, se rappelant immédiatement la sensation du poids de cette petite lorsqu'elle se tenait sur le bout de ses bottes quand ils avaient dansé ensemble à son dernier Noël. Il entendit instantanément son rire. Et il en fut presque démoli.

— Chef ?

Knight était à côté de lui ; les deux hommes étaient seuls, mis à part les corps des personnes mortes dans le salon autour d'eux.

— Ça va ?

Daniel fit signe que oui. Mais il ne dit rien. Son regard alla de l'enfant endormie à sa mère, puis à son père, le maire.

Il pouvait tous les sentir. Pas juste leur sang, mais leur être. Les personnes qu'ils avaient été. Il pouvait sentir la lotion après-rasage du maire, le parfum de sa femme et la gomme à mâcher de leur fille.

D'autres senteurs masquaient ces arômes, à la manière du sable recouvrant les fossiles.

La poudre d'arme à feu. Daniel avait repéré le revolver, étiqueté et emballé à côté du corps du maire. Il savait, même sans l'observer de près, que le barillet était vide. Il y avait assez de résidu de poudre sur le canon de l'arme, sur les meubles et sur le plancher du salon, comme de la poussière invisible, pour qu'il puisse le déduire sans se tromper.

L'odeur des policiers détachés sur place et maintenant repartis se faisait également encore sentir : transpiration de fatigue, amidon des uniformes, déodorant dont ils gardaient l'applicateur dans leurs casiers au poste. Il percevait les traces odorantes de l'équipe médicale qui avait inspecté les lieux : gants de plastique et désinfectant. Même le carbone des flashs utilisés par le photographe de scène de crime avait laissé une légère empreinte.

Le parfum d'un policier l'intéressa particulièrement.

— Jennings est ici ? demanda tout de suite Daniel, dont la voix éteinte parvenait difficilement à ses propres oreilles.

— Oui, monsieur. Mayfield et lui sont arrivés les premiers sur les lieux. Ils sont à l'extérieur. Jennings a d'ailleurs dit qu'il avait des renseignements pour vous et qu'il vous attendrait pour vous les communiquer.

Daniel hocha la tête. Du moins, il crut l'avoir fait. C'était difficile à dire. En fixant les cadavres des membres de la famille qu'il avait si bien connue, il se sentait absent, étranger à lui-même.

Il ne se maîtrisait plus.

Il se tourna légèrement, comme s'il voulait parler uniquement à Knight, et il réussit de peine et de misère à détacher ses yeux de la poupée Hello Kitty éclaboussée de sang qui se trouvait à quelques centimètres des doigts de la fillette, raidis par la mort.

Même s'il parla dans un murmure que seul le détective pouvait entendre, le ton de sa voix était si grave et si hargneux que quiconque aurait blêmi en l'entendant.

— Je ne sens pas Cole ici, dit-il, affirmant purement et durement ses mots. Et toi ?

Le détective Knight fronça les sourcils. Il réfléchit un instant.

— Voulez-vous dire Malcolm Cole ?

Daniel hocha la tête.

— Non, chef. Je ne le sens pas non plus. Vous croyez qu'il est mêlé à cette histoire ?

— Je viens de menotter et de marquer ma compagne contre son gré et sans la moindre explication. Ensuite, j'ai dû la laisser seule dans mon lit, parce que par hasard, Cole est arrivé en ville en même temps qu'elle. *Une coïncidence, tu crois ?* demanda-t-il à son tour en retirant ses lunettes réfléchissantes pour fixer le détective. Sérieusement, j'en doute foutrement. Dans ce cas, pourquoi ne puis-je pas sentir ce bâtard de Britannique ici ? dit-il en sifflant furieusement. Je *sais* qu'il est ici. Je *sais* que c'est lui le coupable, continua-t-il en montrant le bordel autour de lui. Il a agi ainsi pour pouvoir atteindre Lily, sachant que je n'aurais d'autre choix que de la laisser seule sans protec…

Aiden arracha immédiatement les lunettes des mains de son chef, en ouvrit les branches, puis remit violemment la

monture sur les oreilles de Daniel. Celui-ci grimaça légèrement lorsque le métal lui heurta le nez, mais cette douleur
sembla le ramener à la réalité. Se rendant compte qu'il tremblait d'une émotion qui ne lui était pas familière, il cligna
des yeux.

Aiden regarda autour d'eux pour s'assurer qu'ils étaient
seuls, puis il poursuivit la conversation.

— Si vous l'avez laissée seule, assignez quelqu'un pour
la surveiller, et ne perdez pas de temps à y penser, patron.
Pour ce qui est de Cole et de sa senteur absente ici, nous y
verrons après nous être occupés des proches du maire et des
médias, dit Aiden en se penchant pour observer son patron
directement dans les yeux derrière ses lunettes opaques.
Vous devez *respirer*, chef, dit-il. Maîtriser le loup en vous. Vos
yeux scintillent.

Daniel fixa son ami en silence durant un long moment,
puis il se raidit et hocha la tête. Aiden avait raison.

Ce n'était pas le premier défi de Daniel. C'était peut-être
son plus difficile, mais pas son premier.

Il pouvait gérer la situation. Il devait seulement réfléchir.
Se ressaisir. Il prit une longue et profonde inspiration, puis il
se passa la main dans ses cheveux épais d'un noir bleuté. Il
avait effectivement prévu poster un policier devant sa maison. Mais dans sa hâte de se rendre au manoir du maire,
dans son inconfort et dans sa colère, il avait négligé de le faire.

Par chance, Tabitha était auprès de Lily. Elle était censée y être, du moins. Il détestait avoir à l'admettre, mais
même si sa sœur lui avait caché le secret de Lily durant
toutes ces années, raison pour laquelle il était absolument
en rogne contre elle, il dépendait maintenant beaucoup
d'elle. Si Lily se réveillait en l'absence de Daniel et que

Tabitha était seule avec elle, sa petite sœur aurait à lui expliquer... *tout*.

— Je vais aller parler à Jennings. Essayez de trouver une manière de vous débrouiller avec les médias jusqu'à ce que j'arrive, dit-il au détective.

Il obtiendrait de Jennings les renseignements dont il avait besoin, puis il enverrait Jennings et Mayfield chez lui.

Le détective hocha la tête et fit un pas de côté pour laisser passer Daniel.

À l'extérieur, la foule s'épaississait, et toutes les autres équipes de reportage des médias étaient maintenant sur place. Lorsque les journalistes virent Daniel sortir du manoir, tous et toutes se mirent à crier à son intention presque instantanément. Ils étaient comme des requins qui avaient senti le sang dans l'eau ; ils ne pourraient plus être repoussés longtemps. Daniel serra les mâchoires. Il avait mal aux gencives, à l'endroit même où ses crocs mouraient d'envie d'apparaître depuis une heure.

Laissant les reporters sans réponse, il se dirigea vers son collègue Allan Jennings, qui l'attendait à côté d'un très vieux chêne couvert de mousse à l'intérieur du périmètre de sécurité délimité par la bande jaune. Tenant un gobelet blanc de café dans chaque main, Allan en offrit un à Daniel lorsque celui-ci arriva à ses côtés.

— Je suis désolé, chef, dit doucement Jennings. Dure journée.

Son expression indiquait qu'il était sincèrement navré.

Daniel hocha la tête et prit le café.

— Merci.

Il pouvait sentir le café, riche et noir, sans crème ni sucre. Et plus encore.

Il sentait l'odeur du maire sur Jennings. L'odeur incroyablement légère, mais désagréable de la lotion après-rasage du maire, ainsi que la senteur de l'amidon de son complet taillé sur mesure, qui imprégnaient toutes deux le policier. C'était logique. Knight avait dit à Daniel que Jennings était arrivé en premier sur les lieux.

Daniel baissa les yeux sur son café. Il songea à prendre une gorgée, mais son estomac se révolta à cette idée. Trop de choses se passaient dans sa tête — et dans son corps — pour l'instant. Il tint plutôt le café dans sa main et posa une question.

— C'est toi qui as trouvé le maire et sa famille ?

Il voulait le questionner au sujet de Cole. C'était tout ce qu'il voulait savoir. Mais il n'était pas chef de police pour rien, et son travail avait préséance. Le maire avait été assassiné. Il fallait suivre le protocole.

— J'ai répondu à l'appel, monsieur. Je me trouvais justement dans cette rue lorsque la gouvernante et la professeure de piano ont trouvé les corps.

— Et Mayfield ? demanda Daniel.

Mayfield était le partenaire d'Allan, et ces deux-là étaient presque inséparables.

— Il était allé acheter des bagels, répondit Jennings d'un air un peu penaud. Nous avions fait un pari qu'il a perdu ; il payait donc le petit déjeuner. Il était parti depuis environ dix minutes lorsque j'ai reçu l'appel.

Daniel réfléchit un moment, ses yeux fixant le sol.

— Quand es-tu allé chercher le café ?

— J'en reviens tout juste, monsieur, répondit Jennings. Il y a un Starbucks au coin de la rue. J'ai pensé que vous aimeriez vous réchauffer.

On était en juin en plein milieu de journée, et l'humidité étouffait tous les badauds en sueur dans la rue, mais Jennings avait raison. Daniel avait froid. Que Jennings comprenne une telle chose indiquait qu'il s'agissait d'un bon policier.

Daniel hocha la tête et se tourna vers lui, maintenant prêt à demander ce qu'il avait voulu savoir tout ce temps-là.

— Qu'as-tu appris au sujet de Cole ?

Jennings se tourna et se mit à marcher vers la bande jaune à quelques mètres.

— J'ai tout ici, chef.

Daniel suivit Jennings, qui se pencha sous la bande jaune pour se diriger vers la voiture de police à proximité. Jennings ouvrit la portière du véhicule et salua d'un mouvement de la tête le policier Mayfield, qui était assis du côté passager, sa radio bande publique dans une main, un stylo et un carnet dans l'autre. Il fit un signe de tête à Daniel, qui lui rendit la pareille.

Jennings prit un dossier en carton du siège du chauffeur, et il le tendit à Daniel en fermant la portière de la voiture derrière lui.

— Son itinéraire, les numéros et heures de ses vols, les coordonnées de l'hôtel. Tout y est, chef.

Daniel ouvrit le dossier et se mit à lire.

— Parfait. J'ai maintenant besoin que Mayfield et toi alliez chez moi, Allan. Stationnez-vous devant la maison. Lily St. Claire se trouve à l'intérieur, et elle est actuellement en mauvais état. Il faut que vous vous assuriez qu'elle n'ira nulle part, Jennings.

Il leva les yeux et cloua Jennings d'un dur regard provenant de l'arrière de ses lunettes de soleil.

À son expression qui trahissait un malaise certain, il était clair que Jennings ressentait le poids de ce regard, même malgré les lunettes de Daniel.

— Pas de problème, chef.

Jennings se tourna et monta à bord de la voiture, puis Daniel s'écarta une fois le moteur en marche. Il regarda le véhicule reculer, puis se frayer un chemin parmi la foule compacte jusqu'à ce qu'il disparaisse dans la rue hors de son champ de vision.

Daniel prit une autre profonde inspiration pour se calmer et ravala sa nausée, puis il se tourna pour aller affronter les équipes de reportage.

CHAPITRE SIX

ASSIGNATION À DOMICILE

Tabitha fit un signe de tête aux policiers assis dans la voiture identifiée qui se trouvait dans la rue en face de la maison de Daniel. Ils la saluèrent à leur tour. Elle déverrouilla la porte et entra. C'était silencieux. Elle regarda autour d'elle et remarqua le sac à main de Lily sur la causeuse. Il y avait deux bouteilles pleines de Coca-Cola sur la table basse. Le tiroir de la table à côté de la causeuse avait été laissé ouvert. Il était vide.

Tabitha savait ce que Daniel gardait habituellement dans ce tiroir. Elle grogna en fermant les yeux et se pinça l'arête du nez. Elle déposa son sac à main et se dirigea vers l'escalier, qu'elle monta rapidement, mais sans faire de bruit. La porte de la chambre de Daniel était entrebâillée. Elle l'ouvrit lentement et aperçut Lily qui dormait dans le lit.

Tabitha resta sur le seuil et nota tout de suite les ecchymoses autour des poignets de sa meilleure amie, ainsi que les rayures sur les colonnes de lit. Elle sut instantanément ce qui était arrivé. Les menottes avaient disparu, mais il ne fallait pas être un génie pour comprendre que si un policier devait attacher quelqu'un à la hâte, il choisirait ce moyen.

— Bon Dieu, quel gâchis tu as fait, Danny !

Elle secoua la tête et s'avança pour s'asseoir sur le bord du lit. Elle observa la respiration encore profonde et lente de Lily. Son amie ne se réveillerait pas de sitôt.

Tabitha remarqua alors le symbole bleu fait de petits nœuds intriqués sur l'avant-bras de Lily. Un tatouage ? Elle prit doucement le bras de son amie et le retourna. Un rayon de lumière apparu soudainement par la fenêtre sembla miroiter sur la ligne de nœuds entrelacés, d'un bleu tout en nuances. La couleur exacte des yeux de son frère.

Ce n'était *pas* un tatouage.

— Bon Dieu, le grand frère !

Elle laissa tomber le bras de Lily et poussa un soupir tremblotant.

— Elle va me tuer.

Tabitha savait que Daniel allait faire quelque chose pour protéger Lily, mais elle avait plutôt imaginé qu'il lui déroberait sa force au moyen d'un baiser ou même qu'il choisirait une méthode propre au genre humain, comme la droguer pour la garder dans sa maison. Elle n'avait pas imaginé ce qu'elle voyait. C'était tout de même logique, dans un sens. Et Tabitha savait à quel point Danny désirait Lily.

— Tu n'as tout simplement pas pu résister, n'est-ce pas ?

Elle soupira une fois de plus et se demanda combien de temps encore dormirait Lily. Elle espérait que ce serait le plus longtemps possible. La maison de Daniel était l'un des rares endroits où Malcolm Cole ne pouvait entrer. Les loups-garous alpha ne peuvent pas pénétrer le territoire d'un autre. De la même façon qu'un vampire ne peut s'infiltrer dans une maison d'humains sans y être invité, Cole se tiendrait simplement sur le seuil, et il serait incapable d'avancer. Il n'essaierait même pas.

Lily était donc en sûreté, et tant qu'elle dormirait, elle ne tenterait pas de s'enfuir. Mais Tabitha savait qu'au moment où elle se réveillerait — au moment où Tabitha essaierait de lui expliquer la situation —, Lily se sauverait à toutes jambes. D'où l'explication de la présence des policiers à l'avant de la maison, déduisit-elle. Pour ce que ça changerait... Tabitha connaissait sa meilleure amie, et lorsque Lily St. Claire se mettait une idée en tête, elle s'attelait à sa tâche avec une détermination implacable. Cette force de caractère lui avait ainsi permis de sauver beaucoup d'épouses maltraitées. Et quelques enfants.

Tabitha fut submergée par une vague de tendresse envers sa meilleure amie. Doucement, elle repoussa une boucle de cheveux dorés du front de Lily. Celle-ci fronça les sourcils. Sa respiration devint plus légère.

Eh merde, songea Tabitha. *Elle se réveille. Elle est encore plus forte que ce que nous avions cru tous les deux.*

* * * *

— Tabby ?

Lily avait la voix faible et éraillée. Elle battit quelque peu des paupières avant de les ouvrir, puis elle cligna des yeux plusieurs fois.

— Je suis là, mon chou, répondit Tabitha, agenouillée à côté du lit. As-tu soif ? Veux-tu quelque chose à boire ?

Lily tenta de poser les yeux sur son amie, mais elle avait la vision embrouillée. Sa gorge était un peu sensible, comme si elle avait passé une soirée à encourager les Penguins ; elle criait toujours trop lorsqu'elle regardait une partie de hockey. Elle hocha la tête, sentant la douceur des draps sur sa joue.

— Oui, s'il te plaît.

Tabitha se leva, et Lily l'entendit quitter la pièce.

La pièce... *Où suis-je ?* Lily se retourna lentement, et elle fixa le plafond. Il était d'un gris foncé. Son regard alla du plafond aux murs, à la commode appuyée sur l'un d'eux, puis au lit... Elle se mit sur le côté et leva les yeux vers la tête de lit et les colonnes de lit en acier inoxydable, puis les draps noirs et les taies d'oreiller.

C'était... la chambre de Daniel, n'est-ce pas ? Elle ne s'en souvenait plus précisément. Elle avait les idées si confuses. Que lui arrivait-il ?

— Tiens, ma fille, dit Tabitha en posant un verre d'eau sur la table de chevet.

— Tabby, où suis-je ? demanda Lily en essayant de s'asseoir.

Une étrange faiblesse languissante lui léchait les membres, la suppliant de s'étendre. Elle se plia d'emblée à cette suggestion que lui faisait son corps et se détendit ; le lit était tellement confortable. C'était comme si elle avait pris deux Xanax qu'elle avait fait descendre avec une bière.

— Nous sommes chez mon frère, répondit Tabitha. Repose-toi et prends tout ton temps, Lily. Tu ne t'en porteras que mieux.

— Pourquoi ? demanda Lily en essayant une fois de plus de se concentrer sur son amie.

Lentement, le brouillard autour du visage familier de son amie disparut.

— Euh..., dit d'abord Tabitha avant de répondre, comme si elle n'était pas certaine de ce qu'elle allait dire.

Un souvenir surgit alors à l'esprit de Lily comme un flash d'appareil photo dans une pièce sombre.

Des menottes. Un couteau.

Lily cligna des yeux. Elle se sentit blêmir d'effroi.

— Tabitha, pourquoi suis-je ici ? lui demanda-t-elle sur un ton on ne peut plus sérieux.

Son amie soupira.

— D'accord, Lily, je vais tout t'avouer, mais tu dois me promettre que tu ne vas pas piquer de crise ni faire quelque chose de stupide.

Un autre souvenir revint dans l'esprit de Lily. Le visage de Daniel. Son baiser renversant. Et ses *crocs* ?

Lily trouva la force de s'asseoir, ignorant cette fois-ci la somnolence de son corps. Tout lui revenait maintenant rapidement en mémoire. Elle entendait à peine les mots de Tabitha.

— Tu te souviens de ce rêve que tu as fait au secondaire et dans lequel tu voyais Daniel se changer en loup ?

Lily hocha distraitement la tête. Dans son esprit, Daniel la menottait au lit. Son regard glissa vers les colonnes. Elles étaient égratignées. Les choses auxquelles elle pensait s'étaient réellement produites.

— Ce n'était pas un rêve, Lily. Ce que tu as vu, c'est vraiment arrivé. Daniel est un loup-garou, et tu l'as vu sous sa vraie nature. Tu l'as vu ainsi dans ton rêve parce que tu es destinée à être sa compagne.

Lily baissa le regard vers ses poignets. Ils étaient rouges et couverts d'ecchymoses. Puis, elle vit quelque chose briller sur son bras droit. Elle le tourna et fixa l'étrange, mais magnifique marque qui ornait l'intérieur de son avant-bras.

— Lily, m'écoutes-tu ?

— Il m'a coupée, dit Lily sans réfléchir, se souvenant maintenant clairement des événements. Il s'est coupé, puis il m'a coupée… mais je n'ai pas de coupure ici.

Seulement cette marque.

— Merde.

Tabitha se leva et s'assit à côté de Lily. Elle lui tourna doucement la tête pour qu'elle la regarde de nouveau.

— Lily, s'il te plaît, écoute ce que je te dis. Je vais tout t'expliquer si tu m'en donnes la chance. S'il te plaît, concentre-toi sur moi.

Le ton de Tabitha était autoritaire et calme, comme si elle avait désespérément besoin que Lily lui consacre son attention.

Lily reconnut ce type de désespoir dans sa voix. Elle en avait été témoin assez souvent dans son travail. Elle fixa son amie dans les yeux, et elle hocha la tête.

— Parfait. Maintenant, écoute-moi attentivement, et ne fais rien de stupide, d'accord ?

Lily trembla sous l'effet d'un frisson qui lui parcourut le corps.

— D'accord.

— Daniel est un loup-garou. Il est né ainsi. Ce trait se transmet de père en fils dans nos familles. Et tu es probablement destinée à être sa compagne, Lily. Au secondaire, tu as rêvé à lui sous sa vraie nature. Seules les louves latentes rêvent aux loups sous leur vraie nature.

Lily plissa les yeux. Elle s'écarta de Tabitha, soudainement beaucoup plus alerte. Les derniers symptômes de son étrange somnolence disparaissaient, et son esprit redevenait plus clair.

— Quoi ? demanda-t-elle. De quoi diable parles-tu ?

Tabitha prit une profonde inspiration dans le but de garder son calme, puis elle inclina la tête.

— Depuis combien de temps sommes-nous amies, Lily ?

— Depuis toujours, répondit celle-ci, alors pourquoi me lancer toutes ces conneries ?

— Ce ne sont pas des conneries, Lily.

Elle s'interrompit pour lui saisir le bras afin de l'exposer à la lumière.

— Je crois que tu le sais, au fond, continua-t-elle.

Le regard de Lily alla de Tabitha à son propre bras, puis il se posa de nouveau sur son amie.

— Il m'a menottée à ce lit et m'a coupée, et maintenant, tu le défends ?

— Non, répondit Tabitha en relâchant son bras et en secouant la tête. Je ne le défends pas. Je crois qu'il n'aurait pas dû te marquer, dit-elle, retournant dans sa tête ce qu'elle venait de dire. Probablement pas. Mais peu importe, il l'a fait. Oui, il t'a coupée. Mais la plaie a guéri presque instantané-ment — probablement à la seconde où son sang s'est mêlé au tien. Il n'y a plus de plaie, n'est-ce pas ?

Lily ne trouvait rien à répondre.

— Et cette marque ? dit Tabitha en la pointant. C'est la preuve qu'il t'a revendiquée et qu'il t'a faite sienne par son sang. Elle envoie essentiellement le message que tu lui appar-tiens aux gens de notre espèce.

Lily fixa silencieusement son amie durant un long moment. Tout semblait se précipiter furieusement dans sa tête alors qu'elle demeurait tout à fait calme à l'extérieur. C'était comme si seul son cerveau était pris de vertiges. Elle se souvenait de tout ce qui s'était produit ce matin-là : Daniel qui était venu au restaurant, le trajet jusque chez lui, Daniel qui l'avait transpor-tée dans l'escalier — *tout*. Elle se rappelait même le baiser… et son orgasme au moment de perdre connaissance. Rien de tout ça n'était naturel ; rien n'avait de sens.

Sauf si Tabitha avait raison.

Et que tout ce que Lily avait cru savoir sur la vie était complètement faux.

— Les loups-garous existent.

Lily venait de prononcer ces mots. Non pas pour les mettre en doute, mais pour les affirmer. Elle les avait prononcés juste pour les entendre et constater à quel point ils étaient insensés.

Tabitha hocha simplement la tête.

Mais peu importe à quel point ces mots étaient insensés, Lily n'avait quand même pas d'explication pour justifier ce matin étrange. Ni pour la marque qui lui ornait maintenant le bras. Un autre frisson lui parcourut le corps. Elle s'entoura de ses propres bras. Tabitha prit les draps du lit pour les enrouler autour des épaules de son amie.

— Bon, dit doucement Lily. Je t'écoute.

Tabitha se rassit.

— D'accord, je te demande juste un peu de patience. Je n'avais jamais pensé que j'aurais un jour à expliquer toute notre existence à quelqu'un.

Elle sembla rassembler ses esprits une seconde avant de poursuivre.

— Les loups-garous existent depuis des milliers… Diable, ils existent probablement depuis des centaines de milliers d'années. Honnêtement, je ne m'en souviens plus. Grand-papa m'a déjà raconté une partie de notre histoire, mais j'étais adolescente, et comme tout bon adolescent, je n'accordais pas d'importance à ce qu'il disait.

Lily resserra les draps autour d'elle, regrettant de ne pas avoir aussi un édredon.

— Seuls les mâles héritent du gène. C'est tout à fait injuste. Dans un sens, du moins. Car leurs pouvoirs viennent avec un lourd prix à payer.

— Quels pouvoirs ? demanda machinalement Lily.

— Eh bien, les mâles sont très forts. Je veux dire *très* forts. On parle ici de la capacité de soulever une voiture à mains nues, ce type de force. Et ils sont rapides. Certains loups-garous peuvent se déplacer à une vitesse qui les rend à peine perceptibles à l'œil d'un humain. Et ils ne vieillissent pas aussi vite que les humains. Lorsqu'ils atteignent la force de l'âge — habituellement vers vingt-sept ou vingt-huit ans —, ils ne vieillissent plus qu'à la moitié du rythme des humains. Parfois même plus lentement.

Elle se mordit la lèvre comme pour se souvenir de tout.

— Ils guérissent aussi vraiment rapidement. Une coupure ne met que quelques minutes à se cicatriser. J'étais vraiment jalouse de Danny sur ce plan. Petite, je me faisais toujours des blessures aux genoux, et je constate encore aujourd'hui que Danny n'a pas la moindre cicatrice sur son maudit corps, dit-elle en se renfrognant, avant de cligner des yeux et de continuer. Leur baiser peut avoir plusieurs effets, selon ce qu'ils désirent. Comme tu l'as probablement constaté, ils peuvent te vider de ta force, te saper ton énergie. Ils peuvent t'endormir d'un baiser. Et...

Tabitha rougit soudainement, comme si elle n'était pas sûre de vouloir en dire davantage à ce sujet.

Mais Lily se fit plutôt impérative de son regard aux reflets dorés.

— Continue.

— Et bien... ça peut être, tu sais... *plaisant.*

Ce fut maintenant au tour de Lily de rougir. Ça expliquait peut-être l'orgasme qu'elle avait ressenti au moment de perdre connaissance.

— Ah. Tu t'en es toi aussi rendu compte, dit Tabitha en hochant la tête et en se mordant les lèvres pour s'empêcher de sourire. D'accord, continuons, dit-elle en se replaçant légèrement sur le lit. Leurs sens sont très éveillés. Ils peuvent entendre, sentir et même voir mieux que les humains ou les loups. Ce n'est pas du tout naturel. Ils peuvent aussi remplacer quand ils le veulent n'importe quelle partie de leur corps d'humain par la partie équivalente du corps du loup, et vice versa. Lorsque j'avais six ans et que Danny en avait dix, il a passé l'Halloween déguisé en vampire, et tous croyaient que ses crocs avaient été faits par un artiste professionnel. Mais c'étaient les siens. Il jubilait.

Elle s'arrêta et se mordilla l'intérieur de la joue.

— Bien sûr, il arrive parfois que les loups-garous n'aient pas de pouvoir sur tous ces changements. Certaines maladies ne frappent que les loups-garous, mais les maladies humaines ne les affectent pas. Danny a déjà eu une fièvre qui a fait sortir ses crocs tout le long de sa maladie. Nos parents ne l'ont pas envoyé à l'école, comme tu peux t'en douter.

Lily remarqua l'expression de tristesse qui se répandit dans les traits de son amie quand celle-ci fit allusion à ses parents. Ils avaient été tués quand Tabitha avait huit ans. Assassinés lors d'un voyage de camping à l'occasion d'un de leur anniversaire de mariage. Le meurtrier n'avait jamais été retrouvé.

Lily tendit le bras vers l'avant pour serrer doucement la main de son amie. Tabitha leva les yeux. Leurs regards se croisèrent, et Tabitha sembla trouver la force de continuer.

— Il existe quelques rares façons de tuer les loups-garous. Tout comme dans Highlander, ils sont foutus si on leur coupe la tête. Je crois que le feu peut également les anéantir. Et les loups-garous peuvent se tuer entre eux ; leurs blessures de combat ne guérissent qu'à un rythme normal. C'est la raison pour laquelle les lois des clans interdisent aux loups-garous de s'attaquer les uns contre les autres, sauf pour se défendre ou pour défendre leur famille, dit-elle en baissant le regard sur le bras de Lily. Et cela inclut la défense des compagnes.

Lily inspira de nouveau de façon hésitante et lâcha la main de Tabitha. Elle détourna la tête et regarda droit devant elle une minute pour arriver à voir clair dans tout ça. Pour tout compartimenter et comprendre. À ses yeux, c'était presque comme si Tabitha venait de lui annoncer que Daniel Kane était originaire de la planète Krypton.

— Y a-t-il quelque chose que les loups-garous ne peuvent *pas* faire ? demanda-t-elle doucement.

— Eh bien, oui, il y a effectivement une chose.

Le ton de Tabitha était si bas que Lily dut se tourner vers elle de nouveau.

— Quelle est-elle ? demanda Lily.

— Ils ne peuvent pas rendre une femme enceinte — sauf leur compagne choisie, lui répondit solennellement Tabitha. Et jusqu'à ce qu'ils trouvent cette compagne, ils peuvent se rendre fous à chercher la personne qui convient. C'est le prix à payer que j'ai mentionné plus tôt.

— Et tu crois que je suis la compagne de Daniel ?

— Je ne fais pas que le croire, Lily, je le sais. Tu as rêvé à lui, tu l'as *vu* se métamorphoser. Tu es née pour être la compagne d'un loup-garou alpha, et je n'aurais pas dû te cacher à Daniel durant toutes ces années. Seulement…, s'interrompit-elle, sur le point de devenir irritée, eh bien, tu avais quatorze ans, et je ne pouvais faire autrement que de m'imaginer ma meilleure amie de quatorze ans se promener avec un ventre de la grosseur d'une baleine, et je n'avais *personne d'autre*, Lily. Cette pensée me rendait malade. C'est pourquoi je... lui ai dit de se tenir loin de toi, soupira-t-elle.

Elle leva les yeux vers Lily à nouveau, l'air contrit.

— Et il m'a écouté.

Lily, les yeux écarquillés, fixait son amie. Tout ce temps-là, elle s'était imaginé que Daniel ne s'intéressait pas à elle. Qu'il ne voulait pas d'elle, car elle n'était pas une fille facile. Ou peut-être parce qu'elle était trop fade. Ou *quelque chose*. Peu importe, elle en avait déduit qu'elle n'était simplement pas du genre de Daniel. Puis elle était revenue à Baton Rouge, et soudainement, son attitude envers elle avait changé du tout au tout.

— Il ne se tient plus loin, maintenant, laissa tomber distraitement Lily.

— En effet, acquiesça Tabitha. Il t'a toujours désirée, Lily. Je pourrais même affirmer qu'il était en train de devenir fou suite à sa promesse de te laisser tranquille. Et quand tu es revenue, eh bien, il a probablement renié sa promesse la seconde qu'il t'a vue. Et il y a cette histoire de senteur.

— Quelle histoire de senteur ?

— Les latentes ont une senteur caractéristique qu'un loup-garou peut reconnaître au premier abord. Danny t'a probablement sentie immédiatement et a pris sa décision sur-le-champ, expliqua-t-elle avant de soupirer profondément. Tu dois accepter la situation, Lily. Tu es destinée à être sienne.

— Sienne ?

Lily se mit soudainement en colère. Elle n'était pas sûre de savoir d'où lui venait ce mécontentement ; il y avait tant de raisons pouvant l'expliquer. Mais quelque chose l'irritait. Cette situation l'irritait au possible.

— Je suis destinée à être *moi-même*, Tabitha. Je n'appartiens à personne d'autre.

— Je suis désolée, s'empressa de dire Tabitha. Ce n'est pas ce que je voulais dire…

— Et si cette… latente, ou peu importe comment tu l'appelles, ne veut pas être la compagne d'un loup-garou ? Et si elle tombe plutôt amoureuse d'un humain et n'a pas envie de donner naissance à une portée de chiots ? continua Lily.

Tabitha cligna des yeux.

— Essaies-tu de me dire que tu ne veux pas de Danny ?

— Non ! répondit Lily, les joues rouges. Ce n'est pas ce que je te dis. Je ne crois simplement pas que le destin d'une personne puisse être tracé ainsi. Cette personne n'a-t-elle donc pas son mot à dire sur ce qu'elle veut faire de sa propre vie ?

Tabitha se rassit et observa Lily un moment. Puis, elle se leva du lit et se mit à faire les cent pas.

— À ce que je sache, il n'y a pas de compagne, dans l'histoire de notre espèce, qui n'ait jamais voulu le devenir. Peut-être ne ressentirais-tu rien pour la personne si tu n'étais pas destinée à être avec elle. Mais dans ton cas, tu as manifestement des sentiments pour Danny. Ne me dis pas le contraire.

Lily jeta un regard exaspéré à son amie, puis elle se détourna pour fixer le plancher, serrant les draps plus fort autour d'elle. Des effluves de l'eau de Cologne de Daniel vinrent lui chatouiller les narines. Une vague d'anticipation la submergea, lui serrant le ventre. C'était puissant. *Trop* puissant. Les paroles de Tabitha avaient toutes du sens. C'était ahurissant.

— Au fait, il voulait que je te dise qu'il est désolé, lui transmit Tabitha.

Lily cligna des yeux et la regarda.

— Pour le déroulement de tout ça, sans doute, ajouta son amie.

Lily réfléchit un moment. Elle se rendit finalement compte qu'elle ne trouvait rien à répondre. Mais sa poitrine lui semblait maintenant plus lourde.

— Pourquoi suis-je ici, alors? demanda-t-elle finalement. Pourquoi m'a-t-il enlevée pour m'emmener ici et mettre ce truc, peu importe ce que c'est, sur mon bras?

Elle baissa les yeux et regarda le symbole constitué de petits nœuds bleu vif. Son estomac se noua une fois de plus. Elle se sentit envahie par une vague de chaleur qui culmina entre ses jambes.

Tabitha ne sembla rien remarquer. En fait, lorsque Lily regarda son amie, ce fut pour constater que celle-ci était devenue très blême.

— Lily, tu te souviens de cet auteur que tu aimes tant? Malcolm Cole?

Lily hocha la tête en fronçant les sourcils.

— C'est aussi un loup-garou. Et je ne sais trop comment, il est au courant pour toi. Il est venu ici pour prendre possession de toi. C'est un loup-garou très intelligent, très puissant.

Lily se rappela tout ce que Daniel lui avait dit au sujet de Cole ce matin-là.

— Daniel m'a dit que c'est un tueur.

— Oui. Il a commis un nombre incalculable de meurtres. Mais selon les lois du clan, si tu ne prends pas un loup-garou sur le fait, tu ne peux pas le traduire en justice. Il sait comment brouiller les pistes pour que les humains ne le soupçonnent jamais. Et bien sûr, les lois humaines ne sont tout simplement pas adéquates pour gérer les gens de notre espèce. Il s'en tire donc à bon compte.

La chaleur qui avait enveloppé Lily à peine un moment plus tôt disparaissait maintenant, faisant place à un malaise. Elle en était presque troublée.

— Pourquoi se livre-t-il à des meurtres ?

— Pour ses livres. Et parce qu'il le peut.

— Oh, mon Dieu.

Lily se rappela à quel point elle aimait ses ouvrages, à quel point elle était captivée, et elle commença à se sentir envahie par la nausée.

— C'est un monstre, marmonna-t-elle. Bon Dieu, *je suis* un monstre. J'adore ses livres.

— Non, Lily. C'est *lui*, le monstre, mais c'est aussi un bon écrivain. Pourquoi penses-tu qu'il a vendu tant de livres ? Pourquoi crois-tu qu'il est si connu ? Pour le moment, tu dois surtout penser à te protéger de lui. Il ne peut pas entrer chez Daniel. Ce sont deux mâles alpha qui ne peuvent pénétrer le territoire de l'autre. C'est pourquoi Danny t'a emmenée ici. Et c'est pour ça qu'il t'a marquée. Parce que tant que tu portes la marque d'un alpha, personne d'autre de notre espèce ne peut te réclamer.

La tête de Lily tournait.

— Tu crois que Cole était à ma poursuite ?

Tabitha eut l'air perplexe, mais elle hocha la tête et haussa les épaules.

— Ça semble un peu gros pour être une coïncidence. Sa présence à Baton Rouge alors que tu viens de revenir, je veux dire.

Il y eut un long silence lourd de sens. Lily posa finalement une question.

— Si je suis marquée, alors je suis en sûreté. Pourquoi devrais-je rester ici ?

— Le fait que tu sois marquée ne signifie pas pour autant que tu ne peux pas être kidnappée. Et être marquée entraîne son lot d'effets secondaires désagréables par rapport aux autres mâles alpha, j'en ai bien peur.

Lily plissa les yeux. Elle avait l'impression que ses dents vibraient dans son crâne.

— Comme quoi ? demanda-t-elle péniblement.

— Eh bien…, soupira Tabitha en s'assoyant de nouveau sur le bord du lit. Reste simplement ici, d'accord ? Si tu pars, c'est impossible de dire ce qui va se passer.

— Bon Dieu, Tabitha ! Pendant combien de temps serai-je coincée ici ?

— Jusqu'à ce que Daniel trouve un moyen de se débarrasser de Cole.

Le cœur de Lily s'enfonça dans son estomac.

— Et ça va être long, tu crois ?

Tabitha secoua la tête, l'air maussade.

— Cole se cherche une compagne depuis plus de soixante-dix ans. Il en a contre Danny, et comme je l'ai dit, c'est un homme très brillant. Il est probablement vachement déterminé aussi, donc ça pourrait prendre un certain temps.

— As-tu dit qu'il a soixante-dix ans ?

— Non, j'ai dit qu'il cherche une compagne depuis soixante-dix ans. Il a au moins quatre-vingt-dix ans.

— Il semble avoir l'âge de Daniel, dit Lily avec étonnement.

— Ne te l'ai-je pas dit? Ils vieillissent deux fois moins vite, tu te souviens? Certains chanceux vieillissent encore plus lentement, environ trois fois moins vite qu'un humain, peut-être encore plus lentement. C'est un drôle de veinard. C'est un alpha très puissant, Lily, dit Tabitha en frissonnant avant de continuer doucement. Il me fout la trouille.

Lily remarqua le frisson de son amie et tenta de déglutir, mais sa gorge sèche ne laissait pas descendre la boule qui s'y était logée. Elle saisit le verre d'eau à côté du lit et prit plusieurs grandes gorgées, puis elle posa le verre.

— Tabitha, comment se fait-il que Cole sache que j'existe? Comment m'a-t-il trouvée?

— Je ne le sais pas, ma fille. Je me le demandais aussi. Mais il est très ingénieux. Et les latentes sont rares, de nos jours. Je suppose qu'il a trouvé une manière.

Les deux tombèrent alors dans un silence complice, chacune plongée dans ses sombres pensées. La pièce s'emplit de ce silence jusqu'à ce que Tabitha se relève finalement et passe nerveusement les mains sur son jean.

— Écoute, as-tu faim? Il est environ dix-sept heures. Tu dois être affamée.

Lily réfléchit un moment. En vérité, elle était tellement sous le choc qu'il lui répugnait de penser à la nourriture. Mais elle savait qu'elle devait manger. Ce serait une mauvaise idée de ne pas se nourrir au moment où son corps pourrait avoir plus que jamais besoin de forces.

— Ouais, je suppose que je pourrais manger.

— D'accord. Bon, comme Daniel ne mange jamais à la maison... Il y a un Subway à trois maisons d'ici. Je vais aller chercher des sandwichs, et je vais revenir aussitôt, dit-elle avant de s'arrêter sur le seuil. Reste à l'intérieur, d'accord ?

Lily hocha la tête, et Tabitha sortit.

Il s'écoula un moment avant que Lily laisse finalement tomber les draps qui l'entouraient et qu'elle se lève du lit de Daniel. Le lit semblait l'attirer, l'inviter à s'allonger, et elle sut qu'elle éprouvait beaucoup de sentiments pour Daniel.

Bien qu'il fût un *loup-garou*.

Elle secoua la tête pour se libérer les esprits, puis elle se leva et se rendit à une porte attenante sur un mur. Cette porte ouvrait soit sur un placard, soit sur une salle de bain, et peu lui importait. Elle devait se soulager, mais elle avait tellement froid qu'elle ne ressentait aucune honte à l'idée d'emprunter l'un des pull-overs de Daniel.

La porte donnait sur une salle de bain. Elle utilisa celle-ci, puis elle trouva un placard assez grand pour qu'elle puisse se déplacer à l'intérieur, relié à la salle de bain. C'était génial. Elle était jalouse. Daniel n'en remplissait que le quart avec le peu de vêtements dont il disposait.

Elle réussit à trouver un pull-over chaud et épais, qu'elle n'hésita pas à enfiler. La laine lui caressait la peau, et le chandail avait la senteur de Daniel. Elle ferma les yeux et inspira pour mieux la sentir. Cette enivrante chaleur lui revint.

— Bon sang, marmonna-t-elle. Tu me rends folle, Kane.

Lorsqu'elle sortit du placard et de la salle de bain, elle entendit la sonnerie de son téléphone cellulaire. *Hungry like the Wolf*[6] jouait dans son sac à main dans des tons électroniques étouffés. Lorsqu'elle se rendit compte de la chanson qu'elle avait choisie sans hésiter à l'époque, elle se mit à se demander si Tabitha pouvait avoir raison. Elle était peut-être

---

6. N.d.T.: Affamé comme le loup.

la compagne désignée de Daniel. Peut-être qu'elle l'avait toujours su et qu'au fond d'elle-même, elle était liée au monde des loups de manière aussi complexe et inéluctable que le symbole bleu qui imprégnait à présent l'intérieur de son bras.

Elle ouvrit la fermeture éclair de son sac à main et sortit son téléphone. Un numéro inconnu apparaissait sur l'afficheur. Elle ouvrit l'appareil et le porta à son oreille sans réfléchir.

— Allô?

— Eh bien, allô, mon amour, fit la voix grave et enivrante de Rupert Everett.

Cole.

L'horreur s'empara de Lily, c'était comme si la terre s'arrêtait de tourner autour de son axe. Elle tendit le bras pour retrouver ses repères, s'appuyant contre le mur pour se ressaisir.

— Je veux que tu viennes à moi, Lily. Immédiatement. C'est aussi le souhait de Tabitha.

Il y eut une pause au cours de laquelle Lily put entendre des sanglots étouffés.

— N'est-ce pas, Tabitha? poursuivit Cole.

Lily entendit cette fois-ci un cri étouffé, comme s'il provenait d'une personne bâillonnée, puis d'autres sanglots.

Les ongles de Lily s'enfoncèrent dans la peinture du mur de Daniel. Ses genoux flanchèrent, et elle tomba sur la moquette, réussissant à peine à garder le téléphone cellulaire contre son oreille.

— S'il vous plaît, murmura-t-elle.

Elle avait de la difficulté à laisser passer l'air entre ses cordes vocales. Sa terreur était si forte qu'elle en était étourdie.

— Ne lui faites pas de mal.

— Bluebonnet et Hillmont, mon amour. Je te donne quinze minutes.

Et il raccrocha.

CHAPITRE SEPT

HONNÊTEMENT, MONSIEUR L'AGENT,
JE N'AI PRIS QU'UN VERRE

Lily s'estimait contente d'avoir l'estomac vide, car sinon, elle aurait immédiatement vomi.

Quinze minutes… quinze minutes… Bluebonnet et Hillmont…

— Merde !

Ayant été à l'extérieur de la ville un certain temps, elle n'avait plus qu'un vague souvenir du plan des rues. Elle parcourut rapidement la pièce des yeux, mais elle ne trouva pas d'ordinateur. Elle courut à l'étage, gravissant l'escalier deux marches à la fois tout en appuyant gauchement sur le chiffre deux et sur le bouton d'appel de son téléphone cellulaire. Elle tomba directement sur la boîte vocale de Tabitha. Une fois sur le palier, elle ferma le téléphone et regarda précipitamment autour d'elle.

Il y avait trois pièces à l'étage. L'une était la chambre de Daniel ; pas d'ordinateur. Une autre était une salle de musculation qui semblait contenir une quantité incroyable de poids. Pas d'ordinateur. La troisième était une chambre d'ami. Toujours pas de chance.

Elle tournoya sur place, ferma les yeux et appuya sur ses tempes du bout de ses doigts. Ses pensées lui faisaient l'effet de fourmis affolées qui s'éparpillaient dans tous les sens, chaotiques et imprévisibles.

— Bluebonnet, Bluebonnet, Bluebonnet...

Elle se rappela assez rapidement cette rue-là. Un large boulevard, en direction sud-est depuis Airline.

— Hillmont, Hillmont... Où diable Hillmont peut-elle bien être ?

Elle se souvenait vaguement de ce nom. En rapport avec des maisons en construction. Une rue relativement nouvelle ?

— Le patin à roues alignées ! s'exclama-t-elle.

Elle se rappelait les nouvelles rues dans le coin de Bluebonnet, dans les nouveaux lotissements, un endroit parfait pour pratiquer le patin à roues alignées, ce que Sherry et elle avaient souvent fait avant son départ de Baton Rouge des années auparavant. Bon, elle avait donc une idée générale de l'endroit où elle allait.

Maintenant, comment s'y rendrait-elle ?

Elle réfléchissait à toute vitesse. C'était la maison de Daniel. Il conduisait une voiture de police, ce qui signifiait que la moto était soit au poste, soit ici dans le garage. L'instant d'après, elle traversait la cuisine en courant vers la porte y donnant accès. Passant devant une fenêtre qui donnait sur la rue, elle eut quand même le temps de remarquer une voiture de police stationnée devant la maison. Deux jeunes hommes étaient assis à l'intérieur. L'un buvait le contenu de ce qui semblait être une bouteille de Nestea, et l'autre mangeait un truc enveloppé dans un papier d'emballage blanc.

Elle faillit pousser un autre juron, mais elle préféra garder son énergie. Elle saisit plutôt la poignée devant elle et ouvrit la porte du garage. Il y faisait noir comme dans un four. Elle se mit à chercher un interrupteur sur le mur, et lorsqu'elle le trouva enfin, elle le fit basculer vers le haut.

De longues séries de tubes fluorescents se mirent à bourdonner et à clignoter au-dessus de sa tête jusqu'à ce que la pièce soit illuminée d'une lumière crue. Lily cligna quelques fois des yeux, puis elle se concentra sur les deux véhicules stationnés devant elle : un énorme pick-up noir entièrement recouvert de boue et orné de gros pneus, et la Harley Night Train.

Elle se mit immédiatement à chercher la clé. Il la laissait sûrement tout près. *De grâce, faites qu'elle soit ici et non sur son porte-clés !* Enfin, elle la trouva, accrochée à un crochet sur l'un des murs, au-dessus d'un établi.

Une fois à côté de la moto, elle s'arrêta, incertaine de ce qu'elle devait ensuite faire. Il y avait des policiers à l'avant, probablement postés par Daniel avec ordre de ne pas la laisser quitter la maison. Si Lily les laissait l'interpeller ou la suivre, Tabitha mourrait. Elle le savait au plus profond d'elle-même. Pas de policiers. C'était pour cette raison qu'elle n'avait pas appelé Daniel. Cole n'avait aucune raison de se montrer indulgent.

Elle se mordit la lèvre. Eh bien, la Harley Davidson avait encore bonne réputation dans un domaine : permettre à son conducteur de fuir les agents de la paix.

Mais elle devait bien orchestrer son geste.

Sur le mur, à côté de l'interrupteur des néons, se trouvait un deuxième interrupteur actionnant la porte extérieure du garage.

Elle retira le pull-over qu'elle avait pris dans le placard de Daniel et le lança sur le capot du camion. Elle ne voulait pas qu'il l'empêche de se mouvoir librement. Puis, elle courut jusqu'à l'interrupteur de la porte et le poussa vers le haut. Celle-ci commença à se lever bruyamment. Lily se précipita ensuite vers la moto, qu'elle enfourcha du côté gauche, remontant sa robe sur ses longues jambes jusqu'à ses cuisses. Elle jura brusquement qu'elle ne porterait plus jamais de robe soleil. Elle se foutait d'avoir chaud à en crever à l'avenir ; elle se baladerait désormais jour et nuit vêtue d'un jean, de bottes et d'un étroit blouson de cuir pour le reste de sa vie.

Elle mit la clé dans le contact, la tourna et attendit que les voyants s'illuminent. Du pied, elle abaissa complètement le levier de vitesse, puis elle le remonta d'un demi-cran pour mettre la moto au point mort. Enfin, elle appuya sur le bouton de démarrage rouge.

La moto s'éveilla en grondant, et Lily fit tous les bons gestes, remerciant sa bonne étoile qui avait su mettre sur son chemin durant deux semestres à l'université un copain propriétaire de moto. Il lui avait appris à la conduire, et elle s'en était même servie pour aller à ses cours deux fois par semaine. Tout lui revenait en mémoire ; c'était comme une seconde nature.

La porte du garage était maintenant ouverte aux trois quarts, et Lily pouvait apercevoir les jambes des policiers qui traversaient la rue en direction de la maison, comme elle avait d'ailleurs supposé qu'ils le feraient dès que la porte commencerait à s'ouvrir.

Elle attendit encore quelques secondes, fit avancer légèrement la moto vers l'avant, vérifia à gauche et à droite s'il y avait des voitures sur la voie, puis au moment où les visages des hommes devenaient visibles derrière la porte blanche qui se levait, elle passa en première, tourna la poignée d'accélération et contourna les policiers comme une fusée.

Derrière elle, la porte avait fini de s'ouvrir, et les agents Jennings et Mayfield se tenaient dans l'allée de la maison de leur chef. Bouche bée, ils fixaient une femme en robe qui s'éloignait aux commandes d'une Harley Davidson.

Jennings retira la radio de sa ceinture et appuya sur un bouton.

— Euh, quelqu'un devrait peut-être dire au chef Kane que sa demoiselle a pris la poudre d'escampette, dit-il en retournant à la voiture avec Mayfield. Sur sa moto, en plus.

— Noté. Pas de poursuite. Je répète : pas de poursuite.

— Dix-quatre.

Jennings regarda Mayfield d'un air interrogateur. Celui-ci haussa les épaules.

— Il a probablement donné cette consigne pour éviter qu'elle meure en essayant de nous échapper.

Jennings hocha la tête une fois. Ils ouvrirent chacun leur portière et se glissèrent sur leur siège. Jennings porta la radio à sa bouche une fois de plus.

— Répartiteur, préparez-vous à mettre tous les véhicules aux aguets. Le suspect est une femme blanche, fin de la vingtaine, cheveux blonds, yeux bruns, vue pour la dernière fois sur Fairhaven, direction est. Type de véhicule : moto Harley Davidson noire, immatriculée...

Il s'arrêta. Il n'avait pas pu lire le numéro de plaque. Il se mordilla l'intérieur de la joue.

— Eh bien, c'est la moto du chef, ajouta-t-il, un peu mystifié. Il saura.

* * * *

Lily savait qu'elle enfreignait un millier de règlements à ce moment-là. Elle dépassait les limites de vitesse, elle franchissait des lignes doubles, et elle s'arrêtait à peine aux intersections pour s'assurer que la voie était libre avant de griller un feu rouge. Ou trois.

La circulation était incroyable. Ce n'était pas ainsi dix ans auparavant. Tabitha devait avoir raison lorsqu'elle disait que la population avait triplé. C'était assurément l'impression qu'elle avait pour l'instant. Elle avait passé devant quelques voitures de police, mais à son grand étonnement, aucune n'avait fait rugir sa sirène pour se mettre à sa poursuite. Elle s'en étonna, mais c'était la moindre de ses inquiétudes. Elle n'avait pas de montre, et elle ignorait combien de minutes s'étaient écoulées depuis que Cole l'avait appelée sur son téléphone cellulaire. Et elle était terrifiée.

Les pensées se bousculaient pêle-mêle dans sa tête. Elle remarqua la disparition de bon nombre d'énormes chênes anciens auparavant inclinés au-dessus des rues, dont les branches recouvertes de mousse espagnole bloquaient les rayons du soleil. Elle remarqua également qu'il y avait partout de nouveaux lotissements — il lui semblait que Wal-Mart avait acheté la ville, l'avait rasée au bulldozer, puis s'était mis à faire affaire avec des chaînes de restaurants pour reconstruire par-dessus l'ancien Baton Rouge riche de culture et d'histoire.

Lily n'avait pas vraiment eu l'occasion d'explorer beaucoup la ville depuis son retour. Maintenant, la nouveauté de l'endroit — tous ces nouveaux lotissements — la déstabilisait. La ville était en bonne partie méconnaissable. Elle se mit à craindre de ne pas se souvenir de l'emplacement des rues. La rue Jefferson ne ressemblait plus à la rue Jefferson. Cette artère avait toujours été passante, mais ce n'était rien comparé à maintenant alors que poussaient de nouveaux quartiers et qu'avaient disparu des immeubles dont elle croyait se souvenir.

Lorsqu'elle laissa Jefferson pour se retrouver sur Bluebonnet, elle accéléra encore et se mit à rouler sur l'étroit accotement potentiellement dangereux. Des nids-de-poule s'avéraient menaçants, et la végétation avait créé dans l'asphalte des fissures qui jouaient à la roulette russe avec les roues de la moto.

Mais Lily gardait les yeux vers l'avant, la tête levée, sa main et son pied droits prêts à appliquer les freins et sa main gauche serrant la poignée d'accélération.

Les voitures klaxonnaient, et les hommes sifflaient. Elle contourna désespérément les cônes orange à l'angle des rues Bluebonnet et Perkins, où une vieille Afro-Américaine devant le Circle K mit ses mains en porte-voix pour lui crier :

— T'es *folle*, chérie ! Ralentis !

Le monde n'était plus que commerces et industries autour de Lily, mais elle ne songeait qu'au temps écoulé depuis son départ de chez Daniel. Elle ne voulait que le bien de Tabitha. Si elle pouvait seulement faire en sorte que son amie sorte vivante de cette fâcheuse situation… eh bien, ce serait suffisant.

Lily elle-même ne se voyait pas mieux que morte. Que pourrait-elle faire contre un loup-garou, et plus particulièrement contre ce Malcolm Cole, que l'on disait si puissant ? Absolument rien. Il vient un temps dans une bataille où il faut savoir admettre sa défaite, savoir se rendre en espérant ainsi sauver la vie de ses proches. Et c'était exactement l'intention de Lily. Si elle devait sauver Tabitha, alors soit.

Une éternité sembla s'écouler avant que Lily n'atteigne finalement les nouveaux lotissements aux commandes de son engin rugissant. Les maisons y étaient plus grosses et moins densément réparties, avec de plus grands jardins qui, pour l'instant, n'étaient que pelouses. Les arbres, nouveaux, frêles et retenus par des cordes et des tuteurs, n'avaient pas encore atteint la splendeur que leur promettait la Louisiane. Il leur faudrait des décennies.

Lily parcourut les rues nouvellement pavées, ralentissant pour pouvoir lire leurs noms sur les panneaux.

Finalement, elle arriva à la rue Hillmont. Il y avait une maison aux quatre coins de l'intersection. Laquelle était celle de Cole ?

Lily se rangea au fond de l'accotement et posa le pied gauche par terre, laissant le droit sur le frein. Elle analysa le voisinage autour d'elle pendant que son cœur battait à tout rompre et qu'elle écoutait les sons environnants avec attention pour capter le moindre bruit familier. Quelqu'un susceptible de l'appeler, peut-être. *N'importe quoi.*

Un reflet argenté capta soudain son regard. Lily se tourna sur son siège alors qu'une berline grise aux vitres teintées s'arrêtait au panneau d'arrêt perpendiculaire au sien. La voiture se rangea sur l'accotement, comme Lily venait de le faire, puis elle s'immobilisa. Le chauffeur attendait.

Le cœur de Lily s'emporta. Son ventre se serra. Elle plissa les yeux pour observer plus attentivement.

D'instinct, elle sut que la voiture était venue pour elle. Avec une résignation qui lui donnait mal au cœur, Lily éteignit le contact et fit descendre la béquille de la moto. Elle prit la clé dans sa main et traversa rapidement les voies devant elle, se dirigeant vers la berline argentée qui attendait.

Lorsque Lily se fut approchée à environ sept mètres, la portière arrière du côté opposé de la berline s'ouvrit, et un géant à la peau noire en sortit. Sammy, le grand frère d'Alex, n'était rien en comparaison à cet homme. Ses biceps semblaient vouloir faire exploser le tissu de son t-shirt gris. Il n'avait pas de cheveux, et il portait des lunettes de soleil réfléchissantes.

Lily se figea sur place, maintenant si effrayée qu'elle n'était plus en mesure de ressentir aucune autre émotion. Elle regarda l'homme, qui retira ses lunettes. Il lui fit un signe de tête.

— Mademoiselle St. Claire? lui lança-t-il de cette courte distance.

— Oui, répondit Lily en hochant la tête.

— Nous travaillons pour monsieur Cole. Veuillez s'il vous plaît nous accompagner.

Lily prit une inspiration hésitante et continua de traverser la chaussée. Lorsqu'elle fut assez près, l'autre portière arrière de la berline argentée s'ouvrit, et un deuxième homme sortit de la voiture. Il n'était pas aussi solidement charpenté que le Noir, mais il était grand et bien bâti, vêtu d'un t-shirt noir, d'un chic pantalon noir et de chaussures habillées noires. Une vilaine cicatrice parcourait son bras gauche de l'épaule à l'intérieur du coude. Une deuxième cicatrice, mince, ornait sa joue gauche jusqu'à la base de l'œil. Ses yeux étaient du même gris argenté que la berline. Ses cheveux noirs montraient des touches de gris aux tempes, et ses lèvres étaient légèrement pulpeuses et sensuelles. C'était un bel homme; sa cicatrice ne semblait qu'ajouter à son charme. Elle lui donnait un air un peu plus… *dangereux*.

L'homme bougea les commissures de ses lèvres sensuelles vers le haut lorsque Lily arriva à sa hauteur.

Il fit un pas de côté, l'invitant d'un geste à monter dans la voiture.

— Après vous, mademoiselle St. Claire.

Lily se pencha pour s'installer sur la banquette arrière. Une veste sport noire était étendue au bord du siège, et elle supposa que le vêtement appartenait au balafré. Elle prit soin de ne pas y toucher et s'assit au milieu de la longue banquette, les bras croisés contre elle. Le Noir s'assit presque instantanément à côté d'elle, refermant la portière dans un même temps. Il dégageait une odeur d'eau de Cologne européenne achetée à fort prix. La voiture sentait le cuir neuf.

Du côté par lequel était montée Lily, l'homme aux cicatrices saisit sa veste sport, qu'il déposa délicatement sur ses épaules. Puis, il entra et s'installa lui aussi à côté de Lily, qui se retrouvait ainsi coincée entre les deux hommes. Heureusement, la voiture était plutôt large, et il y avait amplement d'espace pour les trois.

L'auto démarra immédiatement, et Lily tenta d'observer le chauffeur. Elle ne voyait que l'arrière d'une tête blonde et une boucle d'oreille à une seule oreille. Personne d'autre n'était assis à l'avant.

Tous les passagers étaient à l'arrière avec elle. *Quelle chance*, ironisa-t-elle intérieurement.

Lorsqu'ils eurent quitté l'intersection et roulé un certain temps sur Bluebonnet vers le sud, puis tourné sur Nicholson, le Noir se pencha et appuya sur un bouton qui se trouvait sur le dessus du compartiment de rangement entre les deux sièges avant. Le couvercle s'ouvrit en glissant, révélant une bouteille de vin et un seul verre.

— Monsieur Cole aimerait que vous preniez une consommation, Mademoiselle St. Claire.

L'homme sortit la bouteille et prit le tire-bouchon qui se trouvait immédiatement derrière celle-ci. Il déboucha la bouteille d'une main experte, prit le verre et versa doucement le liquide clair dans la coupe de cristal.

— Je n'en veux pas, trouva-t-elle la force de répondre.

— Ce n'est pas négociable, Mademoiselle St. Claire, dit le balafré en s'interposant, la voix grave et légèrement râpeuse.

Elle se tourna vers lui. Il sourit, lui montrant ses canines.

— Allez, buvez ce vin.

Lily eut le souffle coupé, et dans un geste de recul, elle se cogna contre le corps d'acier du Noir. Elle se tourna instinctivement ; le géant tenait le verre plein devant son visage.

— Au complet, dit-il avant de sourire.

Il avait lui aussi des crocs. Et un éclat étrange luisait dans la profondeur de ses yeux bruns, leur donnant une touche d'ambre.

Lily avait l'impression que son cœur allait littéralement passer au travers de sa cage thoracique. Elle porta une main à sa poitrine. Elle commençait à avoir mal.

— Vous lui fichez la trouille. Je sens sa peur, nom de Dieu ! Vous allez lui faire faire une crise cardiaque.

Le chauffeur secoua la tête en tournant à une intersection. Sa boucle d'oreille étincela sous un rayon de soleil. Sa voix était plus jeune ; il devait avoir presque vingt ans, ou à peine plus.

Le grand Noir rit d'un rire profond et sincère.

— Je ne peux pas m'en empêcher, dit-il. Elle sent très, *très* bon.

— C'est une latente, acquiesça l'autre homme à côté d'elle.

Lily remarqua que ses yeux luisaient aussi maintenant d'une manière étrange, miroitant comme la couleur argent au clair de lune.

— Il y a des décennies que je n'en ai pas senti une.

— Calmez-vous, Mademoiselle St. Claire. Nous n'allons pas vous faire mal, lui dit le Noir, d'un ton absolument paisible.

Il posa doucement la main sur son épaule, et même si elle remua brusquement à ce soudain contact, il persista doucement. Il l'appuya doucement contre le dossier.

— Respirez et essayez seulement de vous détendre.

Elle le regarda, puis elle fixa l'autre homme, et elle porta finalement son attention sur le chauffeur, dont elle pouvait maintenant voir les yeux dans le rétroviseur. Ses yeux étaient gris comme ceux des autres complices, mais pas aussi purs que ceux de l'homme aux cicatrices.

— Respirez, Mademoiselle St. Claire, répéta le Noir.

Elle se rendit alors compte qu'elle retenait son souffle et que sa main droite serrait si fort la clé de la motocyclette de Daniel qu'elle s'était fait une marque dans sa paume. Avec effort, elle déplia ses doigts et laissa tomber la clé sur la banquette. Puis, elle relâcha le peu de souffle qui lui restait et inspira profondément. Ses poumons se remplirent douloureusement, et elle vit apparaître des points noirs. Elle ferma alors les yeux.

— C'est ça.

Elle prit quelques autres inspirations profondes et remarqua qu'elle se détendait, très légèrement, contre le cuir du dossier. Puis, elle ouvrit les yeux.

Le Noir esquissa un sourire satisfait, les canines toujours proéminentes.

— Vous devez maintenant boire le vin ; vous n'avez pas le choix.

Il capta son regard dans le sien et le retint.

— Et ça va vous aider à vous calmer.

Lily ne voulait vraiment pas boire le vin. Elle était menue, et ce verre était bien rempli. Le vin faisait toujours trop rapidement effet quand elle en buvait. Ça lui montait directement à la tête, et elle n'avait rien mangé depuis le petit déjeuner. Si elle avalait le contenu de ce verre, elle serait bourrée avant qu'ils arrivent à destination, peu importe où. Sans la maîtrise de ses facultés, comment pourrait-elle à tout le moins s'assurer que Tabitha allait bien ?

— S'il vous plaît…, commença-t-elle à dire, mais le balafré l'interrompit.

— Bois-le, chérie, dit-il en se tournant vers elle, appuyant sa large poitrine sur le côté du corps de Lily. Ta résistance ne fait qu'attiser le désir de tous les loups dans cette voiture.

Il caressa doucement la joue de Lily du revers de ses doigts, ce qui la fit tressaillir, car une étrange étincelle pas tout à fait désagréable lui parcourut le corps.

— Est-ce vraiment ce que tu veux ? poursuivit-il en se penchant vers l'avant pour que ses mots se promènent sur la peau de Lily.

Celle-ci frissonna violemment, prit le verre et le porta à ses lèvres. Elle avala le vin et sentit le liquide qui lui brûlait la gorge. Une chaleur se répandit immédiatement dans sa poitrine.

Le Noir se mit à rire.

— Tu sais vraiment parler aux dames, James.

« James » n'avait pas détaché ses yeux de Lily. Elle le savait, car son regard lui faisait l'effet d'une brûlure. Elle prit une autre grande gorgée de ce vin et se résigna à son destin. En quelques minutes, elle réussit à ingurgiter presque tout le contenu du verre, et la chaleur et l'engourdissement se répandirent en elle jusqu'à sa taille comme un feu analgésique. Elle sentait comme des pointes de flamme glisser inexorablement vers le bas, se frayer un chemin vers cette humidité croissante entre ses jambes. Le vin lui procurait toujours cette sensation. Une autre raison pour laquelle elle n'avait pas voulu en boire.

Lorsqu'elle sentit que l'effet du vin atteignait son paroxysme, elle ne put s'empêcher de laisser échapper un petit gémissement. Elle laissa sa tête tomber contre le dossier de la banquette de cuir, et elle promena ses mains de son ventre à ses jambes. Puis, elle saisit sa robe de ses doigts tout en serrant les jambes.

— Merde, dit le Noir d'une voix étrangement rauque et animale. Amène-nous vite à destination, Isaac. Je ne veux pas mourir aujourd'hui.

Lily remarqua à peine le malaise qu'il éprouvait, et à vrai dire, elle ne s'en préoccupait guère. Elle était trop transportée. Elle laissa sa tête rouler légèrement de côté, sa joue s'appuyant contre l'épaule de James.

Elle cligna lentement des paupières en levant les yeux vers lui.

— Désolée, dit-elle.

Elle n'essaya cependant pas de bouger, et il sourit.

— Pas de problème, chérie. Ça ne me dérange pas.

Débarrassée de ses inhibitions, elle lui posa doucement une question sur le ton de la conversation.

— Quel âge as-tu, James ?

Le sourire de ce dernier s'élargit.

— Quel âge me donnes-tu ?

Ses yeux gris enflammés étaient devenus luisants et miroitants.

— Tu sembles avoir environ quarante ans. Peut-être quarante-cinq. Mais tu es un loup-garou.

Elle cligna des paupières une fois de plus et se mordit la lèvre. James baissa le regard, puis il la fixa de nouveau.

— Tu es donc beaucoup plus vieux que ça. N'est-ce pas ? poursuivit-elle en ralentissant son débit.

Parler devenait de plus en plus laborieux.

— J'ai cent vingt-huit ans, lui dit-il doucement.

— Wow, répondit-elle.

Elle ferma les yeux, comme envoûtée sous l'effet d'une vague de plaisir. Lorsqu'elle les rouvrit, elle vit un muscle tressaillir sur la mâchoire de James.

— Tu as, genre, un siècle de plus que moi.

Elle se mit à rire ; tout ça lui semblait très drôle sans qu'elle sache pourquoi. Puis, elle redevint sérieuse.

— As-tu une compagne, James ?

Celui-ci attendit silencieusement un très long moment avant de répondre, puis il inclina une fois la tête.

— Elle est morte en 1956 dans un incendie.

Lily fut envahie par un sentiment de tristesse. Elle s'imagina soudainement debout à l'extérieur d'un immeuble en feu alors que tous ses êtres aimés étaient coincés à l'intérieur, condamnés à mourir, et qu'elle ne pouvait rien faire pour les aider. C'était douloureux. Elle avait toujours été trop empathique. Trop sensible à la douleur d'autrui. Et ce n'était pas différent cette fois-ci, même si ces hommes étaient des loups-garous et qu'elle était complètement saoule.

— Je... je suis vraiment désolée, lui dit-elle.

Elle posa doucement une main sur la joue de James. Ce dernier écarquilla les yeux de manière presque imperceptible. Elle remarqua soudain une lueur bizarre dans les profondeurs de son regard argenté. Présente une seconde, disparue l'instant d'après.

Lily gémit une fois de plus et laissa son bras retomber. Elle se tortilla sur la banquette, car la chaleur et l'humidité entre ses jambes devenaient trop éprouvantes.

— Je crois que tu lui en as trop donné, Thomas, lança Isaac du siège avant. Elle est partie. C'était vraiment ça, le plan?

Thomas, qui était de toute évidence le prénom du Noir, sembla la considérer un instant, puis il soupira.

— Tu as peut-être raison. J'ai de la difficulté à juger ce genre de choses.

— C'est parce que tu pèses autant qu'un éléphant, bonhomme, répondit Isaac. Elle est minuscule. Et elle n'est pas une louve-garou. Elle vient tout juste de se faire marquer. Elle est faible. Elle va jouir et s'évanouir avant même que nous arrivions.

— Il faut la ramener un peu à elle, dit James, le ton toujours bas et la voix douce.

— On ne peut pas, répondit Thomas. On ne peut pas l'embrasser, n'est-ce pas? Comme il l'a dit, elle porte la marque de Kane, ajouta-t-il en montrant d'un geste le symbole bleu sur le bras de Lily.

— Nous pouvons lui donner du sang, dit James.

Les loups-garous restèrent alors silencieux, puis Lily se lécha les lèvres, fermant les yeux sous l'effet d'une vague de vertiges presque désagréables.

— D'accord, dit Thomas à voix basse. Fais-le, James. Elle semble bien t'aimer.

Lily écoutait la discussion en ayant l'impression de n'être qu'une pure étrangère. Comme si elle regardait un film. Elle intervint donc comme si elle posait la question à une télévision.

— Ça ne fera pas d'elle un vampire ?

Isaac et Thomas gloussèrent. James sourit et secoua la tête, ses canines ayant poussé un peu plus depuis son dernier sourire.

— Non, chérie. Il n'y a pas de vampires ici. Que des loups. Encore une fois, non. Tu ne te transformeras pas.

Elle hocha la tête, comme si c'était totalement logique, puis elle passa distraitement sa main sur sa cuisse et entre ses jambes. Les deux hommes à l'arrière s'immobilisèrent, les yeux figés sur ses doigts baladeurs.

Lily gémit une fois de plus. Elle avait si chaud… elle était si mouillée. Elle voulait… *quelque chose*. Elle *avait besoin* de quelque chose. La marque sur son bras se mit à lui picoter. Elle se souvint des menottes. Du baiser.

Isaac s'éclaircit la voix.

— Il faut faire vite, messieurs, avant que l'un de vous ne soit poussé à bout, dit-il en secouant la tête alors que le feu tournait au vert et qu'il s'engageait dans une autre rue. Nous sommes presque arrivés. Cole veut qu'elle se montre docile ; pas qu'elle soit dans un état comateux.

James se redressa et retira sa veste sport une fois de plus, puis il porta son poignet à ses lèvres et enfonça ses crocs dans une veine. Au même moment, Thomas plaça sa main gauche derrière la tête de Lily pour l'immobiliser.

Lily fronça les sourcils, se demandant ce qui arrivait. James plaça alors son poignet contre sa bouche.

— Bois, lui ordonna-t-il.

Elle hésita, mais il se pencha contre elle et porta ses lèvres à son oreille.

— Bois, Lily.

Elle ouvrit alors la bouche et passa sa langue sur le sang qui coulait. Le liquide lui brûla la langue comme de l'alcool à cent quatre-vingts degrés, et elle tenta de se dégager brusquement. Cependant, Thomas la tenait fermement, et James appuya plus fort. Lily n'eut d'autre choix que d'avaler d'instinct, ayant l'impression que si elle s'y refusait, elle ne pourrait plus respirer. Le sang lui coula dans la gorge comme du feu, et elle en eut le souffle coupé. James retira son poignet après qu'elle eut avalé l'équivalent d'une seule gorgée. Sa plaie se mit immédiatement à se refermer.

Lily le regarda s'écarter, puis elle ferma les yeux. Des changements s'opérèrent en elle. Elle avait l'impression de s'être envolée dans le ciel et de se rapprocher maintenant de la terre. Ses pieds toucheraient le sol d'une seconde à l'autre. L'effet du vin en elle commença à s'estomper comme une vague se retirant vers la mer, et la sensation douloureuse entre ses jambes se mit à diminuer, mais sans disparaître complètement. Lily se sentait toujours faible, sonnée, lourde et incapable de réfléchir efficacement.

Elle avait encore envie de Daniel Kane.

Mais elle sentait qu'elle retrouvait au moins un peu de cohérence dans ses idées. Quelques secondes plus tard, la brûlure qu'elle avait éprouvée en léchant le sang du loup-garou disparut aussi de sa gorge. Elle déglutit et tenta de s'éclaircir la voix.

— C'est mieux, déclara Thomas, le sourire satisfait. C'est parfait.

— Et juste à temps, dit Isaac.

Devant lui, une porte de garage commençait à coulisser vers le haut, et il fit pénétrer la berline dans l'obscurité.

James ne dit rien. Son regard vif et brillant miroitait comme du platine en fusion. Silencieusement, il mit sa veste sport.

Lily se tourna pour regarder par la fenêtre, et lorsque la voiture s'arrêta, Thomas et James ouvrirent tous deux leur portière et sortirent. Quelques secondes plus tard, Isaac faisait de même.

Lily resta assise sur la banquette.

Maintenant qu'elle était rendue à destination — et qu'elle allait rencontrer Malcolm Cole dans quelques secondes —, la terreur s'empara d'elle encore une fois. Et le vin n'aidait en rien. Il lui avait efficacement sapé toute forme de force que la peur aurait pu lui insuffler, la laissant simplement effrayée et stupidement impuissante.

J'aurais été effrayée et impuissante de toute manière, songea-t-elle. *C'est un loup-garou, après tout. Et il est entouré d'autres loups-garous, alors que je ne suis qu'une humaine chétive et qu'il a ma meilleure amie en otage. Je suis foutue !*

— Sortez de la voiture, s'il vous plaît, Mademoiselle St. Claire, dit Thomas.

Lily leva les yeux. Les trois loups-garous étaient rassemblés devant la portière à sa gauche. James lui tendit sa main. Après avoir pris une respiration hésitante, Lily tendit aussi la main vers lui.

CHAPITRE HUIT

LE BOUCLIER

— Nous l'avons repérée, chef !

Daniel pivota sur lui-même et se rendit à l'écran devant lequel se trouvait un homme qui n'avait cessé de travailler comme un forcené.

— Ils ont pris l'autoroute 10 vers East Bank, et nous avons perdu le signal à…

L'homme installé à son ordinateur fit un zoom avant sur l'écran jusqu'à ce que les noms des rues deviennent visibles.

— South River Road et Bird Heights Avenue.

Daniel se redressa et demanda à plusieurs policiers de l'accompagner.

Une demi-heure plus tôt, les agents de la circulation patrouillant un peu partout en ville étaient parvenus à retracer le chemin parcouru par Lily à toute vitesse lorsqu'elle avait quitté la maison. Des rapports avaient été envoyés de divers endroits sur Bluebonnet et apparemment de façon simultanée, faisant état de ses déplacements rapides — et des règlements qu'elle enfreignait sur son trajet. Sa vitesse, sa détermination et sa désobéissance évidente aux règles les plus élémentaires du Code de la route indiquaient à Daniel que ce n'était manifestement pas lui qu'elle fuyait ainsi. Elle n'était pas si stupide. Si elle avait des comptes à régler avec lui, si elle était fâchée contre lui parce qu'il l'avait marquée sans son consentement, elle l'aurait attendu pour l'affronter à son retour.

C'était différent dans ce cas-ci. Plusieurs policiers avaient déclaré qu'elle roulait sur l'accotement, qu'elle brûlait les feux de circulation et qu'elle se fichait de doubler des voitures de police identifiées. Si elle avait voulu fuir Daniel, elle se serait assurément tenue loin de toute forme de présence policière. Elle aurait essayé d'attirer le moins possible les forces de l'ordre. Daniel comptait immensément sur ses effectifs, qui avaient déployé leurs tentacules dans toute la ville.

Non. Lily ne songeait pas à lui. Elle était préoccupée par quelque chose d'autre.

Et Daniel était à peu près certain de savoir de quoi il s'agissait.

Après tout, Tabitha n'avait pas répondu à son téléphone. Lorsqu'il s'était rendu chez lui pour confirmer ses craintes, il était prêt à parier mille dollars et son âme que Malcolm Cole était parvenu à entrer en contact avec Lily pour lui donner un ultimatum — incluant des menaces de mort pour Tabitha.

La suite lui avait donné raison, bien sûr. En trente minutes, les personnes que Daniel chérissait le plus au monde étaient tombées entre les mains de l'homme qu'il détestait le plus.

Quelques minutes après l'arrivée de Daniel chez lui, ses hommes avaient repéré sa moto sur l'accotement du côté sud de l'intersection Bluebonnet Boulevard et Hillmont Avenue. C'était une chance incroyable que la moto s'y trouve toujours, ce qui pouvait s'expliquer par le fait que c'était un quartier relativement récent et que la circulation n'y était pas si dense.

Mais la clé de l'engin et Lily avaient toutes les deux disparu.

Maintenant qu'il quittait le poste de police, accompagné de plusieurs agents, il n'avait jamais été aussi heureux d'avoir fait installer un dispositif de pistage dans la clé en cas de vol.

Et il était immensément plus heureux que Lily l'ait emportée avec elle.

* * * *

Lily déplia ses longues jambes et sortit de la berline argentée. Ses mouvements lui semblaient mal coordonnés, et elle devait se concentrer énormément pour ne pas perdre l'équilibre. Elle savait que c'était à cause du vin. Elle était vraiment fâchée de ne pas maîtriser la situation. Elle détestait se sentir impuissante ; ça la rongeait de l'intérieur. Pis encore, en raison du vin — et de la marque sur son bras —, elle était incapable de combattre ses émotions négatives, ce qui faisait donc durer sa colère.

Daniel avait touché quelque chose en elle en la marquant. Il avait peut-être voulu la protéger, la réclamer ou accomplir ce que lui dictait son ego de mâle de l'époque de l'homme des cavernes, mais il l'avait aussi atteinte autrement. Il l'avait par inadvertance rendue docile. Elle sentait que c'était une faiblesse temporaire, mais le moment n'aurait pu être plus mal choisi. Cole avait dû apprendre, d'une façon ou d'une autre, qu'elle était désormais marquée. Il semblait tout savoir. Il lui avait fait boire du vin pour renforcer les effets sédatifs de la marque. Elle se laissait attirer dans son piège bien tendu comme une ravissante idiote d'un film d'horreur de série B

qui, pour une raison quelconque, *doit* absolument aller vérifier par elle-même la source d'un bruit étrange. Dans la forêt.
En chemise de nuit.

Lily n'était foncièrement pas du genre docile. Elle avait
déjà démontré qu'elle savait tenir tête à des hommes saouls
bedonnants capables de brandir des couteaux de cuisine et
de jurer pour des rôtis pas assez cuits. Elle avait déjà maî-
trisé un joueur de football américain de seize ans au physique
maigre et nerveux bourré aux méthamphétamines, et qui agitait violemment un bâton de baseball en sa direction. Mais
cette fois-ci, elle agissait d'une façon qui ne lui ressemblait pas.
Vraiment pas. Et c'était frustrant. Elle aurait été furieuse, si
seulement elle avait eu *l'énergie* nécessaire pour s'emporter.

Dans son état actuel, cependant, lorsqu'elle commença à
se redresser dans le cadre de la portière, elle vacilla très légèrement, et James lui lâcha la main pour pouvoir la prendre
doucement par les bras afin qu'elle retrouve son équilibre.

— Je n'y arriverai pas, dit-elle.

Ces mots étaient sortis de sa bouche sans qu'elle puisse
s'en empêcher. Elle sentait ses genoux faiblir. Elle était
terrifiée.

James s'agenouilla pour lui parler, approchant ses lèvres
de son oreille comme pour lui dire un secret. C'était un geste
inutile, cependant, puisque les loups-garous dans le garage
auraient pu entendre un murmure à une distance de plusieurs maisons. Il le faisait pour elle, simplement pour lui
faciliter les choses.

— Je comprends ta peur, Lily, chuchota-t-il en lui tenant
les bras fermement de ses mains chaudes. Monsieur Cole ne
va pas te faire de mal. Tu es bien la dernière personne sur
terre qu'il voudrait voir souffrir.

— Qu'en est-il de Tabitha ? demanda Lily.

James n'avait pas de réponse à cette question. Il se redressa et lui donna quelques secondes supplémentaires pour qu'elle puisse se ressaisir avant qu'il la pousse doucement à avancer. Il continua de la tenir fermement pour qu'elle ne trébuche ni ne tombe pendant qu'il la guidait dans un premier escalier qui menait à l'extérieur du garage sombre. Lily soupçonna que son empressement auprès d'elle avait aussi probablement pour but qu'elle ne tente pas de fuir.

Une fois qu'ils eurent gravi l'escalier, on lui fit franchir une porte.

Ils traversèrent une cuisine, puis ils entrèrent dans un vaste salon dénué de meubles, à l'exception d'une unique chaise de bois sur laquelle était assise Tabitha. Elle avait été ligotée avec de la corde et bâillonnée avec un bâillon en cuir disponible en magasin. Ses joues rouges étaient barbouillées de larmes. Deux autres personnes se trouvaient dans la pièce, une de chaque côté de la chaise.

Une femme rousse au bronzage incroyablement foncé qui semblait approcher de la fin de la cinquantaine se tenait à droite de Tabitha.

Malcolm Cole se tenait à gauche de celle-ci.

Lily l'aurait reconnu n'importe où en moins de deux. Elle avait vu cet homme dans ses rêves un nombre incalculable de fois, et il avait toujours exactement cette apparence. Il était grand et bien bâti, avec d'épais cheveux brun foncé. Il portait également les mêmes vêtements que dans ses rêves : un jean bleu serré qui épousait les muscles de ses jambes et une chemise blanche dont les manches longues avaient été retroussées sur ses bras pour exposer les bracelets de cuir autour de ses poignets. Il était exactement pareil. C'était déconcertant de se trouver soudainement devant un fantasme de son imagination, qui n'était finalement *pas* un fantasme. Mais ce qui lui coupa littéralement le souffle, ce qui lui fit tressaillir le cœur, ce fut son regard.

Ses incroyables yeux résolument verts...

Lorsque son regard croisa intensément celui de Lily, elle se figea soudainement sur place. Elle était tout simplement devenue incapable du moindre geste. Ces yeux verts dans ce visage déjà beau à rendre fou captaient l'attention. C'était ce genre de beauté à même de subjuguer les femmes au point qu'elles s'enfoncent les ongles dans leurs paumes et qu'elles rejettent toutes leurs couvertures la nuit. Un genre de beauté à même de provoquer l'insomnie.

Elle arrivait à peine à supporter de le regarder.

Mais il n'allait pas lui donner la chance de détourner le regard. Le jade de ses yeux se transforma en un vert émeraude encore plus profond, et ses pupilles se dilatèrent avidement.

— Lily, dit-il doucement.

En un seul mot, le ton grave de sa voix meubla l'espace qui les séparait avant de se lover impitoyablement autour d'elle. Lily éprouvait presque une attirance physique, et elle sut instantanément que ce n'était pas naturel. Daniel avait certes depuis toujours une voix incroyablement sexy qui lui donnait des frissons dans le dos et lui faisait ressentir une chaleur au ventre, mais celle de Cole dégageait une véritable puissance particulièrement forte. Elle supposa que c'était là un autre attribut de loup-garou qu'il possédait, contrairement aux autres loups-garous. Tabitha n'en avait pas fait mention, mais elle l'ignorait peut-être elle-même. Elle avait raison sur un point, cependant : Malcolm Cole était réellement très fort.

Sur cette pensée, Lily parvint à rassembler, Dieu sait comment, une grande partie de ses forces, et elle détacha obstinément son regard de celui de Cole. Ce fut presque douloureux. Elle y parvint en partie par entêtement et en partie parce qu'elle était fâchée qu'il ait réussi à l'attirer si profondément dans sa toile. Mais elle voulait aussi pouvoir regarder son amie une fois de plus.

Tabitha regardait elle-même Lily de ses yeux grands ouverts, et la peur semblait presque irradier de ceux-ci. Mais on pouvait aussi y voir de la fierté.

Lily serra les dents et souffla de l'air entre ses cordes vocales.

— Lui avez-vous fait mal? demanda-t-elle, la voix nouée.

Le rire grave de Cole lui parvint comme une caresse. Ce rire la libéra instantanément de toute la tension qu'elle ressentait dans son corps, et ses yeux se fermèrent de leur propre volonté.

Lorsque Cole cessa finalement de rire et qu'elle rouvrit les yeux, celui-ci s'était approché et penché au-dessus d'elle, le visage orné d'un sourire à la fois magnifique et maléfique qui dévoilait ses crocs.

Elle eut le souffle coupé et tenta de reculer, mais la main de Cole fendit l'air comme l'éclair pour lui saisir le poignet gauche, immobilisant Lily. Muette d'étonnement, elle ne put que lever le regard vers lui. Les pupilles de ce dernier, maintenant dilatées, avaient passablement occulté le vert de ses yeux. Tout comme lorsque Daniel l'avait menottée à son lit, elle fixa son ravisseur et s'émerveilla de sa beauté. *Il est tellement beau… ce n'est pas juste.*

— Eh bien, cessons de faire semblant, Lily, dit Cole. Tu le veux, toi aussi.

Oh, il l'atteignait maintenant vraiment. C'en était trop pour elle : la marque, le vin, la présence de Malcolm, sa main qui entourait si solidement son poignet et sa voix. Elle ne savait pas pendant combien de temps elle pourrait encore résister avant de tout simplement supplier ce type de lui enlever ses vêtements et de la prendre là, sur la moquette du salon.

Non! cria-t-elle intérieurement. *Ne t'avise pas de céder, Lily!* Tu. Ne. Céderas. Pas!

Lily réprima le gémissement qui voulait s'échapper de sa gorge, et elle se força plutôt à plisser les yeux. Très légèrement. Ce fut assez pour impressionner Malcolm Cole. Il eut un véritable sourire, fendu jusqu'aux oreilles, et il secoua la tête d'émerveillement.

— Je n'ai jamais rencontré quelqu'un comme toi. Ta force est palpable, Lily.

Vraiment? songea désespérément Lily. *Parce que pour l'instant j'aimerais à la fois vous tuer et vous baiser, mais surtout vous baiser, alors je n'irais pas jusqu'à prétendre que je suis forte.* Elle ne prononça évidemment aucun de ces mots. Car il lui vola ce qui lui restait de souffle lorsqu'il leva la main et lui effleura la clavicule en saisissant une bouclette de ses cheveux dorés pour la frotter avec admiration entre son pouce et son index.

La marque sur le bras droit de Lily se mit à la démanger.

— Tu sais pourquoi tu es ici, dit Cole. Tu sais ce que j'attends de toi.

Il jeta un coup d'œil à la mèche de cheveux qu'il tenait dans sa main. Son regard brûlant glissa vers son épaule, puis son cou et le léger renflement de ses seins à l'encolure de sa robe. Il observa ensuite ses lèvres charnues, puis il la regarda droit dans les yeux une fois de plus.

— J'entends ton cœur battre, Lily, lui dit-il doucement — si doucement. Je sens ton désir. Tu ne peux pas me le cacher.

Une chaleur, qui prenait naissance à l'emplacement de la marque de Daniel, lui remontait le bras droit, comme pour protester devant les sentiments qu'elle éprouvait envers Malcolm Cole. Cette chaleur ne cessait d'augmenter, se transformant résolument en une douleur censée la distraire du désir qu'éveillait Cole en elle. Mais rien n'y faisait.

— Tu as mal, Lily, lui dit-il.

Il fit un demi-sourire en inclinant légèrement la tête d'un côté. Il savait comment elle se sentait.

— Je peux faire disparaître la douleur, ajouta-t-il.

Malcolm s'inclina, puis fit glisser sa main gauche sur le bras droit de Lily jusqu'au poignet de cette dernière, autour duquel il referma les doigts. Il lui souleva le bras, et ses doigts effleurèrent paresseusement la marque laissée par Daniel. Des secousses de plaisir et de douleur provenant respectivement des doigts de Malcolm et de l'empreinte de Daniel lui parcoururent simultanément l'intérieur du corps. Elle tenta quelque peu de se défaire de sa poigne, mais il était si près qu'elle ne réussit finalement qu'à s'appuyer momentanément contre lui.

— Mais pas tant que tu auras ceci, lui dit-il dans un parfait accent britannique.

Lily geignit doucement; elle avait maintenant le bras en feu. Et elle ne pouvait même pas se déprendre de Cole pour se le masser.

— On me dit que j'ai simplement besoin de ton consentement, Lily. Et je pourrai te faire retirer cette marque.

Il lui lâcha lentement le poignet et remonta sa main du côté extérieur du bras de Lily jusqu'à lui effleurer doucement l'épaule, provoquant en elle des vagues de plaisir n'ayant rien de naturel.

La marque de Daniel causait des élancements à Lily, des élancements qu'elle voulait voir cesser. Elle désirait Cole au point d'en être mouillée. Son esprit était de plus en plus confus. Elle n'entendait que la voix de Malcolm et ne voulait plus que mettre un terme à sa douleur et à son désir.

Cole remonta sa main jusqu'au cou de Lily, qu'il enroula de ses doigts, lui inclinant légèrement la tête vers le haut pour approcher ses lèvres des siennes.

— Dis-le-moi, mon amour, ordonna-t-il doucement.

Ses mots déclenchèrent une autre secousse de plaisir en elle. Elle frissonna, se livrant à une bataille perdue d'avance pendant qu'il posait tendrement la main sur son visage pour lui envelopper une joue de sa paume. Puis, il se pencha vers l'avant, et tout en caressant la ligne de sa mâchoire avec son pouce, il s'approcha très près d'elle et plaça ses lèvres contre son oreille.

— Puis-je la faire retirer, Lily ?

Lily fut envahie d'un désir insatiable, d'un désir puissant et exigeant qui la privait de ses sens. La voix de Cole était un véritable vice pour elle, et le souffle de Malcolm sur son oreille ne faisait que jeter de l'huile sur le feu qui la consumait. C'était insupportable. Elle n'était pas consciente du fait que sa main droite touchait maintenant la taille ferme et svelte de Cole, cherchant à se glisser à l'intérieur de sa chemise. Elle n'était pas consciente du fait que sa respiration inégale troublait le silence dans la pièce. Elle avait les yeux fermés ; elle ne voyait donc pas Cole qui la regardait, l'adjurant de capituler pendant qu'il la soumettait lentement aux vagues de son emprise.

Elle ouvrit la bouche et ne put retenir les mots qui en sortirent.

— Oui, murmura-t-elle. *S'il vous plaît.*

Malcolm resserra immédiatement sa main sur le poignet de Lily.

Les cris étouffés d'une personne bâillonnée se firent entendre dans l'univers de Lily. Elle ouvrit grand les yeux, mais son regard fut tout de suite happé encore une fois par celui de Malcolm. Il avait les pupilles entièrement dilatées, et ses yeux d'un noir sinistre et anormal étaient semblables à ceux du prédateur qui s'apprête à bondir sur sa proie.

Alors qu'à peine quelques instants plus tôt elle se sentait encore envahie d'un plaisir érotique certain dans tout son corps, la peur refaisait maintenant surface, lentement mais sûrement, dans les méandres de son cerveau. Elle tenta de se dégager de Malcolm. Celui-ci sourit, lui montrant une fois de plus ses canines.

— Permets-moi de te présenter quelqu'un, mon amour, lui dit-il.

Sa voix s'était transformée en un grognement, tout comme celle de Daniel quand ils avaient été dans sa chambre.

Lily commençait à sentir la douleur s'estomper dans son bras et son désir diminuer tout autant. Elle reprenait ses esprits, constatant que Cole régnait sur elle de toute sa puissance et qu'il avait cessé de vouloir la subjuguer, maintenant qu'il avait obtenu ce qu'il voulait, c'est-à-dire la permission de faire retirer la marque de Daniel.

Afin de pouvoir faire d'elle sienne.

À cette pensée, Lily retrouva l'élan d'énergie qu'elle attendait. Tirant sur son bras de toutes ses forces, elle tenta frénétiquement de s'arracher à la poigne de Cole, mais celui-ci la tenait fermement. Les efforts de Lily ne lui valurent au bout du compte que quelques ecchymoses. Alors même qu'elle se débattait contre lui, Malcolm la mena calmement vers le centre de la pièce, où Tabitha était ligotée sur la chaise, pleurant maintenant de nouveau dans son bâillon. La rousse se tenait à côté d'elle, un sourire horrible sur son visage trop bronzé et légèrement orange.

— Lily, voici Eva, lui dit Malcolm sur le ton de la conversation. Elle va faire disparaître la marque de Kane pour nous.

Sur ce, il fit un signe de tête vers la femme d'un certain âge, qui se redressa comme pour prendre la situation en main.

— Retenez-la bien, lui donna-t-elle comme instruction. Ça va lui faire mal, mais il me faut absolument intervenir sans être interrompue.

Malcolm fit immédiatement un signe de tête en direction de Thomas, qui s'approcha pour l'aider. James et Isaac se tenaient quant à eux toujours à la même place depuis leur arrivée dans le salon, silencieux, les yeux attentifs à toute la scène.

Le cœur de Lily battait lourdement contre sa cage thoracique. Une vague de désespoir la submergea. *Mon Dieu, non!* songea-t-elle. *Qu'ai-je fait? Non, non, non, non…*

En quelques secondes, les deux loups-garous l'étendirent sur le dos au centre du tapis, bras et jambes écartés. Thomas lui tenait les jambes et Malcolm lui enfonçait les poignets dans le petit tapis. Il la fixait des yeux d'un regard pénétrant, mais elle réussit à détourner le regard. Elle était totalement effrayée, mais cette fois-ci, son effroi venait de la présence de cette femme aux longs cheveux roux et à la peau bronzée.

— Qu'allez-vous faire ? lui demanda Lily, dangereusement près de l'hystérie.

— C'est un sortilège compliqué, je le crains, lui dit Eva alors qu'elle disposait des bougies autour d'eux sur le tapis. Mais par chance, j'avais anticipé ton consentement, et je me suis préparée en conséquence avant ton arrivée.

Les bougies étaient d'une étrange couleur rouge-brun-noir, et lorsque la femme les alluma, elles empestèrent la pièce.

C'est du sang, songea Lily. *Je le sais.*

— Oui, lui dit Eva. C'est effectivement du sang. C'est alléchant, n'est-ce pas ? ajouta-t-elle avec un plaisir malveillant.

Lily regarda avec horreur les bougies se mettre à fondre par le haut, entraînant sur les côtés le ruissellement d'un épais liquide rouge qui s'accumulait en taches cramoisies sur le tapis blanc-beige.

Puis, Eva s'agenouilla à côté du corps allongé de Lily, et en plaçant les paumes de ses mains vers le bas, elle écarta les doigts par-dessus la ligne bleue qui marquait le bras de Lily et qui miroitait désespérément à la lueur de la bougie.

Le tonnerre gronda à l'extérieur. Le soleil se couchait dans un orage naissant.

Tabitha se mit à se débattre, ligotée à sa chaise. Le regard de Lily croisa celui de son amie, et elles restèrent ainsi, les yeux rivés l'une sur l'autre, désespérées. Lily n'avait plus rien qui puisse lui permettre de résister ; elle s'en rendait maintenant compte. Lorsque la marque aurait disparu, Lily serait simplement soumise à Malcolm. Elle ne pourrait rien faire pour l'arrêter. Ce serait probablement brutal, et Lily ne pourrait plus jamais vivre en paix.

Mais le plus douloureux, c'était de savoir qu'en ayant donné son consentement, elle avait aussi perdu tous ses espoirs de négocier la liberté de Tabitha. Elle n'avait aucune garantie qu'il laisserait partir son amie. En fait, pourquoi le ferait-il?

C'était un meurtrier. Et il ne voudrait pas que des loups-garous viennent contrecarrer les plans qu'il avait en tête pour Lily. Il tuerait Tabitha. Il trouverait ensuite un moyen de tuer Daniel.

Comme s'il sentait ce qu'elle pensait, Malcolm serra davantage les poignets de Lily, exprès pour lui faire mal afin d'attirer son attention à nouveau vers lui. Il capta son regard, auquel elle ne put se soustraire; l'air sombre de Malcolm n'annonçait rien de bon.

Lily sanglota.

Eva se mit à psalmodier. Les mots n'avaient aucune signification pour Lily.

La marque de Daniel se mit à luire. Les yeux de Lily s'écarquillèrent. Elle fixa la marque, fascinée, jusqu'à ce qu'elle se mette à piquer. Puis, cette sensation se changea en une douleur nette et tranchante qui lui remonta le bras en spirale avant de lui traverser la poitrine. Lily laissa échapper un cri perçant de sa gorge, puis s'arqua en réaction à cette torture soudaine. Thomas et Malcolm resserrèrent leur emprise.

Eva continua ses horribles incantations, et un autre cri jaillit de la gorge de Lily, mais il ne soulagea en rien sa souffrance. Elle poussa un autre cri — une autre douleur atroce —, et il y eut un autre terrible rugissement de tonnerre en provenance de l'extérieur. L'orage s'approchait avec chaque affreuse seconde qui passait.

Eva mit fin à ses incantations, laissant toutefois ses paumes au-dessus de la marque de Lily. La magie continuait d'opérer pendant que l'écœurante fumée des bougies

s'élevait en minces volutes rouge-noir qui semblaient tour-
billonner étrangement avant de disparaître complètement.

Dans un recoin de son esprit, Lily entendit un deuxième
rugissement. Ce n'était pas le tonnerre. Il provenait de plus
près.

C'est Cole, songea-t-elle juste avant d'être parcourue par
une autre vague de douleurs atroces qui lui arracha encore
un cri sec de la gorge. Elle leva les yeux en hurlant et vit
que Malcolm ne la regardait plus. Il fixait Eva de son regard
menaçant. Son faible grognement préventif fit écho sur les
murs de la maison. Il montra les dents et siffla les mots
suivants :

— Si elle crie une autre fois, vieille sorcière, tu vas crier
avec elle.

— Ne vous ai-je pas dit que ce serait douloureux? lui
répliqua Eva, sur la défensive. C'est inévitable!

Puis, soudainement, Eva se figea et leva la tête.

— Non, dit-elle, la colère lui imprimant un masque de
mépris sur le visage. Pas maintenant!

La douleur dans le corps de Lily se mit à diminuer. Ses
cris faiblirent et s'estompèrent dans sa gorge, la laissant
épuisée.

Malcolm leva la tête. Un deuxième grognement, plus
fâché que le dernier, s'échappa de sa gorge et se réverbéra
dans la pièce. Il regarda Thomas, qui avait maintenant les
crocs sortis et les yeux noirs. Puis, ils se tournèrent tous deux
vers Isaac et James, qui étaient aussi en mode surnaturel de
combat.

Lily les observa avec un intérêt naissant uniquement
possible chez une personne ne souffrant pas d'un mal
épouvantable. Cette douleur atroce qui l'avait auparavant

littéralement secouée déclinait maintenant dans sa poitrine et redescendait sur son bras jusqu'à sa source, à l'intérieur de la ligne bleue complexe qui chatoyait sur son avant-bras.

— Le sortilège est rompu, siffla Eva, complètement déçue. Il y a quelqu'un tout près.

Malcolm poussa un mugissement de rage totalement inhumain, et il se leva, traînant Lily vers lui. Un éclair fendit le ciel au même instant, accompagné presque tout de suite d'un coup de tonnerre. Thomas était à nouveau debout, lui aussi, et il observait son chef, prêt à passer à l'action.

Ce soudain changement étonna Lily ; cette situation n'avait ni queue ni tête. Tabitha avait cessé de pleurer, et il y avait une étrange énergie dans l'air. C'était peut-être l'orage, ou alors quelque chose d'autre...

Soudainement, Lily sentit une chaleur familière en elle. Sa marque lui picotait le bras. Elle était complètement réconfortée. C'était comme si elle était couverte d'un duvet par une journée froide, ou alors comme une pluie par un étouffant après-midi d'été.

— C'est Daniel, se surprit-elle à murmurer.

Les coins de sa bouche s'étaient relevés en un léger sourire. Malcolm s'en aperçut et adopta un air parfaitement sombre. Lily fut presque désolée de ne pas avoir pu se contenir.

Il se pencha pour la prendre dans ses bras. C'étaient comme des bandes d'acier autour du corps svelte de Lily. Alors qu'il la tenait fermement, il s'élança soudain dans une sorte de nuage de brouillard. Lily fut prise de ce vertige typique que l'on éprouve lors d'un brusque changement de position.

Elle hurla tandis que quelque part derrière elle, dans cet endroit vaguement embrouillé qui avait été le salon — et même la maison —, c'était maintenant le fracas.

Elle entendit des cris et des combats, des coups de revolver, des bris de vitre. Il y avait aussi des éclairs et du tonnerre. Mais ces bruits s'évanouirent rapidement. La pluie la frappait douloureusement, et tout se mit à tourner de plus en plus vite autour d'elle. Elle fut forcée d'enfouir sa tête dans la poitrine de Malcolm pendant qu'il continuait de se déplacer à une allure absolument irréelle dans ce monde embrouillé dont le décor changeait sans cesse. Elle n'avait aucune idée de l'endroit où ils allaient. Mais en attendant de le découvrir, elle se mit à pleurer, mouillant sous sa joue la chemise de Cole.

Certaines larmes étaient des larmes de peur — pour elle et pour Daniel. Certaines étaient des larmes de soulagement — pour Tabitha. Et elle versa une larme, une seule, empreinte d'espoir, de cet espoir lié à cette marque toujours obstinément présente sur son bras.

CHAPITRE NEUF

ROULADE AU SOL

James Valentine avait observé avec une inquiétude croissante la scène qui s'était déroulée sous ses yeux. Il ne pouvait pas, bien sûr, manifester son malaise. Mais il le ressentait vraiment. Il n'aurait pas pu dire à quel moment exact il s'était senti incommodé. Peut-être était-ce lorsqu'il avait vu Lily se débattre inutilement pendant que Cole exploitait sa faiblesse de manière éhontée et qu'il l'assujettissait par vagues successives. C'était peut-être lorsqu'il avait constaté le regret palpable et le désespoir de Lily d'avoir cédé. C'était aussi peut-être lorsque des cris de douleur atroces étaient sortis de sa gorge après qu'elle eut été ensorcelée par Eva Black, mais à un certain moment, sans qu'il sache trop pourquoi, les canines de Valentine s'étaient allongées une fois de plus. Ses yeux s'étaient assombris. Il avait à peine réprimé le faible grognement qui s'était frayé un chemin dans sa gorge.

Lily avait crié une fois de plus, et dans un élan qui avait quelque peu surpris James, Malcolm Cole avait menacé la sorcière. James avait été impressionné par ce geste de compassion envers la latente. Impressionné — mais pas surpris. Lily St. Claire était une femme très précieuse. La peur de la sorcière face à Cole s'était fait littéralement sentir tout de suite; c'était une puanteur qui couvrait même l'odeur putride des bougies de sang.

Mais lorsque la rouquine avait insisté, mentionnant que la douleur était inévitable, Valentine avait serré le poing droit. Il n'aimait pas la tournure des événements. Il avait découvert également autre chose à cet instant même. Il détestait voir souffrir Lily. Et il ne la connaissait même pas.

Puis, une chose puissante et invisible s'était manifestée dans l'air, une senteur accompagnée d'un étrange bourdonnement. L'attention de tous les loups-garous avait été immédiatement captée dans la pièce.

— Non! avait crié la sorcière. Pas maintenant!

Cole avait soudainement relevé la tête et regardé par les fenêtres obscurcies du salon. Un orage se déchaînait à l'extérieur, et les éclairs illuminaient la cour comme les flashs d'un appareil photo.

James était passé en mode combat. Il avait ressenti ce flash qui allait émaner de lui — cet éclair lumineux qui, l'espace d'un instant, entoure le corps d'un loup-garou durant sa transformation d'homme en bête. Lorsque le besoin devient pressant, même les loups-garous les plus expérimentés éprouvent de la difficulté à lutter contre ce flash annonciateur de la métamorphose. Il était lui-même très âgé, et il réussissait à peine à y résister.

Il avait détecté leur présence. Il les avait sentis — entendus. Leur souffle, leurs battements de cœur. Kane était venu pour reprendre sa compagne. Et il avait emmené sa meute.

— Le sortilège est rompu. Il y a quelqu'un tout près.

Malcolm Cole avait rugi de rage et s'était levé, tirant brusquement Lily St. Claire vers lui sans trop s'en rendre compte.

Ensuite, ç'avait été le chaos total. Cole avait pris Lily dans ses bras et filé comme un trait par une fenêtre, la faisant éclater au passage. Valentine n'avait jamais rencontré un autre loup-garou qui puisse se déplacer aussi rapidement.

Soudain, Isaac grogna à côté de James. Celui-ci se tourna juste à temps pour apercevoir le loup-garou adolescent entouré d'une brève aura de lumière blanche qui irradiait vers l'extérieur, mais qui disparut en une fraction de seconde. La forme humaine d'Isaac avait elle aussi disparu en même temps que cette lumière ; il s'était métamorphosé en un grand loup brun pâle aux yeux gris. Il avait les dents sorties et les poils du cou hérissés.

Thomas fut le suivant, se transformant le temps d'un flash en un énorme loup brun foncé aux yeux ambre.

Au moment où la porte avant de la maison s'ouvrait avec fracas, en même temps que deux autres fenêtres du salon, James se laissa lui aussi transformer. Un instant, il était un grand homme vêtu de noir, et l'instant d'après, il était un énorme loup noir aux yeux de la couleur du mercure en fusion.

Après que ses yeux se furent adaptés au changement, il évalua rapidement la situation. Thomas avait déjà été attaqué par un autre loup-garou, et leurs corps emmêlés formaient une masse indistincte de fourrure brune et grise de laquelle émanaient des grognements. Isaac s'était rué de l'autre côté du salon vers un loup brun qui venait d'enfoncer une fenêtre.

Quelqu'un avait coupé d'un coup de griffes les liens de Tabitha. La jeune femme s'éloignait maintenant sur le tapis, retirant son bâillon à la hâte, ainsi que les bouts de corde qui pendaient de ses membres.

Eva Black avait sorti un revolver de son sac d'articles ignobles, et elle le tenait de ses mains tremblantes, les yeux exorbités et aussi gros que des balles de golf, ridiculement blancs en comparaison à la peau tannée de son visage. Elle n'était pas certaine de savoir qui viser. Elle le pointa vers Tabitha, qui lui décocha un regard meurtrier, puis elle le tendit vers les loups. Il semblait qu'elle allait tirer sur n'importe qui. James sentait littéralement qu'elle était en train de perdre toute sa raison, et il percevait en plus ce qui semblait être une odeur d'urine.

Valentine attendit, puis il renifla. Il avait les poils dressés sur le cou.

Il pivota et se retrouva face à un deuxième loup noir, presque plus gros que lui et dont les yeux bleus perçants luisaient étrangement dans l'obscurité. Ce loup montra les crocs, puis émit un grognement grave et menaçant, si retentissant que les placards de la cuisine en tremblèrent.

James Valentine savait reconnaître un mâle alpha lorsqu'il en voyait un. Et Daniel Kane était l'un des loups alpha les plus imposants qu'il avait jamais croisés au cours de sa vie. L'un des plus furieux aussi.

James profita de quelques précieuses secondes pour se préparer à l'impact avant d'être attaqué, puis Kane fut sur lui, les entraînant tous les deux en boule dans le salon. Les bougies furent écrasées et s'éteignirent, les flammes furent étouffées par la roulade et la pluie. Le sang se colla à leur fourrure, provoquant par ricochet une multitude de macabres taches rouges sur le tapis.

James se débattit de son mieux contre l'attaque de Kane, mais le jeune alpha irradiait pratiquement de détermination. James fut projeté sur un mur et glissa jusqu'au sol avant d'être encore aussitôt pris à partie par le corps massif bleu noir de Kane. Les coups pleuvaient sur le loup âgé — une morsure profonde ici, un coup violent là.

À un certain moment, il perçut vaguement le bruit distinctif d'un flash signifiant cette fois-ci la transformation d'un loup en humain. Il n'eut pas le temps de s'interroger sur l'identité du loup ni sur la raison de son geste. Kane ne le lâchait plus.

Puis, alors qu'il était projeté une fois de plus contre le mur, il remarqua brièvement que Kane n'avait pas encore utilisé ses griffes. Il n'avait pas encore non plus tenté de lui trancher la gorge, comme la plupart des ennemis l'auraient fait. Il se contentait de le frapper plutôt violemment, lui donnant des coups, l'épuisant — l'affaiblissant.

Alors que Valentine glissait au sol et prenait conscience du bruit et de la lumière vive d'une autre métamorphose, il comprit la démarche de Kane. Celui-ci voulait le garder vivant. Et la soudaine poigne ferme autour de son cou poilu le lui confirma.

Ses poumons furent rapidement privés d'air, et James ne put contrer ce flash qui lui redonnait sa forme humaine. Il mit instantanément les mains autour du bras puissant de Daniel, tentant de se libérer du jeune alpha.

Mais Daniel Kane était immuable. Il le fixait de ses yeux d'un bleu saphir intense, et James remarqua avec découragement une étincelle rouge au plus profond de son regard.

Cette étincelle, qui pouvait se changer en flamme meurtrière, habitait beaucoup de loups-garous en ces temps qui couraient. On la retrouvait chez les loups-garous qui devenaient fous sans jamais être en mesure de réclamer leur compagne.

— Où est-elle ?

La voix de Daniel était devenue celle d'un monstre, un grognement profond et surnaturel qui grugeait les entrailles de Valentine.

James fixa ce regard bleu empreint de folie furieuse, et il serra les dents. Il pensait à Lily. À sa douceur et à l'empathie qu'il avait vue dans ses yeux aux reflets dorés.

— Tu ne la mérites pas, Kane. C'est quelqu'un de trop bien pour toi, grogna-t-il, réussissant à peine à trouver le souffle dont il avait besoin pour parler.

Pour toute réponse, Daniel lui fit un sourire particulièrement mauvais qui montrait ses crocs couverts de sang, puis il lui serra la gorge encore plus fort. Mais James était aussi un alpha, et il avait plus qu'un peu de détermination qui circulait dans son propre sang ancien. Il plissa les yeux et continua.

— Tu ne sais pas à quel point elle est exceptionnelle, et tu es de toute évidence trop stupide pour la protéger comme il se doit.

En entendant ces mots, Kane tira légèrement James vers lui, puis le repoussa violemment contre le mur une fois de plus. Les plaies subies par James ne guérissaient pas ; elles mettraient des semaines à le faire, car elles avaient été causées par un autre loup-garou. Il avait perdu du sang, et ses poumons réclamaient de l'oxygène. Mais il était maintenant en colère. Il fulminait intérieurement. Amour, perte, douleur et haine.

— Où. Est. Elle ? demanda encore Kane, prononçant bien chaque mot.

La lueur rouge dans les yeux de Daniel s'amplifia, créant un sinistre halo de violet dans ses yeux habituellement saphir. Valentine sentait la puissance qui se dégageait de l'alpha, une qualité que le jeune loup n'avait probablement pas encore appris à maîtriser. Mais elle était bien présente.

James sentit monter en lui-même une vague de résistance.

— J'ai vu les ecchymoses que tu lui as faites aux poignets, Kane, grogna-t-il, ses canines ne demandant qu'à faire couler du sang. *Tu l'as blessée.*

Kane cligna des yeux. La flamme rouge au centre de ses pupilles diminua légèrement.

— Mais elle ne mérite pas de passer le reste de ses jours auprès de Cole, continua James, alors je vais t'aider. À une condition.

Kane desserra légèrement son emprise. Son expression reflétait des émotions contradictoires. James soutint son regard et attendit en fixant l'alpha de haut.

Des bruits de lutte derrière eux continuaient de leur parvenir. James n'avait aucune idée du camp qui détenait l'avantage ni du déroulement de la situation. Mais il sentait le sang. Pas seulement celui des bougies — du sang frais, et beaucoup. Il avait entendu des coups de feu. S'il avait eu à deviner, il aurait supposé qu'il y avait actuellement une douzaine de loups-garous dans la pièce et que seuls trois d'entre eux ne faisaient pas partie de la meute de Daniel Kane.

Kane allait remporter cette bataille ; Valentine en était certain. Mais ce dernier s'en fichait. Ce qui l'intéressait, pour l'instant, c'était de faire ce qu'il fallait. C'était une sensation libératrice, après toutes ces années, d'avoir finalement quelque chose à cœur à nouveau.

Mais c'était quand même frustrant. C'était comme ressentir une douleur après qu'elle eut été endormie un certain temps, ou alors avoir à nouveau peur après n'avoir plus rien eu à perdre.

Il chérissait tout de même la situation. Et il chérissait aussi la femme qui était à la source de toute cette remise en question.

— Laquelle? demanda finalement Kane, desserrant sa poigne mortelle de la gorge de Valentine.

James déglutit avec douleur, puis il prit l'inspiration qu'il attendait depuis longtemps. Ses poumons se gonflèrent avec avidité, mais il resta calme. Il avait déjà connu l'adversité.

— Je veux que tu m'accordes les droits de protecteur.

C'était ce qu'il voulait. Protéger Lily St. Claire. Le dire ainsi à voix haute le confortait dans sa demande. Les droits de protecteur lui permettraient de servir de parrain pour Lily. Mais en plus, chez les loups-garous, le titre de protecteur venait avec de grands pouvoirs.

L'expression de Kane s'assombrit une fois de plus, et la flamme dans ses yeux se ralluma rapidement.

Mais Valentine ne revint pas sur sa position.

— Si elle s'enfuit de toi une fois de plus, Kane, elle saura instinctivement venir vers moi. Et tu ne pourras pas la toucher. Donne-moi les droits de protecteur. Et je te dirai où Cole l'a emmenée.

Kane grogna de manière menaçante.

— Je sens l'odeur de Lily sur toi, Valentine, siffla-t-il. Plus que sur les autres.

Dans un violent accès de colère, Kane donna un coup de poing dans le mur à côté de la tête de Valentine. James ne broncha même pas.

— Comment expliques-tu ça? demanda Kane. *Qu'est-ce que tu as fait*?

Tout était silencieux derrière lui. Apparemment, les combats étaient terminés.

James fit simplement un sourire à Kane.

— Je ne lui ai pas fait ces ecchymoses, si c'est ce que tu me demandes.

Il voyait les pensées se bousculer dans la tête de l'autre loup. Une fois de plus, le feu diminua et s'éteignit dans les yeux de Kane, qui redevinrent d'un bleu luisant.

Il a de la difficulté à se maîtriser, songea James. *Mais s'il sait ce qui est bon pour lui, il va accepter.*

— Donne-lui les droits, Daniel.

James détacha son regard de celui de Kane pour savoir d'où venait cette voix rauque affublée d'un fort accent. Un homme de grande taille aux cheveux majoritairement gris apparut dans son champ de vision. Il avait les yeux d'un bleu glacial qui ressemblaient à ceux du mâle alpha aux cheveux de couleur jais qui se trouvait devant lui. James sut tout de suite à qui il avait affaire. Jonathan Kane, le grand-père de Daniel.

Un muscle tressauta sur la mâchoire de Daniel. James observa attentivement ce dernier.

Le vieil homme continua.

— Daniel, *mon petit-fils*[7], penses-y bien. Si tu as peur d'accorder les droits de protecteur de Lily à un autre alpha, on croira que tu t'attends à ce que ta compagne s'enfuie. Pourquoi aurait-elle à le faire, dis-moi ?

En entendant ces mots, Valentine eut tout juste le temps de réprimer un large sourire. Le grand-père de Kane était un sage loup. James observait son adversaire avec un sentiment

---

7. N.d.T.: Cette expression, employée à deux reprises dans le présent chapitre, figure en français dans le texte original.

de triomphe grandissant. En voyant une lueur traverser les yeux du jeune loup, il sut qu'il avait gagné.

Kane prit lentement une profonde inspiration, puis il expira par le nez.

— D'accord, dit-il simplement.

À ces mots, Valentine sentit une vague de puissance lui parcourir les veines comme du vif-argent, guérissant même certaines de ses plaies. Il sentait maintenant l'existence de Lily — à distance, mais indéniablement. Il pouvait *ressentir* son exquise présence, douce et chaleureuse, lovée précieusement au centre de son âme blasée par le temps. Il eut une montée d'adrénaline, mais il ne laissa rien paraître. Il hocha plutôt la tête pour signifier son accord. Un seul hochement.

— Bon, où est-il? voulut savoir Daniel une fois de plus.

Ce n'était plus une question — et si ça se trouve, ça n'en avait jamais été une. Le loup voulait savoir où se trouvait sa compagne. Et immédiatement.

— Cole l'a probablement emmenée à sa piste d'atterrissage privée. Ils vont prendre son avion jusqu'à une autre piste d'atterrissage au Nouveau-Mexique. Il a une petite habitation de villégiature là-bas, dit-il avant de prendre une pause, comme pour marteler le message à venir. C'est son territoire, Kane. Tu ne pourras pas y mettre le pied.

— Lui non, mais moi, si!

Une voix féminine. Un peu tremblotante, mais teintée de courage. James la reconnut, évidemment.

Une fois de plus, il regarda par-dessus l'épaule de Kane. Le jeune loup se tourna lui aussi; il n'avait plus peur de tourner le dos à l'alpha plus âgé. Valentine sourit en faisant ce constat.

— Tabitha! s'exclama Kane, qui sembla soudainement revenir à lui.

Il se précipita vers sa jeune sœur et la tint par le haut des bras, la parcourant volontairement des yeux dans une intention précise.

— Je vais bien, Daniel, insista-t-elle en le repoussant. Mais j'ai effectivement mal partout — en fait, surtout là où tu m'as saisie.

C'est à ce moment-là que James et Kane remarquèrent qu'elle tenait bel et bien un revolver dans la main droite. James renifla. Il y avait de la poudre sur le bord du canon. Il en sentait presque la chaleur.

Il se tourna pour observer les autres personnes dans la pièce. Mis à part Kane, son grand-père et un autre homme, les autres loups-garous de la meute étaient des policiers en uniforme. Certains uniformes avaient été endommagés, et un homme avait enveloppé son bras de bandages. Tous les hommes étaient couverts de sang, mais dans la plupart des cas, ce n'était pas le leur.

James posa le regard sur les corps qui jonchaient le plancher. Il sentait l'odeur de la mort, mais pas autant qu'il s'y serait attendu. Ses yeux tombèrent sur la forme humaine et immobile de Thomas. Il le regarda plus attentivement, faisant un zoom avant comme seuls les loups-garous en sont capables. Thomas respirait. James regarda ensuite Isaac, lui aussi étendu par terre dans sa forme humaine. Les vêtements du garçon étaient déchirés, mais il respirait encore. Ces deux hommes avaient été étendus sur le côté, et on leur avait passé les menottes, qui semblaient normales, mais conçues pour des loups-garous.

Le regard de Valentine alla ensuite vers le dernier corps immobile, celui de la sorcière rousse. Elle n'était pas menottée. Le tapis sous elle était recouvert d'une abondante quantité de sang.

Tabitha déglutit de manière audible et baissa le regard vers le revolver dans sa main. Tous les hommes dans la pièce l'observaient silencieusement, attentifs, mais respectueux.

Elle se mit à parler une fois de plus.

— Elle ne fera plus jamais mal à qui que ce soit.

Sur ce, son grand-père s'avança et l'étreignit tendrement. Daniel Kane posa sa main sur son dos.

James Valentine était impressionné, à juste titre. Cette sorcière avait fait souffrir Tabitha pendant que Cole téléphonait à Lily St. Claire pour lui lancer son ultimatum. Eva Black avait pris plaisir à le faire, en fait.

Il semblait bien que Tabitha Kane n'était pas du genre à hésiter à se faire justice lorsque nécessaire. Peu importe la façon.

— Tu ne peux pas aller flâner sur le territoire de Cole, ma chère, lui dit son grand-père. Plus maintenant. Nous trouverons une solution.

— C'est de ma faute, dit Tabitha d'un ton résolu. Elle est venue ici pour me sauver. Ce ne serait que juste que je lui rende la pareille.

— Absolument pas, lui dit catégoriquement Kane.

Valentine haussa les sourcils. *Il n'arrive manifestement pas à se contenir, celui-là.*

Tabitha se tourna vers son frère.

— Tu n'as pas d'autorité sur moi, Daniel! Comment oses-tu même *prétendre* que tu en as? Ça ne te suffit pas d'utiliser tes gros muscles contre ma meilleure amie, de la menotter à ton lit et de la couper avec ton couteau de poche, n'est-ce pas?

Les autres loups dans la pièce devinrent très tranquilles. James remarqua qu'il serrait les poings une fois de plus malgré lui. *C'est donc ce qui explique ses ecchymoses.*

Il observa attentivement le mâle alpha. Il n'était pas le seul qui sentait la puissance irradier de Kane. Daniel avait marqué sa partenaire ; pourtant, il ne l'avait pas transformée. Sa revendication de Lily St. Claire n'était pas encore terminée, ce qui alimentait la folie en lui. Il était en ce moment un homme très dangereux. Tabitha jouait avec le feu. Mais James devait admettre qu'il admirait le cran de cette dernière. Et à cet instant même, il l'aurait volontiers aidée à trancher la gorge de son frère.

— J'ai fait ce que je devais faire, lui dit Kane, le ton si bas et la voix si douce qu'il murmurait presque. Si je ne l'avais pas marquée, elle appartiendrait maintenant à Cole, continua-t-il en faisant un pas vers elle. Et tu serais morte, ajouta-t-il en s'approchant davantage.

Tabitha leva son revolver.

Kane sourit à sa sœur, lui montrant ses canines.

— Tu veux me tuer, p'tite sœur ? railla-t-il, habité d'une fureur qu'il n'arrivait pas à contenir.

Il fit un dernier pas vers elle, éliminant ainsi la distance entre eux. Il saisit le canon du revolver, qu'il tint contre sa poitrine.

— Tu te sentirais mieux si tu tirais sur moi ?

Tabitha plissa ses yeux noisette.

— Oui, répondit-elle en appuyant sur la gâchette.

Le coup partit, Kane fut projeté vers l'arrière, se cognant contre le mur derrière lui. Il baissa le regard vers la plaie sur sa poitrine. Son sang se répandait sur sa chemise noire en une tache foncée, se joignant aux autres traces de sang déjà présentes, mais qui paraissaient peu. L'avantage du noir.

Puis, alors que la plaie commençait à guérir, laissant un trou dans sa chemise, il leva le regard vers sa sœur. Elle avait les yeux aussi écarquillés que les siens. James savait qu'elle n'arrivait pas à croire ce qu'elle venait de faire, tout comme les autres hommes dans la pièce, d'ailleurs.

— Espèce de *garce*! hurla Kane avant de bondir sur elle.

Instantanément, Valentine et Jonathan s'interposèrent entre sa sœur et lui.

— Calme-toi, Daniel. Elle est blessée et en colère, dit Jonathan à son petit-fils. Elle ne pense plus clairement, expliqua-t-il en regardant Kane avec une expression franche et sérieuse. Et toi non plus. Je sais que tu as mal, et je sais que tu as besoin de ta compagne. Mais tu ne la trouveras pas en te comportant ainsi, *mon petit-fils*. Tu dois faire un homme de toi.

Kane dévisagea son grand-père, puis son regard se posa sur James. Celui-ci, s'attendant soudain à une attaque, se raidit. Juste au cas.

Mais Daniel Kane le surprit en reculant plutôt d'un pas. Sans la regarder, il s'adressa à sa sœur.

— Nous sommes quittes, Tabitha, lui dit-il d'un ton remarquablement calme. Es-tu prête à accepter tout ce qui s'est passé?

Après une brève pause, Tabitha poussa un soupir mal assuré, puis elle haussa les épaules et tendit le revolver au policier le plus près, qui le prit rapidement.

— Ouais, répondit-elle. Je suppose que je suis prête.

Kane fit un hochement de tête.

— D'accord! Les hommes, ramassez vos choses et partons! ordonna-t-il.

Les policiers dans la pièce se mobilisèrent rapidement, manifestement reconnaissants de voir la tension se relâcher. Ils soulevèrent et transportèrent Thomas et Isaac, toujours inconscients, jusqu'aux véhicules qui devaient sûrement les attendre à l'extérieur. James se demanda combien il pouvait y avoir de voitures. Il n'avait pas entendu de sirènes plus tôt ; Daniel Kane avait été assez intelligent pour attaquer silencieusement et uniquement avec les membres de sa meute.

— C'est toi qui ouvres la marche, Valentine, ordonna Kane.

Ce n'était pas une demande, mais le jeune alpha avait assez de respect pour incliner la tête avec une certaine déférence. Après tout, ces deux hommes devraient apprendre à bien s'entendre. Même si ça les tuait de le faire.

James hocha la tête en guise de réponse, puis il guida Daniel et sa famille à l'extérieur de la maison dans la nuit orageuse.

CHAPITRE DIX

UNE SALLE D'INTERROGATOIRE

Lily St. Claire rêvait. Elle savait qu'elle rêvait. C'était une rêveuse lucide qui avait toujours été capable de faire la différence entre la vraie vie et le monde dans lequel elle pénétrait lorsqu'elle dormait.

Il y avait un étrange grondement dans l'air, un bruit familier qui lui faisait vivre de l'anticipation et de la peur. Elle savait précisément à qui elle s'apprêtait à rêver ; elle se rappelait cette douce sensation de chaleur qu'il lui faisait éprouver lorsqu'il promenait son regard sur sa peau, ainsi que ces frissons qui lui parcouraient les veines quand il la touchait du revers de ses doigts. Mais la sensation s'était atténuée, et elle conclut que dans ce rêve, elle serait observatrice, et non participante. Elle ne savait plus si elle devait être déçue ou soulagée.

La scène devant elle s'éclaircit, et la toile de fond de son rêve devint plus précise.

Elle se tenait dans la boue. Il pleuvait, et l'air était rempli d'une puanteur âcre. Elle voyait à sa droite des clôtures renforcées de fil barbelé. Son désespoir et sa peine grandissaient à mesure qu'elle observait la scène. Il faisait froid. Anormalement froid.

Elle parcourait du regard les environs avec la lenteur qui accompagne une mélancolie accablante. Des cabanes se dressaient dans la brume loin devant, leurs portes barrées par de gros madriers de bois. L'abattement s'était infiltré dans son esprit à la vue de ces habitations.

Après un bond dans le temps, elle avançait soudainement au milieu d'une immense grisaille.

Elle se trouvait maintenant dans une cabane, suffisamment sombre et petite pour rendre quelqu'un claustrophobe. Une misérable puanteur froide et humide filtrait à travers les murs ; des corps squelettiques immobiles jonchaient de petits lits. Lily était à peine capable de respirer. Elle éprouvait une profonde tristesse, ainsi qu'une sensation d'horreur dont elle n'arrivait pas à se défaire.

Dieu merci, elle fut encore une fois transportée dans le temps. Elle se tenait dans un bureau aux murs en bois. Une fenêtre avait été recouverte de longs rideaux blancs. Un drapeau de l'Allemagne nazie était accroché à un long poteau au sommet duquel trônait un aigle. Il y avait deux hommes dans la pièce. L'un était assis sur une chaise, les cheveux blonds grisonnants aux tempes et son visage marqué de rides attribuables au stress de la guerre. Sa bouche lui donnait un air renfrogné au repos, et il avait les yeux plissés en permanence.

Lily ne voyait l'autre homme que de dos. Il était grand et avait des cheveux brun foncé. Il tenait une casquette d'uniforme dans une main et, de l'autre, il avait écarté un des rideaux pour observer la grisaille à l'extérieur.

L'homme sur la chaise lui parla doucement en allemand. L'homme de grande taille lui répondit dans cette même langue. Lily reconnaissait la voix. Comment aurait-elle pu l'oublier ? Cette voix la hantait…

Il se tourna ensuite. Ses yeux verts étincelaient dans l'obscurité du bureau. Le ruban rouge autour de son biceps gauche était décoré d'une croix gammée, et plusieurs épinglettes ornaient sa poitrine en reconnaissance d'accomplissements militaires. Même si Lily savait que c'était lui, le voir ainsi dans cet uniforme lui donnait le tournis, et elle se sentait totalement découragée.

Il semblait jeune. Dans la vingtaine, peut-être. Et pourtant, il affichait un air plus vieux. Une conséquence de la guerre chez bien des personnes.

Malcolm Cole lâcha le rideau et parla une fois de plus dans un allemand parfait, sans la moindre trace d'accent britannique.

Lily paniqua un bref moment en observant Cole et l'autre homme. Elle avait presque peur que Cole lève les yeux et qu'il la voie. Un fantôme dans la machine à fabriquer des rêves.

Mais il ne leva pas les yeux. Il fit plutôt cet horrible salut qu'elle avait vu tant de fois effectué par des soldats nazis à la télévision, puis il posa la casquette sur sa tête et se dirigea vers la porte. Lily fit un bond de côté, de peur qu'il ne la renverse. Il ouvrit la porte, puis il partit.

Il y eut encore un bond dans le temps, et Lily se retrouva à nouveau dans une cabane exiguë. Le froid et un sentiment de claustrophobie l'assaillaient encore, tout comme l'odeur nauséabonde. Elle se croisa les bras, en vain. Ce rêve se passait dans le froid. Rien ne pouvait en réchauffer l'atmosphère.

Puis, elle entendit un raclement à la porte, qui s'ouvrit ensuite lentement vers l'extérieur, laissant pénétrer dans les ténèbres un faible rayon de lumière. Lily regarda Cole, grand et macabre dans son uniforme de mort, entrer dans la sombre cabane. Il se tenait sur le seuil et observait les sinistres occupants de ses yeux verts perçants.

Il semblait se concentrer sur la forme émaciée d'une femme, dont l'âge était maintenant impossible à déterminer et dont le sexe n'était évident qu'en raison des épaisses boucles noires de ses cheveux étalées obstinément autour d'elle. Ils avaient auparavant été manifestement coupés, car toutes les boucles étaient de la même longueur, plutôt courtes. Mais elles étaient distinctement féminines.

Cole traversa ensuite lentement la pièce pour se rendre auprès de cette femme. Certains occupants de la cabane remuaient sur leurs lits de camp trop petits, leurs yeux écarquillés par une peur méfiante pendant qu'ils observaient l'officier passer devant eux.

Il s'arrêta devant le lit de la femme et se pencha au-dessus d'elle en plaçant ses doigts dans son cou comme pour lui vérifier le pouls. Elle ouvrit immédiatement ses yeux, d'un noir profond cerclé de rouge. Au même moment, elle leva le bras à la vitesse de l'éclair et saisit le poignet de Cole, qu'elle tenait solidement.

Les yeux verts de Cole s'écarquillèrent.

Lily vit un tatouage sur le bras de la femme. Elle tenta de le regarder de plus près. Il était enflé et noir, et il semblait représenter une série de chiffres. Mais son attention fut de nouveau attirée vers le visage de la femme lorsque la prisonnière se mit à parler dans une langue rude qui n'était pas de l'allemand et que Lily ne comprenait pas davantage.

Cole, qui parlait quant à lui allemand, tentait d'interrompre la femme. Mais elle ne se taisait pas. Elle remua sur sa couchette, s'arquant le dos en raison d'une douleur atroce, comme pouvait le savoir Lily, tout en s'agrippant fermement au poignet de Cole et en continuant de siffler entre ses dents serrées des mots à consonance ancienne.

Puis, tout à fait soudainement, la femme s'effondra dans son lit de fortune et ferma les yeux en battant des paupières.

Malcolm Cole, avec une expression horrifiée sur ses traits magnifiques, baissa le regard vers la femme étendue sur le lit. Il regarda ensuite son propre poignet. Ses yeux s'écarquillèrent davantage. Lily continua d'observer, fascinée, alors qu'il sifflait de douleur en se tenant le poignet de l'autre main. Un deuxième bruit de douleur s'échappa de sa gorge alors qu'il tournait les deux bras pour observer ses poignets.

De l'endroit où elle se tenait, Lily vit d'étranges marques se former dans la chair de Malcolm. Rouges, vilaines et complexes. Elles se dessinèrent en quelques secondes, et Lily constata que Cole n'avait plus mal. Il observait encore les marques, une sur chaque poignet, dans un état d'ahurissement total.

— Merde alors, proféra-t-il, cette fois avec l'accent britannique que Lily reconnaissait si bien.

Elle fronça les sourcils. Que voyait-elle donc? Que se passait-il?

Cole baissa alors les mains en poussant une expiration tremblotante, et il se pencha vers l'avant, mettant une fois de plus ses doigts dans le cou de la femme. Il inclina la tête et ferma les yeux pendant qu'il se redressait.

— Bon Dieu! murmura-t-il à l'intention de personne et sans aucune raison particulière.

Puis, ce murmure sembla se diriger vers Lily, qui se mit alors à s'évaporer dans un nuage de fumée.

Une lumière déchira en mille miettes la toile de fond de son rêve. Elle sentit une légère chaleur sur sa joue, puis une douceur dans ses membres. Lily ouvrit lentement les yeux, ce qui fit refluer les souvenirs en elle.

La fuite précipitée — comme dans un brouillard — dans les marécages, le vol en avion privé, le trajet en voiture jusqu'à ce chalet... Elle s'était endormie en cours de route, trop épuisée pour pouvoir demeurer consciente.

Elle était quelque part au Nouveau-Mexique, en bordure de la région sauvage appelée Gila Wilderness. Mais elle ne se souvenait plus de l'endroit exact. Elle se redressa pour s'asseoir dans son lit et se frotta les yeux en regardant autour d'elle. Ce grand lit à deux places était recouvert de chics draps blancs et beiges et d'un édredon. Le plafond était traversé de poutres blanches en bois, et devant elle se trouvait une cheminée, vide pour l'instant. Près de cette cheminée se trouvait un élégant guéridon en bois poli recouvert d'objets de verre et de bouteilles remplies fort probablement de boissons alcoolisées. Des gobelets posés à côté de carafes n'attendaient que d'être remplis.

La pièce était très bien aménagée, mais le plus frappant, c'était la fenêtre de pleine largeur à la droite de Lily. Cette fenêtre s'étirait d'un mur à l'autre, au-dessus d'une bibliothèque tout aussi large. Des titres en plusieurs langues ornaient le dos des tomes à reliures de cuir. Lily leur jeta à peine un coup d'œil. La vue par la fenêtre était à couper le souffle.

Elle repoussa ses couvertures, se leva et remarqua qu'elle ne portait pas le moindre vêtement. Ses yeux s'écarquillèrent. Elle tira brusquement le drap sous l'édredon et l'enroula autour d'elle à la hâte. Puis, elle jeta nerveusement un coup d'œil à la porte de la chambre, qui était fermée. Elle n'entendait aucun bruit de l'autre côté.

Avec précaution, elle se rendit à l'énorme fenêtre.

Elle se figea sur place, en admiration devant le paysage qui s'offrait à son regard. Elle évalua qu'elle était soit au premier, soit au deuxième étage d'une maison en montagne. Devant elle, une nature sauvage dans des tons de vert et d'or propres à la luminosité du matin s'étirait jusqu'à l'horizon. Elle ne voyait aucun autre toit nulle part, et elle se demanda si c'était la propriété privée de Cole ou la forêt du parc national.

De toute façon, c'était magnifique. Elle n'était pas venue dans le sud-ouest depuis un certain temps. Même si c'était encore théoriquement le « sud », c'était un tout autre monde que celui des marécages.

— J'ai pensé que tu aurais peut-être faim.

Lily se tourna pour lui faire face, tenant toujours le drap bien serré contre elle. Elle ne l'avait pas entendu arriver, et pourtant, il se tenait là, appuyé avec désinvolture contre une colonne du lit, ses bras musclés croisés sur sa large poitrine. À côté de lui, sur le divan au pied du lit, se trouvait un plateau d'argent sur lequel étaient posés de la nourriture et de quoi se désaltérer. L'homme observait Lily de ses yeux verts étincelants, ses lèvres retroussées esquissant faiblement un sourire.

Le regard de Lily passa de ses yeux aux larges bracelets de cuir à ses poignets. Elle songea à son rêve. Déglutissant bruyamment et roulant les épaules de manière déterminée, elle le fixa sévèrement.

— Quel âge avez-vous, Cole ?

À ces mots, le sourire de ce dernier s'élargit d'un cran, et il leva un sourcil en signe d'admiration. Il s'éloigna du lit, et il se rendit au guéridon près du mur, sur lequel se trouvaient les boissons alcoolisées.

— Je vois que ta docilité, découlant des effets de la marque de Kane, commence à s'estomper.

Il retira le bouchon de l'une des fines bouteilles, et il se versa un peu de vin rouge foncé dans l'un des gobelets posés sur la table. Puis, il se tourna et le porta lentement à ses lèvres.

Par-dessus le rebord du verre, ses yeux émeraude scintillaient et observaient attentivement Lily.

Elle soutint son regard quelques secondes, puis elle dut détourner les yeux. Elle devait admettre qu'il avait probablement raison. Elle se sentait beaucoup plus brave, beaucoup plus en possession de ses facultés que la veille. C'est pourquoi, tout en fixant inébranlablement le tapis blanc pelucheux, elle répéta sa question de façon beaucoup plus ferme.

— Je veux savoir votre âge. S'il vous plaît, dit-elle après un moment d'hésitation, se mordant la lèvre et relevant les yeux.

Cole sourit encore davantage, montrant de parfaites dents blanches par-dessus le verre qu'il retirait maintenant de ses lèvres pour le poser sur le guéridon.

— Tu es superbe, le savais-tu ? lui demanda Cole en s'éloignant du mur pour s'approcher lentement d'elle.

Lily l'observa pendant qu'il se déplaçait à la manière d'un prédateur — c'est-à-dire de façon calculée, réfléchie et gracieuse. Elle sentit son pouls qui s'accélérait. Elle savait qu'il pouvait entendre ses battements de cœur, ce qui n'était pas sans la contrarier. C'était comme être avec une personne qui pouvait lire dans ses pensées.

Elle se força à ne pas battre en retraite. De la part d'une personne qui ne portait rien d'autre qu'un drap, c'était un acte de bravoure.

— Pour répondre à ta question, j'ai eu quatre-vingt-quatorze ans en octobre.

Cette voix à l'accent étranger eut à la fois pour effet de calmer et d'attiser les nerfs de Lily.

— Avez-vous participé à la Deuxième Guerre mondiale ? lui demanda-t-elle alors.

Il s'arrêta et inclina la tête, ses yeux se plissant légèrement.

— Pourquoi me demandes-tu ça, chérie ?

Elle s'éclaircit la gorge. L'air lui semblait s'alourdir. Elle baissa le regard vers les bracelets de cuir à ses poignets. Elle se souvenait des marques.

— Pourquoi portez-vous ces bracelets ? lui demanda-t-elle ensuite.

Cole l'étudia un long moment en silence, puis il inspira profondément et expira par le nez. Ensuite, il se croisa lentement les bras sur la poitrine une fois de plus.

— Tu poses beaucoup de questions ce matin, Lily.

Il la scruta encore de longs moments empreints de tension ; elle savait que de son regard vert, Cole analysait chacun de ses souffles, chaque tic de ses lèvres, le moindre mouvement de ses yeux.

Finalement, il sembla parvenir à une décision. Il se décroisa les bras et se rendit à l'autre extrémité de la fenêtre, laissant une bonne distance entre eux. Il posa les mains sur le cadre de fenêtre au-dessus de sa tête et s'appuya sur elles sans façon, le regard perdu au loin.

— Oui, j'ai servi pendant la Deuxième Guerre mondiale. Et quant à ton autre question…, répondit-il avant de jeter un coup d'œil vers elle par-dessus son épaule large, je brûle de curiosité de savoir pourquoi tu te demandes une telle chose, chérie, dit-il en souriant. Sache que je ne porte ces bracelets que pour me donner du style.

— Non, ce n'est pas votre genre, insista Lily.

Elle était impressionnée par cette force en elle ce matin-là. La marque de Daniel l'avait réellement affaiblie la veille.

— Vous les portez aussi pour une autre raison, n'est-ce pas ?

Elle avait confiance en ses rêves. En ce qui concernait Daniel Kane et Malcolm Cole, ses rêves avaient toujours été le reflet de la vérité.

Il y eut une lueur clairement dangereuse dans les yeux de Cole. Puis, son regard s'assombrit. Il se redressa et marcha une fois de plus dans sa direction, cette fois-ci avec détermination. Il ne s'arrêta que lorsqu'il fut directement devant elle, à quelques centimètres de distance.

Lily crut à cet instant précis que le cœur allait lui sortir de la poitrine. Ou s'échapper à l'extérieur d'elle par sa gorge. Chose certaine, il battait fort, au point de lui faire mal.

— Y a-t-il un message derrière ces propos, Lily ? Parce que si oui, je te conseille de cracher le morceau.

Sa voix était à peine plus élevée qu'un murmure, mais elle enveloppa tout de même Lily comme un effet de magie noire.

Elle tenta de respirer, essayant de se calmer les nerfs. Elle commençait à avoir le vertige. Elle s'efforça de trouver la volonté nécessaire pour poser une question de plus.

— Parlez-vous allemand, Cole ?

Il ne changea pas d'expression. Ses pupilles s'étaient légèrement dilatées en raison de la proximité entre leurs deux corps.

— Puisque tu sembles l'avoir oublié, *je m'appelle Malcolm.*

Il parlait toujours doucement, mais une plus grande force émanait de ses mots. C'était flagrant et tangible. Lily sentait sa voix l'envelopper comme une cape de velours.

Elle ne répondit pas. Elle ne pouvait plus parler. Effets de soumission ou non, la proximité de Cole était tout simplement accablante. Elle se maudit lorsqu'une chaleur lui traversa le ventre jusqu'à l'entrejambe. Sa tête lui disait de ne pas répondre à cet homme.

Mais son corps était d'un autre avis.

Les pupilles de Cole continuaient à se dilater, mais son expression demeurait toujours sévère. Presque colérique.

— Laisse tomber le drap, Lily, ordonna-t-il.

Elle écarquilla les yeux. Elle se sentait comme du blé mûr devant une moissonneuse. Elle refusa d'un secouement de tête. Un léger refus.

— Enlève-le, ordonna-t-il encore. Ou je vais t'aider à l'enlever.

Ses pupilles s'écarquillèrent complètement, jusqu'à ce que ses yeux ne soient plus que deux profondes taches noires. Lily n'avait jamais vu un regard aussi affamé. Elle sentit ses muscles faiblir et son sang ralentir dans ses veines. Pourtant, elle tenait fermement le drap de ses doigts tremblants. Entêtée jusqu'au bout.

Les mouvements de Cole furent lents et calculés. Il leva sa main droite jusqu'à ce qu'elle flotte au-dessus de la clavicule de Lily, ses yeux rivés dans les siens. Doucement, il effleura des doigts sa douce peau et saisit sur son épaule une boucle de cheveux dorés qu'il laissa tomber en cascade dans son dos.

Lily eut le souffle coupé à ce contact. La marque sur son bras se mit à chauffer. Se souvenant de la douleur que pouvait causer cette marque, elle retrouva la voix.

— S'il vous plaît, murmura-t-elle. Ne me touchez pas.

Le regard de Cole pénétra son âme comme un démon soumettant un ange.

— Laisse tomber le drap.

Elle frissonna quand il se mit à faire glisser le revers de ses doigts depuis son épaule jusqu'au renflement du sein au-dessus duquel elle retenait si fermement le drap autour d'elle. Elle gémit en raison du feu qui lui causait des élancements dans le bras — et du désir qui la consumait beaucoup plus bas. Honteuse, elle détacha son regard du sien et hocha la tête en signe de soumission.

Il recula d'un pas.

Lily poussa une autre expiration tremblotante, puis elle laissa tomber le drap, s'exposant à son regard noir. Un frisson la parcourut instantanément, et elle se serra les bras sur elle-même.

Puis, il fut sur elle et l'appuya brutalement contre le mur, la main autour de sa gorge, ses lèvres à son oreille.

Elle cria sous l'impact, mais se tut aussitôt lorsqu'il resserra son emprise, la réduisant au silence. Il appuyait fortement son corps contre celui de Lily, et elle pouvait sentir à travers son jean, dure comme une roche, cette bosse qu'il frôlait avidement contre l'humidité de son bas-ventre.

Elle était parcourue, vague après vague, de spasmes de désir, mais aussi de spasmes de douleur dans le bras. Des larmes apparurent dans ses yeux brun doré.

— Lorsque la marque de Kane ne tachera plus ton bras, j'enfoncerai mes dents dans ta gorge pour te boire, lui dit-il d'un ton dur et animal.

Elle gémissait pendant qu'il parlait. La douleur devenait insupportable, tout comme son désir. Elle se retrouva arquée contre lui, voulant faire l'amour, se débattre, faire *n'importe quoi* sauf rester ainsi, prisonnière sous lui, emportée jusqu'à la folie par la douleur et le désir.

Il grogna dans son oreille et la serra plus fort, la privant davantage d'air. Le manque d'oxygène ne faisait qu'augmenter la soif de sexe de Lily. Elle avait les ongles enfoncés dans la poitrine de Cole, profondément, tordant le tissu de sa chemise.

— Je vais te marquer, te changer, puis te baiser durant des jours, durant des *semaines*, lui promit-il. Jusqu'à ce que tu me supplies d'arrêter, continua-t-il. Jusqu'à ce que tu *saignes.*

Il poussa un autre long grognement grave. Il se repositionna pour que ses lèvres soient exactement devant celles de Lily, afin que ses paroles puissent lécher sa peau sensible, chaude et invitante.

— *Et alors, je boirai aussi ce sang.*

Dans toute cette folie, dans toute cette souffrance, le plus douloureux pour Lily St. Claire, travailleuse sociale et jeune femme tout ce qu'il y avait de bien, c'était… qu'elle aimait ça. Elle voulait ce qu'il disait. Sa tête se rebellait contre cette vérité, mais c'était ainsi. Elle *voulait* qu'il lui fasse mal. Elle voulait goûter à sa colère, à sa violence.

Elle comprit, dans un moment d'étrange lucidité, qu'il y avait une énorme différence, voire un gouffre, entre la violence d'un homme ventru et obèse qui battait sa femme et la violence d'un homme désirant une femme et d'une femme désirant un homme, les deux amants consumés d'un feu cruel et implacable.

Ce feu faisait rage en Malcolm Cole à ce moment précis. Elle le sentait dans ses caresses brûlantes. Elle le sentait dans cette puissance du loup. Elle l'entendait dans sa voix, et elle le voyait dans ses yeux.

Elle était piégée dans ce regard. Et il y avait *vraiment* du feu dans ses yeux. De petites flammes rouges au centre de ses pupilles d'ébène. Elle en était hypnotisée.

Malcolm la fixait lui aussi, le souffle rauque, le corps tremblant d'un désir que Lily savait à des années-lumière du sien. Puis, dans un mouvement long et douloureux, aussi long que s'il avait arraché du ruban adhésif d'une plaie ouverte, il se mit à s'éloigner d'elle. D'un centimètre, puis de deux.

Il desserra sa poigne de la gorge de Lily. Elle eut tout de suite les poumons inondés d'air, ce qui lui donna le vertige. Elle ferma les yeux. Il recula lentement, détachant son corps du sien. Elle finit par sentir sa main qui s'enlevait de son cou, et elle ouvrit les yeux. Il se tenait à trente centimètres d'elle, la fixant de ses yeux qui demeuraient d'un noir inquiétant.

Le voir ainsi à une petite distance d'elle redonna des forces à Lily. Elle s'efforça de retrouver un semblant de raison. Elle avait l'impression d'avoir le corps en feu. Son bras droit, quant à lui, l'était vraiment. Elle le regarda et vit que la marque bleue luisait de colère. Elle devait chasser Cole de ses pensées.

Je dois le faire sortir de ma tête !

Elle regarda Cole une fois de plus et s'efforça de se concentrer sur la pensée la plus repoussante et la plus déplaisante qu'elle pouvait trouver à son égard. *Il a été nazi*, se rappela-t-elle. *Nazi !*

Elle n'était pas vraiment certaine, en elle-même, que ce soit vrai. Il était Britannique. Et le rêve qu'elle avait fait était particulièrement déroutant. Dans ce rêve, Cole avait semblé incarner deux personnes à la fois. Il s'était suffisamment soucié de la vie de la femme pour vérifier son pouls. Lily n'était pas certaine du tout de ce qu'elle devait penser de Cole.

Mais le simple fait d'avoir pensé aux nazis suffit à chasser l'enivrement qui s'était emparé de ses sens. Sa faim et son désir s'étaient atténués comme la marée qui se retire, la laissant froide et vide. Elle frissonna sous son regard noir et serra à nouveau les bras sur elle-même.

Elle vit ensuite les pupilles de Cole revenir graduellement à la normale, dévoilant de nouveau le vert froid de ses iris. Il s'agenouilla et ramassa le drap sur le plancher.

Son magnifique visage devenu un masque impassible, il lui tendit le drap. Elle hésita l'espace d'une seconde avant de le lui arracher brutalement des mains pour le tenir devant elle comme un bouclier.

Il répondit à ce geste par un petit sourire cynique. Puis, il se détourna d'elle, se rendit au guéridon où se trouvaient les boissons. Ignorant le vin qu'il s'était versé un peu plus tôt, il saisit une autre bouteille, qui contenait un liquide brun, en enleva le bouchon et but directement au goulot.

Lily le regarda ingurgiter ce qui semblait être de l'alcool très fort. Il broncha à peine en avalant le liquide. Elle resserra le drap autour d'elle et conclut que si elle devait soutirer des réponses de Malcolm, elle se devait de le faire maintenant, ou alors s'abstenir à jamais.

Elle prit une profonde inspiration purifiante.

— Où sont mes vêtements? demanda-t-elle en appuyant légèrement sur ses mots.

Il baissa la bouteille et répondit sans la regarder.

— Ils sont au lavage. Tu peux en choisir d'autres dans le placard à ta gauche.

Lily tourna la tête vers la porte de l'autre côté du lit. Elle donnait sur un placard.

— Où est la salle de bain ?

— De l'autre côté du couloir. Elle t'est réservée.

Lily se mordit la lèvre et déglutit, se préparant pour sa prochaine question.

— Qu'allez-vous faire de moi ? lui demanda-t-elle alors.

C'était la seule question à laquelle elle voulait vraiment une réponse. Elle portait la marque de Kane. Cole ne pouvait pas la réclamer, peu importe ce qu'il souhaitait. Et Lily avait comme l'impression que la sorcière avait été laissée à Baton Rouge. Qu'allait-il donc faire ? Que *pouvait-il* faire ?

— Sauf si l'on recourt à la magie, la marque d'un loup reste sur la compagne choisie, de même que sur le loup lui-même, et ce, jusqu'à ce que l'une de deux choses se produise, dit Cole en se tournant une fois de plus vers elle.

Au même moment, il prit une deuxième bouteille qui se trouvait sur le guéridon ; celle-ci contenait une boisson presque incolore. Il enleva le bouchon, et il continua de parler.

— Soit ce loup meurt et sa marque disparaît, dit-il en avalant une autre grande gorgée d'alcool, apparemment un peu plus corsé que le précédent, car Cole serra les dents, soit c'est *elle* qui meurt, et même si ça ne change plus grand-chose à ce stade, sa marque disparaît elle aussi.

Lily digéra ces renseignements avec un malaise grandissant.

— Vous êtes en train de me dire que vous planifiez l'assassinat de Daniel.

Ce n'était pas une question.

— Il est déjà en route vers nous, confirma Cole dans un étrange sourire.

Il prit une autre grande gorgée du contenu de la bouteille. Lorsqu'il posa celle-ci de nouveau sur le guéridon, il avait les yeux fermés. Lily reconnaissait cet air. Elle savait que l'alcool le brûlait à l'intérieur. Elle se demanda quel serait l'effet sur Cole. Si elle-même buvait tant de spiritueux, elle mourrait presque certainement d'un empoisonnement éthylique.

Mais un loup-garou? Combien d'alcool lui fallait-il pour être saoul?

Lorsque Cole rouvrit les yeux, ils étaient si verts qu'ils luisaient presque comme des feux de circulation. Il s'éloigna du guéridon et se dirigea vers la porte.

— N'essaie pas de sortir du chalet, Lily, lui dit-il sans la regarder, avant de tourner la poignée et d'ouvrir la porte bien grande. Ça ne vaudrait pas la peine pour toi, chérie. Donc…

Il s'arrêta, comme s'il réfléchissait. Puis, toujours sans la regarder, il termina sa phrase.

— N'essaie tout simplement pas.

Sur ces mots, il sortit de la pièce et referma la porte derrière lui.

Après quelques secondes, Lily se rendit à la porte pour écouter. Ce n'était que le silence. Elle s'appuya le dos contre le froid du bois peint, et elle tenta de remettre de l'ordre dans ses pensées. Si Cole disait vrai, Daniel se dirigeait — se précipitait — probablement dans un piège. Elle devait l'avertir. Elle devait l'arrêter.

Peu importe les menaces de Cole, Lily devait sortir de ce chalet.

Elle frissonna; c'était un contrecoup des endorphines qui avaient envahi son organisme au contact de Cole. Elle avait besoin de prendre une douche. Elle était toute moite, et de la sueur avait perlé sur son front. Elle voulait absolument, par opiniâtreté, enlever toute trace de Malcolm Cole sur sa peau — se frotter les cheveux à fond pour le faire sortir de sa tête. Elle voulait aussi se masturber une centaine de fois, jusqu'à ce qu'elle n'arrive plus à jouir et qu'il lui soit impossible de succomber aux étreintes malveillantes de Cole pour le *reste* de ses jours.

Elle se laissa glisser contre la porte, jusqu'à se retrouver assise sur le plancher, puis elle ferma les yeux. *Que puis-je faire ?* Elle n'avait aucun moyen à sa disposition. Pas de téléphone. Pas d'ordinateur. Et elle était presque certaine de ne pas pouvoir en trouver dans cette maison.

Mais elle pouvait encore agir par elle-même. Et elle portait toujours la marque de Daniel.

À cette pensée, elle soupira et se releva. Elle ne voulait pas nécessairement perdre du temps, mais en vérité, elle se sentait mal à l'aise. Elle décida de prendre une douche rapide pour se rincer. Elle aurait ainsi plus de temps pour élaborer un plan.

Elle se rendit à la porte du placard, l'ouvrit et découvrit qu'il était assez grand pour qu'elle puisse circuler à l'intérieur. Il était rempli à ras bord de vêtements de tous les styles et de toutes les couleurs. Elle laissa tomber son drap et se tint debout un moment sans bouger pour enregistrer ce qu'elle voyait. Elle était dans une sorte d'état de choc, surtout à la vue des deux robes les plus près d'elle, vers lesquelles elle avança finalement. Elles étaient toutes deux à sa taille et portaient la griffe d'un grand couturier. Elle cligna quelques fois des yeux, puis se remit de sa surprise. Il s'était préparé pour sa venue. Bien sûr que oui. La préparation était pour lui un art. Raison de plus pour qu'elle prévienne Daniel.

Elle laissa les robes et se mit immédiatement à chercher un jean.

Elle en trouva un de la marque Lucky's, qu'elle posa sur son bras, puis se mit à chercher des sous-vêtements. Après avoir fouillé sans résultat durant quelques minutes, elle se rendit compte qu'il n'y en avait pas. Les yeux plissés et marmonnant quelques mots désobligeants au sujet des hommes en général, Lily se mit à la recherche d'un t-shirt. Elle en trouva un gris foncé, affichant un symbole constitué des lettres « HIM » sur le devant, et elle le posa sur le jean. Elle laissa tomber l'idée d'un soutien-gorge, car il n'y en avait pas non plus.

Elle regarda ensuite le choix de chaussures à sa disposition. Elle secoua la tête d'émerveillement. La somme dépensée par Cole pour tout ce qui se trouvait dans ce placard correspondait à l'équivalent d'un an de salaire pour Lily. Mais il n'était pas question de porter des talons hauts. Ni des sandales.

Elle repéra finalement ce qu'elle voulait vraiment, et elle ne put s'empêcher de se demander ce qui avait bien pu pousser Cole à ajouter des bottes à la collection. Peu importe, elle en était reconnaissante. Elle prit une paire de bottes et trouva une paire de chaussettes blanches.

Avec ses vêtements en main, elle se rendit une fois de plus à la porte de la chambre. Et de nouveau, elle écouta.

Aucun bruit. Elle l'ouvrit timidement. Le couloir menait de chaque côté à plusieurs autres pièces et passages voûtés. Le chalet était immense et très bien pensé. Dans d'autres circonstances, elle aurait adoré le visiter.

Dans de très différentes circonstances.

Elle sortit dans le couloir et tourna la poignée de la porte en face de la sienne. Cette porte s'ouvrait sur une salle de bain qui était environ de la même grandeur que la chambre d'amis. Complètement abasourdie, elle se tint un moment immobile sur le seuil. C'était magnifique. Bon Dieu, elle aurait pu habiter dans cette salle de bain! Il y avait du marbre partout où elle pouvait poser les yeux, une deuxième fenêtre qui donnait sur les montagnes du désert du Nouveau-Mexique et une douche ouverte qui devait avoir environ douze pommeaux différents.

Elle assimila toutes ces informations, puis elle se secoua et entra, fermant et verrouillant la porte derrière elle.

* * * *

Malcolm sourit intérieurement en entendant Lily verrouiller la porte de la salle de bain. Pensait-elle vraiment que ça pouvait être un empêchement pour lui? Il secoua la tête et passa une main dans ses cheveux foncés, se détournant du meuble à boisson où il venait tout juste de se rendre pour la deuxième fois dans les dix dernières minutes.

Il savait que ça ne fonctionnerait pas. Jamais. Au grand jamais. Il était prisonnier de ses souvenirs, prisonnier de sa douleur.

Il grogna, puis il pivota soudainement sur lui-même et donna un violent coup de poing à travers la poutre de bois à côté de lui. Lorsqu'il s'en extirpa le bras, il sourit sardoniquement, content d'avoir fait renforcer la maison de manière à ce qu'elle puisse supporter les coups qu'il lui faisait si souvent subir.

Il se rendit ensuite aux fenêtres pour regarder à l'horizon, et finalement, comme cela se produisait toujours, son regard glissa vers les bracelets de cuir autour de ses poignets.

Beaucoup d'hommes portaient maintenant de tels bracelets. Ça leur donnait du *style*. Il rit d'un rire sans joie. Ça faisait *viril*.

Lentement, il détacha l'un d'eux et le laissa tomber sur le plancher. Il tourna son poignet du côté intérieur pour regarder la profonde marque rouge sang qui s'y trouvait.

Il ne portait quant à lui ces bracelets que par utilité. Les symboles gravés sur ses poignets dataient de longtemps. Ils étaient puissants, et ils lui servaient de punition depuis les soixante-dix dernières années.

Comment expliquer le fait qu'elle soit au courant ? se demanda-t-il, dérouté de nouveau par les questions de Lily St. Claire. Comment *pouvait*-elle savoir ? Il ne comprenait pas. Il n'était pas cinglé, pourtant. Elle l'avait questionné au sujet de la guerre, de ses poignets et de sa connaissance de l'allemand. Il ne fallait pas être un génie pour voir où tout ça menait. Pour une raison ou une autre, elle savait.

Il ferma les yeux et se passa à nouveau une main dans les cheveux, se penchant vers l'avant pour s'appuyer le front contre la vitre fraîche de la fenêtre. Il était harcelé par les remords. Il se sentait mal à cause de son comportement envers Lily à l'étage. Mais il était fâché — et effrayé. Et il voulait qu'elle cesse de poser des questions. Il avait utilisé ses pouvoirs impitoyablement et sans vergogne pour étouffer la curiosité acharnée de Lily en lui faisant subir ce qui n'avait été rien de moins qu'une forme de viol mental.

Il poussa une expiration tremblotante et résista à l'envie de casser la vitre.

Puis, pour la dix-millième fois de sa vie, Malcolm Cole s'employa à faire reculer ces vives émotions de détresse au plus profond d'un coin sombre de son âme, jusqu'à ce qu'elles n'agissent plus sur lui, puis il se redressa. Il ouvrit les yeux, qui étincelaient comme des émeraudes. Il se pencha et ramassa le bracelet, qu'il attacha de nouveau à son poignet, cachant la marque en dessous.

Puis, il regarda une fois de plus par la fenêtre. Daniel Kane viendrait. Et Daniel Kane mourrait. Ensuite, Malcolm prendrait Lily St. Claire et, pour la première fois depuis trop de décennies, il connaîtrait une certaine paix. Un certain soulagement.

Un répit.

Un salut.

CHAPITRE ONZE

LE DÉTECTEUR DE MENSONGES

Daniel Kane avait soigneusement choisi les membres de sa meute, sachant que les personnes qui l'accompagnaient finiraient probablement par s'infiltrer dans le territoire de Cole à sa place.

Le lieutenant Michael Angel, policier digne de confiance et ami de Daniel, était assis dans l'un des gros fauteuils pivotants. C'était un loup-garou expérimenté qui en avait déjà vu d'autres. Il connaissait le tabac, pour ainsi dire, et il était d'une loyauté indéfectible.

En face de lui était assis le major Jordan Stark, un Noir qui avait grandi à La Nouvelle-Orléans et qui était entré dans les forces policières afin de mettre de l'ordre dans sa ville. Lorsque Katrina avait frappé, la nièce de Stark, âgée de onze ans, avait été séparée du reste de sa famille de loups-garous. Les louves-garous étaient pour la plupart aussi sans défense que les humains, surtout les jeunes femelles. La fillette s'était fait violer à répétition dans les toilettes du Superdome[8].

Stark s'était mis en tête de tuer tous les agresseurs de sa nièce, de les traquer et de les réduire en miettes avec ses dents et ses griffes. Kane, qui se trouvait alors à La

---

8. N.d.T.: Grand stade multifonctionnel de La Nouvelle-Orléans.

Nouvelle-Orléans pour prêter main-forte dans ce chaos, comme tous les autres policiers qu'il connaissait, était tombé sur Stark au beau milieu d'une de ses vengeances meurtrières. Daniel avait dû prendre une décision sur-le-champ : aider ce loup-garou solitaire à détruire les preuves, ou le traduire devant le conseil du clan. Il s'était fié à son instinct, et il avait aidé Stark à effacer toute trace pouvant laisser croire que ces hommes avaient un jour existé. Ce dernier avait été si reconnaissant pour l'aide et la compréhension tacite de Daniel qu'il avait juré allégeance à sa meute. Il y avait peu d'hommes sur terre auxquels Daniel faisait davantage confiance qu'à Jordan Stark.

De l'autre côté de l'allée, assis dans un autre fauteuil en cuir Nappa, se trouvait le détective Aiden Knight, un collègue de Daniel depuis les dix dernières années de sa carrière dans les forces de l'ordre. Comme les autres, il était aussi éminemment loyal, et c'était un loup-garou incroyablement solide, digne de diriger sa propre meute, selon Daniel.

Daniel avait songé à emmener d'autres personnes. Tous ses hommes s'étaient portés volontaires. Ils avaient avancé toutes sortes d'arguments : Daniel aurait besoin de tous les renforts à sa disposition, Cole était un adversaire redoutable, Daniel se dirigeait vers le territoire d'un autre alpha… Ce projet ressemblait douloureusement à une mission suicide.

Mais il ne voulait pas leur causer du tort. Certains d'entre eux étaient très jeunes. Il devait pouvoir se fier au fait que les hommes qui surveillaient ses arrières étaient pleinement conscients de ce qu'ils faisaient et qu'ils savaient comment éviter d'être eux-mêmes assassinés.

Les passagers étaient tous en train de réfléchir en silence à bord de l'avion. Angel regardait par le hublot. Stark avait le dos appuyé sur le fauteuil, les mains croisées sur son ventre d'acier, les yeux fermés pour s'adonner à de profondes méditations. Knight tenait un verre de thé glacé, et il manipulait distraitement un paquet de cartes d'une main. Lui aussi regardait par le hublot.

Mis à part les hommes de Daniel, il y avait son grandpère, qui faisait des allers-retours entre le compartiment des passagers et le cockpit. Il y avait aussi William, son oncle, qui pilotait l'avion, ainsi que Tabitha, qui avait obstinément refusé de rester derrière. Et James Valentine.

Daniel observait Valentine de l'œil d'un alpha très conscient du fait qu'il partageait son espace vital avec un autre alpha. *Bordel, je partage même bien davantage…*

À cette pensée, un muscle tressaillit sur sa mâchoire, et ses dents se serrèrent. Puis, il redressa son fauteuil et le fit pivoter légèrement sur un côté, posant ses coudes sur ses genoux pour pouvoir joindre ses mains aisément devant lui. Valentine leva les yeux.

— Dis-nous tout ce que tu sais, Valentine. Nous avons quelques heures devant nous.

James Valentine réfléchit quelques secondes, puis il hocha la tête, prit une profonde inspiration et expira ensuite en se penchant lui aussi vers l'avant.

— Pourquoi et comment Cole est-il venu à la recherche de Lily ? commença Daniel.

James se mordilla l'intérieur de la lèvre avant de répondre.

— Cole n'a pas choisi Lily par hasard, dit-il, s'interrompant un instant avant de reprendre. Il l'a choisie parce qu'elle a rêvé de lui.

Daniel fronça les sourcils, ainsi que Tabitha.

— C'est impossible, s'interposa-t-elle. Lily a rêvé de Daniel. Je le sais, car elle m'a raconté son rêve quand nous étions à l'école secondaire.

— J'ai bien peur que ce soit effectivement possible, *mon petite fille*[9], dit Jonathan Kane.

Il se tenait dans le passage qui menait à la kitchenette et aux toilettes de l'avion privé. Il était appuyé contre le mur, les bras croisés sur sa poitrine.

— Elena et moi avons discuté de la situation avec le conseil, continua-t-il. Apparemment, il y a maintenant si peu de latentes en vie que chacune d'elle rêve à plus d'un alpha.

Daniel sentit son sang se refroidir. La couleur disparut de son beau visage. Sa gorge devint soudainement très sèche.

— Quoi ? demanda-t-il, la voix à peine plus élevée qu'un murmure.

Jonathan Kane hocha simplement la tête avec une expression d'inquiétude et de sympathie.

Daniel tenta de parler, mais n'y parvenant pas, il s'éclaircit la gorge avant d'essayer de nouveau.

— Me dis-tu qu'il y a un risque… ?

Il n'arrivait même pas à dire ce à quoi il pensait. Cette possibilité était trop révoltante.

— Au fond, ce que ça veut dire, répondit rapidement Jonathan pour épargner à son petit-fils la pensée même que Lily puisse en fin de compte ne pas lui être destinée, c'est que l'alpha qui conquiert la latente le premier en devient le compagnon.

Les passagers de l'avion restèrent sans voix devant cette déclaration. Ces renseignements eurent l'effet d'une bombe.

---

9. N.d.T.: En français (cajun) dans le texte original.

Ils étaient manifestement sous le choc à cause de la surprise. Tous sauf Valentine, en fait, qui continua calmement.

— Cole s'est servi de la sorcière pour la trouver, à partir des rêves qu'elle faisait. Le reste, vous le savez déjà.

— En fait, il y a beaucoup de choses que nous ne savons pas, *parran*, dit Jonathan, utilisant le mot cajun pour « parrain » en s'adressant à Valentine, qui accepta de bonne grâce de se faire appeler ainsi. Pourquoi ne s'est-il pas manifesté avant ?

Valentine sourit.

— Il ne savait pas qu'il le pouvait. C'est la sorcière Eva Black qui le lui a appris.

— Et comment l'a-t-il trouvée ? demanda Tabitha en retroussant les lèvres de dégoût à la simple pensée de cette femme rousse.

— C'est une histoire intéressante, répondit Valentine. Black est allée le voir à une séance de dédicace, et c'est alors qu'elle lui a dit qu'elle savait ce qu'il cherchait — et qu'elle pouvait l'aider à la trouver. À un certain prix, spécifia-t-il en s'appuyant sur son fauteuil. Apparemment, les autres membres de son assemblée de sorcières n'avaient pas aimé qu'elle laisse les ténèbres. Elles lui en voulaient, et elle avait besoin d'être protégée. Elle savait qu'il pourrait lui offrir cette protection. Il a accepté son offre.

— Je l'aurais parié, dit le détective Knight en plissant les yeux.

Valentine sourit de connivence.

— En échange, elle a retrouvé Lily.

* * * *

Malcolm observait Lily St. Claire de très près. Il semblait tout discerner, tout remarquer. Surtout lorsqu'elle croyait lui cacher quelque chose. Comme la manière qu'elle avait de compter les portes, d'étudier les loquets des fenêtres, d'évaluer la hauteur de celles-ci et de tenter de découvrir ce qui l'attendait au sol si elle décidait de sauter en bas de l'une d'elles.

Comme s'il ne s'en rendait pas compte !

Il en était amusé. Il trouvait même la chose alléchante. La meilleure façon d'attirer un prédateur à sa suite est de prendre la fuite. Il aimait la chasse. Et la petite Lily semblait fermement déterminée à s'échapper d'une manière ou d'une autre.

Il avait presque hâte.

Ils étaient pour l'instant assis l'un en face de l'autre à la table à manger, et il pouvait humer l'odeur du shampoing dans ses cheveux. Lavande et camomille. Il pouvait sentir le savon sur sa peau et la cannelle sur sa langue alors qu'elle essayait si fort de ne pas dévorer comme un animal affamé la brioche glacée qui se trouvait devant elle. Il savait qu'elle devait avoir très faim. Mais elle mangeait tranquillement et lentement, son cœur battant très fort dans sa cage thoracique fragile d'être humain. Malcolm avait aussi faim.

Mais son appétit n'avait rien à voir avec de la nourriture.

Il se coupa tout de même un morceau de steak dans son assiette, lentement et posément, pour apprécier la sensation du couteau tranchant la viande. Au moment où il portait la bouchée à ses lèvres avec sa fourchette, il surprit Lily à l'observer.

Elle déglutit, l'observant avec un trouble grandissant qu'il pouvait à la fois entendre et ressentir. Puis, en mastiquant, il entendit le cœur de Lily accélérer d'un cran. Elle se préparait à lui poser une autre question. Il s'était habitué à ce scénario.

— Comment avez-vous su que j'étais végétarienne ? lui demanda-t-elle en faisant un signe vers son assiette.

Son plat était garni de pâtisseries, de fruits et de légumes — si différent du repas de son vis-à-vis, qui était tout sauf végétarien.

Il avala son morceau de viande et sourit, montrant ses crocs. Il s'amusait de la peur qui montait en elle et de l'appréhension qu'elle vivait à la vue de ses dents. Il en faisait un jeu. Il ne pouvait pas s'en empêcher.

— Je sais tout à ton sujet, Lily.

Elle posa sa fourchette, la bouche ouverte d'ébahissement.

— Comment ça ? demanda-t-elle.

L'adrénaline envahissait son organisme. Le sang avait alors toujours tellement bon goût. Cole prit bien son temps pour répondre, se coupant un autre morceau de steak saignant qu'il avala lentement avant de sourire une fois de plus.

Elle ne savait pratiquement plus où se mettre sur sa chaise, car il ne l'avait toujours pas lâchée des yeux. Il fit augmenter la tension, prenant une longue gorgée de son verre de vin, qu'il déposa ensuite sur la table.

— Je me fais un point d'honneur de connaître ce que je dois savoir, lui expliqua-t-il. Et je préfère te prévenir, chérie, tu ne resteras pas végétarienne longtemps.

À ces mots, elle pâlit. Il prit une autre gorgée de vin pour cacher son sourire.

— Que... ?

Elle déglutit et essaya une fois de plus de parler. Il savait ce qu'elle voulait lui demander. Il aurait pu lui épargner l'effort et simplement aller au-devant de sa question. Mais le jeu était trop amusant. Il était totalement fasciné alors qu'il observait toutes les émotions possibles se succéder sur son adorable visage. Il attendit.

— Qu'allez-vous me faire? Comment vais-je... *changer*?

À l'idée de transformer Lily St. Claire, Malcolm serra les cuisses. Il tint aussi plus fermement son verre, qu'il dut s'efforcer de poser avant qu'il n'éclate entre ses doigts.

Il savait que son regard s'assombrissait et que ses pupilles prenaient de l'expansion, car elle eut le souffle coupé et s'appuya contre le dossier de sa chaise, écartant les lèvres pour prendre de brèves inspirations.

— Tu as sans doute déjà entendu cette histoire de grand-mère sur les morsures de loups-garous, non? demanda finalement Malcolm.

Elle fit signe que oui.

— Ce n'est pas qu'une histoire de grand-mère.

Lily cligna des yeux.

— Oh.

Il sourit et s'appuya vers l'avant sur ses coudes. Il attendait sa question suivante; il savait qu'elle viendrait immédiatement.

— Vous... vous avez plus l'air d'un vampire que d'un loup-garou, lui avoua-t-elle honnêtement.

Il comprenait sa confusion. Après tout, elle n'avait encore jamais vu un loup-garou sous sa vraie forme animale.

— D'où crois-tu que proviennent les légendes, Lily?

— Vous voulez dire que les gens confondent les loups-garous et les vampires depuis toujours? demanda-t-elle.

Il rit. Il adorait l'effet que son rire avait sur elle. Elle résista fort pour ne pas fermer les yeux et se laisser envelopper par ce rire comme dans un étau. Finalement, il se radossa à son fauteuil et posa les bras sur les accoudoirs.

— Les loups-garous adorent le goût du sang. Il nous calme, nous nourrit, nous donne de la force, dit-il, s'interrompant pour lui décocher un regard sévère avant d'ajouter un détail. Ça nous allume.

Il laissa ce dernier mot glisser sur sa langue, dans une intonation fortement tintée de désir.

Lily se mordit la lèvre inférieure.

Il poursuivit.

— Nos yeux changent, nos dents changent, nous vieillissons lentement, et nous guérissons de presque toutes les blessures. Contrairement au mythe, nous pouvons choisir le moment et l'endroit de notre métamorphose. Mais nous gardons la plupart du temps notre forme humaine. C'est là la différence avec les histoires de vampires.

Elle sembla retourner ces propos dans sa tête tout en l'observant avec une méfiance tenace.

— Que faites-vous lorsque les gens commencent à se rendre compte que vous n'avez pas vieilli en trente ans ?

À ces mots, il gloussa une fois de plus.

— En l'an 2020, l'auteur Malcolm Cole subira un horrible accident de bateau, et son corps ne sera jamais retrouvé, annonça-t-il, s'arrêtant pour laisser Lily absorber ces renseignements avant de continuer. Une maison m'attend sur une île du Pacifique. Je vais aller y vivre le temps de laisser retomber la poussière, puis j'irai continuer ma vie ailleurs.

— C'est ce que font tous les loups-garous ?

— En général, répondit-il, ses yeux s'assombrissant. C'est très facile de faire mourir des gens, Lily, poursuivit-il après avoir baissé le ton.

Celle-ci leva le menton dans une attitude de défi. Une lueur traversa les taches dorées de ses yeux. Elle semblait songer à quelque chose en particulier. N'appréciant pas ce changement dans son expression, il se crispa.

— Vous en savez beaucoup à ce sujet, n'est-ce pas, Cole? lui demanda-t-elle alors, l'impressionnant avec son courage alors qu'elle appuyait sur ses mots. Vous en savez long sur la mort. Sur les meurtres, peut-être? *Sur l'art de tuer.*

Il pouvait presque l'entendre se blinder contre lui. Elle était sur une lancée.

— Combien de personnes avez-vous tuées, Cole?

— Une fois de plus, je m'appelle Malcolm, répondit-il, d'un calme trompeur. Et j'ai perdu le compte.

Lily écarquilla les yeux et resta saisie. Sa respiration se calma, se figea dans ses poumons.

C'est bien, songea-t-il. C'était l'effet qu'il escomptait. Il se leva alors, repoussant son fauteuil vers l'arrière.

— Tu sembles déterminée à fouiller mon passé, Lily. Permets-moi donc de t'épargner l'effort d'un interrogatoire. Je vais simplement te le raconter.

Il se leva de l'arrière de la table et s'approcha de son côté, parcourant la distance en trois grandes enjambées. Elle se crispa sur son fauteuil, prête à prendre la fuite, mais il dut reconnaître qu'elle n'avait pas bougé d'un poil. Elle n'avait pas pris ses jambes à son cou. *Pas encore.*

Lorsqu'il fut à côté d'elle, il saisit son fauteuil et le retourna, la forçant à lui faire face. Elle poussa un cri de surprise lorsqu'il plaça ses paumes sur les accoudoirs, l'empêchant ainsi de se lever, puis il se pencha vers l'avant, la clouant de son regard vert.

Il se demanda combien de temps elle allait pouvoir supporter le rythme frénétique de son petit cœur avant que celui-ci ne s'épuise et cesse tout simplement de battre.

— Oui, j'ai fait la guerre. Oui, j'ai été soldat dans l'armée de l'Allemagne nazie. Oui, j'ai des marques sur mes poignets, et *oui*, siffla-t-il en se penchant encore davantage, elles proviennent d'une malédiction. Et une fois de plus, oui, continua-t-il en serrant le fauteuil jusqu'à ce que le bois craque sous sa force inhumaine, j'ai été témoin de la mort. Encore plus que ce qu'une personne comme toi pourrait imaginer.

* * * *

Il y eut un long, un très long moment avant que Lily St. Claire ne réussisse à échapper au regard de l'homme — le loup-garou — penché au-dessus d'elle. Mais quelque chose dans les yeux de Malcolm l'avait saisie. Il y avait assurément une certaine chaleur. Une passion. De la colère et du désir. Beaucoup de désir.

Mais il y avait aussi autre chose. Quelque chose qu'elle pouvait reconnaître n'importe quand, une chose qu'elle avait suffisamment vue au cours de sa courte carrière. Il y avait de la douleur.

C'est alors que Lily *sut*. Elle *sut* qu'il mentait. Elle sut que son histoire ne se limitait pas à ce qu'il laissait croire. Oh, il cachait bien son jeu. Très bien, même. Il s'était beaucoup exercé.

Mais ce constat permit à Lily de retrouver la voix.

— Non, vous ne dites pas la vérité, laissa-t-elle tomber dans un quasi-murmure.

Malcom cligna une fois de ses yeux verts.

— Vous n'étiez pas nazi. Vous étiez espion. Au service des Anglais.

Elle déglutit pour faire passer la boule sèche dans sa gorge, et elle poussa une expiration tremblotante. *Continue,* songea-t-elle. *Le pire qu'il puisse faire est de te tuer, et il ne le fera pas. Probablement pas. Du moins, pas maintenant.*

— Et cette femme au camp, elle ne le savait pas, n'est-ce pas ? Et elle vous a jeté un sort.

Elle ressentit l'immobilité de Cole au-dessus d'elle. Il avait une expression indéchiffrable. Mais il avait accusé le choc dans le jade de ses yeux. Un muscle tressaillit sur sa mâchoire. Lily vit que l'accoudoir gauche de son fauteuil commençait à fendre en éclats.

Puis, soudainement, Cole se redressa, lâcha le fauteuil et recula d'un pas.

Elle l'observait, fascinée. La domination de Cole semblait chanceler, et il faiblissait devant cette femme qui pouvait lire dans ses souvenirs. Par habitude, il passa une main dans ses propres cheveux épais, non sans noter qu'elle tremblait presque. Il se détourna alors de Lily, cessant de la dévisager de son regard vert, et il se dirigea nerveusement vers les fenêtres le long d'un mur. Il y avait un thème récurrent dans cette majestueuse maison, et elle l'avait vite remarqué. La vue était époustouflante.

Lorsqu'il atteignit les fenêtres, il posa ses paumes contre l'une d'elles pour parcourir du regard les vastes étendues devant lui. Lily se leva lentement de son fauteuil et avança peu à peu vers la porte, juste au cas où.

— Je ne vais pas te faire mal, Lily, dit-il doucement, son regard fixant toujours le vide au loin.

Son ton était différent; il ne témoignait plus de la domination que Cole exerçait habituellement sur elle. C'était presque un ton de soumission.

Elle se figea sur place et attendit; elle sentait que quelque chose de très important était sur le point de se produire.

— Tu as raison, dit-il avant de soupirer. Je ne sais pas comment tu l'as su, mais ça importe peu.

Il secoua la tête, et elle vit le bout de ses doigts blanchir contre la vitre.

— J'avais réussi à me faire envoyer en mission à Dachau… dit-il, perdu dans ses souvenirs, sa voix s'estompant. Je venais juste d'arriver, et le général m'avait dit d'aller faire le tour des lieux. Pour prendre connaissance de la situation.

Il déglutit, et Lily comprit qu'il avait la gorge douloureusement sèche. Il ferma les yeux et continua.

— Je voulais savoir à quel point la situation était horrible dans ce camp. Mes supérieurs voulaient de vrais renseignements. Je suis donc entré dans l'une des cabanes qui allaient former une suite contiguë de baraques en brique. Les prisonnières mouraient de faim. La puanteur était accablante. J'étais entouré de personnes dont le cœur battait de plus en plus faiblement. Et dans certains cas, leur cœur ne battait plus du tout…

Lily écoutait attentivement. Tandis qu'il parlait, elle se sentit une fois de plus enveloppée par son accent britannique, et cette fois, ce ne fut pas une cause de plaisir, mais plutôt de tristesse. Elle revivait son rêve parmi les personnes très souffrantes dont il parlait. Et elle ne pouvait se détourner de la scène qui se déroulait devant elle.

— Une femme avait un pouls particulièrement irrégulier. Il m'inquiétait. Je me suis approchée d'elle, et j'ai remarqué qu'elle était une Rom.

Cole ouvrit alors les yeux et se repoussa de la fenêtre avant de se tourner vers Lily pour la fixer de son regard vert.

— Une bohémienne, ou une «Gipsy», comme vous, les Américains, le dites. Elle était à l'article de la mort.

Lily s'éclaircit la gorge et déglutit, puis, comme s'il sentait qu'elle allait parler, Malcolm attendit.

— Elle vous a pris le poignet et vous a murmuré quelque chose, se risqua Lily. Dans une autre langue. Qu'a-t-elle dit? termina-t-elle doucement.

Cole s'appuya de nouveau contre la vitre, se croisant les bras sur la poitrine.

— Elle m'a dit que j'étais un soldat de la mort, un messager de la mort. Puis, elle a dit : «Puisque vous aimez tant la mort, puissiez-vous être son témoin éternel.»

Lily et Cole restèrent alors tous deux silencieux. Ils ressentaient cet inconfort grandissant qui accompagne la compréhension de nouveaux faits, une grave prise de conscience.

— Que voulait-elle dire? demanda-t-elle finalement.

Cole demeura silencieux un moment en observant Lily attentivement. Il cligna ensuite des yeux, et dans un flou provoqué par la vitesse de son déplacement, il vint se tenir devant elle et arracha les bracelets de cuir de ses poignets.

Lily eut le souffle coupé, et elle sursauta lorsqu'il tendit les bras de manière à ce qu'elle puisse voir. Des marques rouge sang d'allure ancienne et énigmatique étaient imprimées à l'intérieur de ses bras. Elles semblaient douloureuses. Funestes.

— Chaque fois qu'un innocent est tué avec le même détachement, le même sang-froid dont cette Rom a été témoin, elles se ravivent, lui dit-il en faisant un signe de tête vers ses marques.

Elle voyait qu'il avait les dents serrées, le corps raide d'une colère accumulée.

— Un moment, je suis ici, et l'instant d'après, je suis ailleurs. Penché sur une femme. Un enfant. Une famille entière de victimes de meurtres. Seulement, j'arrive toujours trop tard.

Il fit un pas vers l'avant, et elle fut forcée de reculer. Le regard de Cole s'assombrit de manière menaçante.

— Ils sont morts. Et il n'y a rien que je puisse faire à part tout absorber. *Tous les moindres détails atroces.*

Le souffle de Lily s'accélérait maintenant, inégal et tremblotant. L'horreur se répandait dans ses veines, et ce, pour tant de raisons.

— Vous voulez dire que vous ne…

Malcolm fit un sourire méchant, ses crocs encore une fois sortis. Ses yeux verts se mirent à luire.

— Que je ne les tue pas moi-même ? demanda-t-il, son ton se durcissant. Non, répondit-il en secouant la tête. Pas eux.

Il rit sans joie et fit un autre pas vers elle. Une fois de plus, elle recula, et elle se retrouva contre la porte.

— Au début, je partais à la recherche des meurtriers. C'était simple. Leur puanteur emplissait mes poumons, et ils devenaient des proies faciles, expliqua-t-il avant que son sourire disparaisse et que ses pupilles se dilatent très légèrement. Mais ensuite… je m'y suis habitué.

— Les loups-garous croient que c'est vous qui tuez ces gens, Cole, réussit à murmurer Lily.

Elle n'avait aucune idée de la source de son courage. Mais elle en était assurément impressionnée.

Le sourire de Cole revint, mais cette fois-ci, ce fut le sourire concupiscent que Lily connaissait si bien et qui la mettait mal à l'aise. Son ventre se réchauffa, et ses jambes faiblirent pendant que les pupilles de Cole s'élargissaient en chassant le vert de ses yeux. Il se pencha vers l'avant et posa ses mains sur la porte de chaque côté de la tête de Lily, la coinçant une fois de plus.

— Oh, je le sais, dit-il. Et appelle-moi Malcolm.

CHAPITRE DOUZE

AU FEU !

Daniel fit pivoter son fauteuil en cuir Nappa. Son oncle était en train de leur annoncer par interphone qu'ils allaient atterrir. En face de lui, le détective Aiden Knight tenait une conversation téléphonique tout en regardant Daniel.

— Tu en es certain ?

Daniel entendait la voix de l'interlocuteur.

— Oui, monsieur. Ça ne correspond pas.

— D'accord, merci, Sandler.

Knight mit fin à la communication. Il fixa son téléphone à sa ceinture à côté de son badge, et il soupira.

— C'était le département médicolégal, au cas où vous n'auriez pas tout entendu.

Daniel hocha la tête et attendit.

— Le calibre des balles trouvées dans le corps du maire et dans les corps des membres de sa famille ne correspond pas à celui de l'arme laissée sur les lieux du crime malgré le fait que la chambre du revolver avait été vidée peu avant. Celui-ci était couvert de poudre d'arme à feu.

Daniel réfléchit silencieusement quelques instants. Le revolver était chaud, il avait récemment servi. Daniel, Aiden et le lieutenant Angel s'étaient tous déplacés sur la scène du crime, et ils avaient tous senti la poudre d'arme à feu.

Aiden se pencha vers l'avant, comme pour lui faire une confidence.

— Pour être honnête, je ne comprends tout simplement pas pourquoi Cole se serait donné dès le départ la peine de les abattre.

Le train d'atterrissage se déploya, et l'avion s'aligna sur la piste noire au sol.

— Tu n'es pas le seul, admit Daniel. Et nous n'avons pas non plus senti son passage dans la maison.

Aiden secoua la tête.

— Non, effectivement.

Le revolver utilisé était une arme à feu de policier. Normalement, les victimes de Cole étaient assassinées de manière sensationnelle. Ses meurtres étaient du genre à intéresser la presse. Mutilation, torture, cadavres à moitié dévorés.

Mais cette fois-ci ? C'était une approche étrangement directe. Pas du tout semblable au style de Malcolm Cole.

Et comme l'odeur de ce dernier n'avait pas été décelée sur la scène du crime, Daniel devait admettre qu'il y avait une possibilité très réelle que l'autre loup-garou n'ait rien à voir dans cette histoire. Il se pouvait donc que le meurtre n'ait été qu'une incroyable coïncidence dont Cole avait rapidement profité.

— Il y a peut-être un tueur en cavale dans Baton Rouge, conclut Knight en s'appuyant contre son dossier alors que les roues touchaient le sol et que l'avion décélérait pour s'immobiliser.

Daniel ne trouva rien à répondre.

* * * *

Malcolm Cole se dirigea d'un pas déterminé en direction de la cage d'escalier en pierre qui le mènerait à la cave à vins. Chemin faisant, il sortit son téléphone cellulaire de sa poche de devant, et il composa un numéro abrégé.

— Jake, je dois encore m'absenter. Surveille-la pour moi.

— Pas de problème, patron. Dieu vous garde!

Cole mit fin à l'appel au moment même où la brûlure des marques sur ses poignets devenait insupportable. Il se dirigea vers le centre de la vaste pièce souterraine, et il laissa ses mains tomber de chaque côté de son corps. Il ferma les yeux et tenta de se préparer. Comme toujours, il savait que peu importe ce qu'il ferait, il ne serait pas prêt. C'était inutile d'espérer le contraire.

Il savait que lorsqu'il rouvrirait les yeux, il se retrouverait au milieu d'un horrible cauchemar : du sang en abondance, l'obscurité totale, l'odeur du cuivre et de la peur.

Il songea à la femme rom et au voyage qu'il avait fait en Roumanie pour essayer de faire annuler la malédiction dont il était victime. Sa démarche avait été vaine, et il avait même failli se faire jeter un autre sort. Les gens n'avaient pas cru qu'il n'était pas un soldat de la mort. Quelle preuve avait-il à leur fournir?

Il était condamné pour le reste de ses jours. Seules la quiétude et la satisfaction qui venaient avec la revendication d'une compagne pourraient apaiser cette douleur qui persistait indépendamment du nombre incalculable de fois où il avait écrit à ce sujet — indépendamment du nombre de mots violents qu'il avait couchés sur papier.

C'était une douleur toujours présente.

Les marques luisirent d'un rouge semblable à celui d'un feu de circulation, lui arrachant un cri rauque de la gorge. Puis, il se mit à trembler. Il grinça des dents sous l'effet de cette douleur insupportable.

Et il fut emporté dans un autre lieu.

* * * *

Bon. Elle avait enfin un plan.

Un plan incroyablement fou qui ne fonctionnerait probablement pas. Pour dire la vérité, elle commençait à en vouloir à Daniel Kane d'être revenu dans sa vie en moto et de lui avoir fait cette maudite marque sur le bras, l'obligeant là, tout de suite, à prendre une décision aussi ridicule que folle. Mais elle avait au moins un plan.

Évidemment, elle allait probablement mourir...

Elle se sentit soudain mal et s'appuya contre le mur en se passant une main sur son visage fiévreusement chaud. Cette pensée lui ramenait les deux pieds sur terre. *Je pourrais mourir.*

Elle se redressa et poussa une expiration hésitante. Cette peur n'était pas le résultat escompté, bien sûr, mais à l'évidence, Lily ne voulait pas passer le reste de ses jours auprès de Malcolm Cole. C'était un homme incroyablement sexy. C'était un homme torturé. Mais il était aussi blasé et dangereux, et malgré la beauté du vert de ses yeux et sa voix si séductrice, elle ne pouvait s'imaginer l'aimer. Pas maintenant. Peut-être jamais. Car son cœur battait plutôt pour Daniel.

Si une humaine s'apprêtait à vouloir vaincre un loup-garou alpha, seules quelques options s'offraient à elle pour accomplir cet exploit. Et elles étaient toutes merdiques.

Il y avait peut-être un seul aspect positif : elle avait atteint au cours des derniers jours un état d'esprit qui lui faisait perdre le sens des réalités et qui l'amenait à douter de sa propre condition de mortelle. Autrement, elle n'aurait jamais, au grand jamais, essayé d'accomplir ce qu'elle prévoyait faire.

De plus, elle commençait à en avoir ras le bol. Elle était fâchée contre Tabitha, qui lui avait menti durant toutes ces années. Elle était fâchée contre elle-même parce qu'elle n'avait pas eu le cran, à l'école secondaire, de tout simplement aller voir Daniel Kane pour lui demander pourquoi il flirtait avec toutes ses amies et pas avec elle. Et elle était fâchée contre Daniel parce qu'il avait diamétralement changé et qu'il l'avait finalement draguée d'une manière complètement égoïste, totalement manipulatrice et franchement insensée.

Voilà ! Elle vivait maintenant dans un monde de folie, qu'elle voulait fuir.

Après leur épisode du jeu Vérité ou Conséquence plus tôt dans la salle à manger, Cole s'était d'abord reculé d'elle et de la porte contre laquelle il l'avait plaquée, puis il avait ensuite ouvert cette porte et rattrapé Lily alors qu'elle tombait vers l'arrière.

Ce bref contact avait fait surgir une pointe de douleur dans le bras de Lily, mais Malcolm avait rapidement écarté la jeune femme, la laissant à elle-même. Puis, après lui avoir décoché un dernier regard très étrange, il avait franchi le cadre de porte et s'était lancé dans le couloir sans se retourner. Se déplaçant rapidement d'un pas déterminé, il avait disparu au détour d'un autre passage. Tout simplement.

Elle était demeurée figée sur place, se posant des questions sur ce soudain changement de comportement, sidérée par tout ce qu'il lui avait dit. Elle était totalement confuse quant à sa place au sein de ces stupides loups-garous au charme déviant.

Elle n'était absolument pas certaine de ce qu'elle devait penser de Malcolm Cole, maintenant qu'elle savait que cet auteur tirait ses idées de livres dans ses apparitions non voulues sur des scènes de crimes sanglantes. Malcolm Cole, le loup-garou aux yeux verts qui s'était fait jeter un sort par une bohémienne rom durant la Deuxième Guerre mondiale alors qu'il était un espion britannique — un bon gars. Malcolm Cole, l'homme qui avait enlevé sa meilleure amie et l'avait ligotée à une chaise, puis qui avait retenu Lily pendant qu'une sorcière lui jetait un sort terriblement douloureux qui lui brûlait les veines. Malcolm Cole...

Il l'avait emmenée dans un chalet-château au beau milieu de la nature sauvage du Nouveau-Mexique pour pouvoir lui écorcher encore et encore le corps et l'esprit au moyen de sa magie pendant qu'il planifiait en détail l'assassinat de Daniel Kane. Et pourtant, il souffrait lui-même horriblement.

Il lui présentait une image de lui-même entre ombre et lumière. Mi-vilain, mi-victime. Mais ces deux facettes de Cole étaient si imbriquées l'une dans l'autre qu'elles étaient impossibles à séparer. Il avait été ensorcelé beaucoup trop longtemps. Lily n'avait pas l'intention de lui permettre de reporter sa colère sur elle, si normale que fût cette colère.

Elle avait donc saisi l'occasion fournie par le soudain départ de Malcolm, et elle avait rapidement exploré cet énorme «chalet» dans le but de se repérer et d'élaborer un plan.

Ce faisant, elle s'était rendu compte que l'emploi du mot «chalet» pour désigner cet endroit était un tantinet absurde.

Le manoir de bois comportait, selon le dernier décompte de Lily, trois énormes grandes salles comportant des cheminées de brique et de pierre, douze chambres méticuleusement décorées, quatorze salles de bain avec bains à remous, deux salles à manger, une cuisine de chef, une grande bibliothèque, un bureau somptueux, un cinéma maison, un solarium équipé d'un bar pleinement rempli, deux télévisions murales, un jacuzzi, une salle d'entraînement avec tous les appareils appropriés, une piscine intérieure et un autre plus grand jacuzzi pouvant accueillir vingt personnes.

Cole avait fait beaucoup d'efforts pour se créer un chez-soi constituant presque une ville à toutes fins utiles, et Lily avait l'impression de savoir pourquoi. Si tous les autres loups-garous étaient convaincus que Cole était responsable d'innombrables meurtres, il risquait fort de devoir un jour se terrer dans sa propre maison — son propre territoire —, et il était tout à fait possible qu'il y soit assiégé.

Il devait sa sécurité actuelle à la loi des clans et aux failles de cette loi. Lily supposait qu'il était plutôt heureux de la chose. Mais les règlements pouvaient être modifiés. Et si c'était un jour le cas, Cole serait prêt. Pas seulement en raison de son manoir, mais aussi grâce à la meute à son service.

C'était peut-être à cause de la marque de Daniel, ou peut-être parce qu'elle avait suffisamment côtoyé de loups-garous au cours des quarante-huit heures précédentes, mais elle pouvait désormais en reconnaître un au premier abord. Et elle savait donc que les hommes sur la propriété de Cole n'étaient pas des humains. Elle en avait compté onze, grands et bien bâtis, qui avaient tous un regard anormalement sévère. Chacun d'eux l'observait avec un intérêt prudent.

Ils la tenaient à l'œil.

Elle savait qu'ils rapporteraient à Cole ses moindres faits et gestes dans le manoir. Elle s'était d'ailleurs attendue à cette surveillance. Mais ça lui rendait la tâche fichtrement plus difficile. Elle avait été forcée de bien analyser la logistique de l'endroit avant d'arrêter son choix sur la bibliothèque et le solarium.

C'était on ne peut plus parfait, en vérité. Tous ces livres... Il y en avait des milliers, et certains d'entre eux étaient plutôt anciens. Elle en avait le cœur brisé, mais la partie logique et analytique de son cerveau lui soufflait que plus il y aurait de bouquins et plus ils seraient vieux, mieux ce serait pour causer un incendie.

La bibliothèque était adjacente au solarium. Ce dernier endroit, une grande pièce entourée de vitrage, servait de bar et de salle de divertissement, probablement à l'intention de tous ces loups-garous qui erraient dans la propriété. Les boissons alcoolisées étaient toutes très, très fortes. Everclear. Absinthe. Vodka.

Elle supposa qu'elle avait maintenant sa réponse quant à la quantité d'alcool que devait ingurgiter un loup-garou avant de s'enivrer, ou même de s'émécher. Il y avait de généreuses quantités de bouteilles dans la pièce. C'était parfait pour ce qu'elle avait en tête.

La tâche avait été très difficile en raison de la présence des loups-garous qui semblaient redoubler de vigilance depuis le moment où Malcolm Cole avait disparu, mais Lily avait réussi à se souvenir précisément de l'endroit où se trouvaient les caméras dans les couloirs et dans les pièces, ainsi que des endroits où elles pointaient à heure fixe. Elle avait aussi noté les périodes de service par roulement des hommes de Cole.

Avec tous ces renseignements, Lily avait passé l'après-midi à transporter en cachette plusieurs grosses bouteilles de spiritueux de qualité dans le couloir reliant le solarium à la bibliothèque, et ce, même si ce n'était pas simple. Une fois les bouteilles déménagées, elle les avait placées du côté caché d'un des sofas de lecture, près de l'allume-feu qu'elle avait dérobé plus tôt.

Enfin, devant l'une des sections de livres les plus hautes et les plus garnies, elle se rendit compte qu'elle allait bientôt se lancer dans l'action. Elle avait déjà « négligemment » laissé certains livres ouverts sur d'autres livres des étagères. *Pour qu'ils s'embrasent.* Elle avait tout le nécessaire à sa portée.

Cole avait disparu ; elle ne sentait sa présence nulle part aux alentours. Elle trouvait étrange d'en être aussi certaine. Mais Cole étant un loup-garou incroyablement puissant, et sa présence ne manquait pas de se faire remarquer. C'est pourquoi elle était en mesure d'affirmer qu'il ne se trouvait pas dans sa propriété.

Il ne lui restait qu'à attendre que le grand loup-garou blond vienne vérifier une fois de plus qu'elle se trouvait bien dans la bibliothèque à l'heure prévue à son horaire…

Le voici, songea-t-elle en feignant de lire le livre qu'elle avait en main. Un grand homme aux cheveux blond pâle et aux yeux bleus entra dans la pièce et s'appuya contre le cadre de porte, les bras croisés sur la poitrine. *Je me demande s'il peut sentir ma peur,* songea-t-elle désespérément. *Quoi qu'il en soit, il va peut-être croire que cette peur a principalement trait à toute cette étrange situation.* Elle soupira et se passa une main dans les cheveux en regardant par la fenêtre. Elle fit ensuite semblant de se serrer les bras contre elle, comme dans un geste de désespoir. L'expression du blond devint indéchiffrable, à l'exception d'une seule lueur qui apparut brièvement au fond de ses yeux. Puis, il se tourna dans le cadre de porte. *Il a mordu*, se dit-elle. *Et le voilà qui s'en retourne.*

Il était parti. C'était maintenant ou jamais. *Même avec les caméras, il leur faudra quelques minutes avant d'arriver ici.* Il y avait une limite à la vitesse à laquelle il était possible de tourner un coin sans glisser ni se retrouver par terre.

Lily laissa tomber le livre, saisit la première des bouteilles pleines de spiritueux et en aspergea toute la section, s'assurant d'arroser les livres déjà ouverts et ceux posés sur la table. Elle vida ensuite une autre bouteille, puis elle vida le liquide d'une dernière bouteille tout en s'assurant d'en garder juste assez pour couvrir sa sortie.

Elle entendit immédiatement la caméra au-dessus revenir à la vie en ronronnant, tourner de gauche à droite, puis faire un zoom avant pour mieux capter les actions de Lily. Ils arriveraient d'une seconde à l'autre.

Lily appuya sur la gâchette du briquet et le tint contre les pages qui dépassaient des étagères ou qui se trouvaient sur la table. Les livres s'enflammèrent comme par magie, de nouvelles flammes brûlantes consommant leur carburant avec avidité, comme si elles n'avaient pas dévoré de livres depuis beaucoup trop d'années.

Lily se précipita hors de la pièce, emportant le briquet et la bouteille à moitié vide avec elle. En fuyant, elle versa de l'alcool sur le tapis dans le couloir et y mit le feu.

Puis, alors qu'elle commençait à entendre des cris, elle se redressa et se dirigea à la course vers le solarium. Elle entendit derrière elle l'une des étagères de la bibliothèque s'enflammer comme une chandelle romaine. L'atmosphère autour d'elle sembla changer sous l'effet de la chaleur qui aspirait l'air et se répandait simultanément.

Elle sentit une poussée d'adrénaline lorsqu'elle entra dans le solarium à la course en faisant claquer la porte de bois derrière elle. Puis, elle se précipita vers un tabouret en bois, le traîna jusqu'à la porte et le coinça sous la poignée. C'était probablement inutile, étant donné que les loups-garous ne voudraient pas de toute manière traverser un couloir enflammé. Mais si l'un d'eux y parvenait, ce simple obstacle de plus ferait perdre quelques secondes supplémentaires à ce poursuivant.

Déjà, la chaleur et les flammes léchaient la porte, laissant passer des pointes de jaune et de rouge en dessous ; la porte allait bientôt s'enflammer elle aussi.

Lily ne perdit pas de temps. Elle courut une fois de plus vers les tabourets, elle choisit celui qui lui semblait le plus robuste, puis elle contourna le jacuzzi jusqu'aux fenêtres de verre du solarium.

Elle se servit de ce tabouret pour frapper la fenêtre de toutes ses forces.

Le tabouret de bois se fendit légèrement, puis il rebondit inutilement vers l'arrière jusque dans le jacuzzi dans un bruit d'éclaboussures. Lily le fixa durant une seconde, le temps de prendre conscience du tragique de la situation. C'étaient des fenêtres pare-balles. *Incassables.*

Elle était coincée à l'intérieur.

CHAPITRE TREIZE

CESSEZ-LE-FEU

Chacun des loups-garous s'était levé de son fauteuil pour se diriger vers la sortie avant même que l'avion ne se soit complètement arrêté. Par le hublot, au-delà du prolongement de l'aile, Daniel pouvait apercevoir plusieurs motocyclettes alignées, ainsi qu'une berline noire aux vitres teintées, en attente.

Ce transport avait été organisé par James Valentine. Le protecteur avait fait un appel téléphonique avant qu'ils ne quittent la piste d'envol en périphérie de Baton Rouge. Apparemment, cet homme était un loup-garou puissant qu'il valait mieux avoir de son côté. Il avait fait de bons investissements dans sa vie et amassé une fortune non négligeable. De plus, au cas où Daniel aurait oublié ce renseignement particulièrement important, James Valentine était un alpha. Il avait sa propre meute, et ses membres étaient aussi enclins à répondre à ses ordres que ceux de Kane aux ordres de ce dernier.

Daniel n'arrivait pas à s'expliquer comment il se faisait que Valentine puisse travailler pour Malcolm Cole, mais il était certain qu'il finirait par en découvrir la raison en temps et lieu.

Pour l'instant, Daniel se félicitait presque d'en avoir fait le protecteur de Lily. Valentine était peut-être encore plus puissant que lui. Et il n'aurait que le bien-être de Lily en tête ; il ferait absolument n'importe quoi pour la garder en sûreté. Pour l'instant, Daniel et lui partageaient le même point de vue sur la situation, ce qui n'était pas peu dire.

William Kane ouvrit la porte de sortie et fit tomber l'escalier d'un coup de pied. Les loups-garous descendirent les marches et se dirigèrent vers les motocyclettes à leur disposition. Ils avaient tous convenu que c'était là le moyen de transport le plus rapide jusqu'à leur destination finale.

Ils étaient huit.

— Tabitha, tu te souviens comment conduire ? demanda Daniel à sa sœur cadette en se choisissant une moto qu'il inspecta rapidement du regard.

Manifestement, Valentine avait prévu une moto pour Tabitha. Le vieil alpha croyait davantage en elle que Daniel.

— Tu devrais avoir honte, Danny, le sermonna doucement Tabitha en se dirigeant vers l'une des motos, qu'elle enfourcha aussitôt. Espèce de sale macho, ajouta-t-elle à la légère en lui décochant un sourire vilain pendant qu'elle tournait la clé dans le contact, faisant démarrer la moto dans un rugissement de moteur.

Il se mordit la joue, puis il soupira par le nez en passant la jambe par-dessus sa moto avant de mettre la clé dans le contact. Il avait bien remarqué le regard plutôt fier et amusé que James Valentine avait décoché à Tabitha avant de monter à son tour sur sa moto noir mat pour la faire démarrer.

James tourna la poignée de l'accélérateur pour entendre le moteur gronder, juste avant que Daniel ne donne un ordre au reste de sa meute.

— À vos motos, les gars !

Quelques secondes plus tard, l'odeur des gaz d'échappement des motocyclettes se répandait dans l'air, se mêlant à celle des gaz de l'avion.

Mais il y avait aussi autre chose...

Daniel se figea sur sa moto, puis se redressa, la tête inclinée sur le côté, les yeux fermés. Il prit lentement une grande inspiration. Ses yeux s'ouvrirent soudainement, et il se tourna sur son siège vers Valentine, dont le regard vif-argent luisait étrangement dans le crépuscule.

— Pas encore une fois, chuchota le protecteur.

Daniel l'entendit malgré le grondement des moteurs.

— Préparez-vous à lutter contre un feu, les gars ! cria Daniel par-dessus son épaule, d'une voix suffisamment forte pour enterrer le vacarme des moteurs.

Sur ce, il embraya sa moto, tourna la poignée de l'accélérateur, lâcha le frein et s'élança le premier. Le major Jordan Stark le suivit de près, précédant le détective Aiden Knight. Ce fut ensuite au tour du lieutenant Michael Angel et de Tabitha, qui s'avancèrent aisément presque côte à côte. Valentine s'inséra derrière Tabitha. Jonathan et William Kane fermaient la course.

Chaque loup-garou sur le bitume du Nouveau-Mexique pouvait maintenant sentir l'odeur des cendres dans le vent. Et chacun eut un mauvais pressentiment. Ils conduisaient à vive allure sans se soucier du danger. Ils sillonnaient impitoyablement les rues et faisaient frotter les repose-pieds si fortement et à une si grande vitesse sur le macadam qu'il en résultait des étincelles qui éclairaient la soirée comme des feux d'artifice.

L'odeur du feu devenait de plus en plus présente, et une lueur rouge commençait à se dégager à l'horizon. Daniel ouvrit encore davantage les gaz, et sa moto se propulsa vers l'avant avec une énergie renouvelée. Les autres l'imitèrent.

L'air se réchauffait carrément. Un grondement aussi fort que celui de leurs moteurs résonnait dans tout le ciel nocturne. Finalement, il y eut une fumée si épaisse sur la route goudronnée que le groupe n'eut d'autre choix que de s'arrêter en bordure de celle-ci. Daniel et Valentine furent les premiers à descendre de leur moto, puis, le temps d'un flash, ils se métamorphosèrent en loups.

Daniel laissa l'autre loup les guider. Valentine connaissait cette région; il savait où commençait le territoire de Cole et où était retenue Lily. Daniel se sentait découragé de devoir suivre James en baissant la tête dans la chaleur plus intense du feu.

C'est là qu'elle se trouve, songea-t-il. *Elle est quelque part dans ce brasier infernal.*

Lily…

Au fur et à mesure que ses pattes battaient le sol sous lui, il sentait la fumée s'enfoncer dans sa gorge, tentant de lui obstruer les poumons, mais il était un loup-garou, et ceux de son espèce n'étaient pas affectés. Lily n'aurait pas cette chance.

James accéléra devant lui, comme s'il était guidé par un démon. Daniel le talonnait, mais il devait faire confiance à l'autre alpha pour lui ouvrir le chemin dans cette distorsion confuse de couleurs, d'odeurs et de bruits — distorsion provoquée par la fumée de l'incendie et le flou caractéristique de leurs déplacements à toute vitesse dans les bois.

Le grondement était maintenant plus fort; il devenait assourdissant. La patte avant gauche de Daniel se mit à lui faire mal. Il se demanda s'il l'avait posée sur une épine ou un éclat de verre. La douleur s'amplifia jusqu'à ce qu'il soit obligé, pour pouvoir y jeter un coup d'œil, de s'arrêter et de reprendre en un flash sa forme humaine.

La mince ligne bleue sur sa paume luisait férocement dans l'obscurité. Le cœur de Daniel battait la chamade. Il appela Valentine, mais l'autre loup était déjà trop loin pour le voir ou l'entendre.

Daniel ne pouvait aller plus loin. Il en avait maintenant la certitude. Il était arrivé à la limite du territoire de Cole, et Lily s'y trouvait. À en juger par sa main qui lui faisait mal, par ses genoux qu'il sentait fléchir et par son ventre qu'il sentait se nouer, il était certain qu'elle était en train de mourir.

Il n'était que vaguement conscient que ses hommes le dépassaient en se frayant précipitamment un chemin dans le sous-bois, pressés qu'ils étaient de pénétrer dans le territoire de Cole. Ils suivaient Valentine de près. Ce n'est que lorsque Jonathan Kane s'arrêta à côté de lui et posa une main sur son épaule que Daniel réussit à détacher son regard de la marque bleue luisante qu'il avait sur la main.

— Mon petit-fils, ça signifie qu'elle est vivante, le rassura Jonathan en lui serrant doucement l'épaule. Les gars vont la sortir de là.

Une flamme rouge brûlait maintenant aussi intensément dans les yeux de Daniel que les autres flammes sur le territoire de Malcolm Cole. Daniel pria pour que son grand-père ait raison. Parce que si ce n'était pas le cas, il devrait se suicider.

* * * *

Lily sentait l'eau se réchauffer autour d'elle. La porte du solarium s'était enflammée une éternité auparavant. Sur le mur, les bouteilles d'alcool volaient en éclat les unes après les autres dans un fracas qu'elle parvenait à peine à entendre en raison du feu rugissant qui se frayait un chemin le long des murs, à la recherche de matière combustible pour assouvir son appétit infernal.

Elle ne savait plus pendant combien de temps elle serait encore en mesure d'inhaler de la fumée. Ses poumons brûlaient et lui donnaient l'impression de lentement se couvrir de goudron à l'intérieur. Elle n'arrivait plus à ouvrir les yeux tant ils lui faisaient mal. Son cœur battait à une vitesse désespérée à l'intérieur de sa cage thoracique, qui lui semblait enveloppée de plâtre de Paris.

Dans son malheur, elle se rendait vaguement compte qu'elle avait atteint au moins un but. Les loups-garous n'avaient pas essayé de braver l'incendie afin d'entrer dans le solarium. Elle se demanda s'ils étaient parvenus à sortir du manoir ou s'ils étaient morts.

Elle se demanda également où se trouvait Malcolm Cole. Elle avait l'impression qu'il n'était pas dans la maison. Elle ne sentait pas du tout sa présence.

Elle toussa violemment et se laissa glisser plus profondément dans l'eau. *Il a peut-être été téléporté ailleurs…* Cette pensée lui parcourut le cerveau comme un minuscule papillon fou. *Cette histoire de sortilège de la Rom… C'est la raison pour laquelle je ne le sens plus.*

Elle toussa une fois de plus, inspira, puis toussa encore, comme si elle avait des haut-le-cœur secs dans ses poumons. Il ne restait plus d'oxygène à respirer. Elle glissa davantage. Dans son esprit, elle se revit assise à son pupitre dans son

cours d'histoire de deuxième année secondaire. Le professeur leur parlait du Vietnam d'un ton péremptoire qui donnait faussement l'impression qu'il avait déjà combattu dans
ce pays. Puis, il avait projeté le film *Platoon* aux élèves. Elle
n'avait pas pu regarder. Elle avait eu envie de pleurer, mais
elle ne voulait pas que ses camarades la voient. Elle s'était
excusée, et l'enseignant lui avait fait un sourire de connivence en la regardant sortir de classe. Elle s'était rapidement
dirigée vers les toilettes des filles, qui ne payaient pas de
mine, avec leurs miroirs en métal, les mégots de cigarettes et
les portes de cabines manquantes. Elle avait ouvert le robinet
et s'était aspergé le visage d'eau, en avalant accidentellement.

Elle se redressa brusquement, toussa violemment une
fois de plus et se rendit compte qu'elle s'était endormie dans
le jacuzzi. *Non… ne pas… dormir…*

Elle glissa une fois de plus dans les profondeurs de l'eau.
Mourir…

* * * *

Malcolm Cole réapparut dans sa propriété, exactement
à l'endroit où il avait disparu une heure plus tôt. Il capta
immédiatement les odeurs et les bruits du chaos infernal.

Le feu.

Sa puanteur était infecte dans l'air de la cave à vins, de
plus en plus rempli de particules de cendres. Même s'il n'y
avait pas encore de flammes dans le cellier souterrain, Cole
aurait pu affirmer qu'à peu près tout le reste du manoir était
en train de brûler.

Le verre éclatait, explosant comme des bombes de sable
en fusion. Les lattes du plancher craquaient. Les poutres

tombaient sur le sol avec fracas, découpant les murs de cendre dans leur chute. Tout bruit pouvant provenir d'un être humain ou d'un animal aux étages au-dessus était enterré par les terribles mugissements et craquements du feu.

Le grondement était assourdissant et bourdonnait dans les oreilles de Cole tandis qu'il montait les marches deux par deux avant de s'arrêter à la lourde porte fermée qui menait au garde-manger, puis à la cuisine. La porte était brûlante. C'était sûrement le cataclysme derrière.

Impossible de s'échapper par là.

Lily...

À cette pensée, il tourna les talons et vola presque contre le mur opposé, où il s'employa à pousser une étagère entière pleine de bouteilles de vin. Il parvint à la faire glisser violemment vers l'avant, puis elle bascula, s'effondrant sur le sol en répandant une grande quantité de vin rouge et de vin blanc. Malcolm jeta un coup d'œil au passage secret poussiéreux qui se trouvait derrière. Il l'avait fait creuser longtemps auparavant. Au cas où. Ce passage menait à un vieux puits de mine sur son territoire, un puits que Cole avait fait boucher des années plus tôt pour se protéger des intrus.

Dès qu'il eut pénétré dans le passage, il se métamorphosa en loup et se lança la tête première dans l'obscurité beaucoup plus fraîche du tunnel, utilisant ses sens pour se guider.

* * * *

Avec un assourdissant effet d'écho provoqué par l'eau dans ses oreilles, Lily entendit le bruit léger du verre qui éclatait par terre. Une fois de plus.

Une autre bouteille d'Everclear, songea-t-elle avec difficulté, car cette pensée était à peine perceptible dans sa tête, aussi peu tangible qu'une mince volute de fumée s'échappant d'une bougie qui vient à peine d'être éteinte.

Puis, au moment où deux bras puissants la retiraient du fond du jacuzzi, la transportant aisément à l'air frais par la fenêtre brisée, elle se vit de nouveau dans les toilettes des filles à l'école secondaire. Un homme se tenait appuyé contre le cadre de porte, les bras croisés sur sa large poitrine. Il était grand et magnifique, et il avait les yeux jade.

— Les humains meurent facilement, Lily, dit-il avec un accent britannique qui enveloppa la jeune femme comme une chaude couverture.

Puis, elle se fit réellement couvrir d'une couverture, épaisse et noire. Lily frissonna violemment, ressentant soudainement le besoin de tousser. Il continuait à se tenir devant elle à l'observer tousser encore et encore jusqu'à ce qu'elle ploie sous l'effort. Elle sentit une douleur remonter dans sa poitrine, puis se transformer en un élancement dans sa tête, depuis la base du cou jusqu'à un point quelconque derrière les yeux. Son estomac faisait également des siennes, lui donnant la nausée.

Elle tomba à genoux, laissant presque aller la couverture. Mais sans trop savoir pourquoi, elle ressentit le besoin de la garder contre elle, la serrant fermement pendant que son corps était saisi de spasmes de douleur.

L'homme s'avança d'un pas et s'agenouilla devant elle pour qu'ils puissent se regarder dans les yeux.

— T'es gentille, va.

Ses yeux verts reluisirent, et il lui fit un sourire ému et fier.

— Ce n'est peut-être pas si facile, après tout, hein, chérie ? Pas pour tout le monde.

Il repoussa une mèche de ses cheveux dorés de son visage. Elle cligna des yeux et se demanda distraitement pourquoi son bras ne lui faisait pas mal alors qu'il la touchait.

— Tu es une battante, Lily. Je dois t'accorder ça.

Il se pencha, et elle se ferma les yeux pendant qu'il appuyait doucement ses lèvres contre son front. La douceur de ce geste ne semblait pas concorder avec l'homme aux yeux verts et à la voix divine. Pourtant, elle avait l'impression que ce simple geste en révélait beaucoup plus sur lui que peut-être tout ce qu'il avait fait depuis très longtemps.

Lorsqu'elle rouvrit les yeux, ce fut pour le voir se relever et s'éloigner d'elle. Lorsqu'il atteignit la porte des toilettes où elle se trouvait encore dans son imagination, il se tourna, et leurs regards se croisèrent.

— Au revoir, chérie ! lui dit-il dans son parfait accent britannique. Donne-lui du fil à retordre de ma part.

Lily l'observa tourner le coin de la porte et disparaître. Elle se pencha alors vers l'avant, posant les bras sur le plancher devant elle, puis elle laissa aller son front contre le revers de ses mains.

Et cette fois-ci, lorsque les larmes lui vinrent aux yeux, elle ne chercha pas à les étouffer.

* * * *

James Valentine avait précisément remarqué à quel moment Daniel Kane n'avait plus été en mesure de le suivre sur le territoire de Cole. L'autre alpha avait repris sa forme humaine et s'était arrêté en chancelant tandis que Valentine poursuivait sa course dans ce lieu sombre et enfumé. James avait parcouru une autre centaine de mètres avant de s'arrêter brusquement, surpris par une nouvelle odeur transportée vers lui par le vent.

Cole. Et... du chlore ?

James dressa les oreilles dans le but d'entendre des bruits qu'il savait qu'il ne capterait jamais. C'était inutile ; l'incendie était trop bruyant.

Il renifla l'air une fois de plus. C'était bel et bien du chlore. Il se tourna et se dirigea attentivement vers cette odeur qui lui arrivait par bouffées. Il accéléra tout en reniflant. Courant à côté de lui, les hommes de Kane l'observaient, l'air perplexe. Intensément concentré, il les ignora.

Dix mètres. Trente. Soixante-dix.

L'odeur devenait de plus en plus forte. Une odeur d'eau chlorée. Puis, il capta une délicieuse senteur. *Lily !* Une touche de lavande, de cannelle, de savon et de latence.

Son parfum était accompagné de l'odeur de Cole, aussi violente et forte que l'homme lui-même.

La meute de Kane s'arrêta net lorsque James Valentine entra dans la clairière. Il se tint un instant immobile, analysant la scène devant lui avec ses yeux vif-argent de loup.

L'homme aux yeux verts, qui se trouvait à une bonne distance, se tourna face à lui.

— Ah, Valentine.

Malcolm Cole fit un hochement de tête pour lui-même, comme si tout était parfaitement logique. À ses pieds se trouvait Lily St. Claire, inconsciente et trempée, son petit corps recroquevillé sur le côté, une tache de boue humide sous les lèvres.

James pouvait voir et sentir les membres de la meute de Cole, terrés dans la forêt adjacente alors qu'ils observaient leur chef. Ils attendaient d'attaquer au moindre signal de la part de Cole.

Celui-ci avait évidemment parlé sur un ton moqueur. Valentine aurait pu affirmer que Cole n'était pas du tout surpris de découvrir qu'il lui avait tourné le dos. Mais il y avait aussi autre chose dans le ton de Cole, un élément qui trahissait un début de capitulation. Son expression était aussi révélatrice d'un certain émoi.

— Je peux sentir que tu as été désigné protecteur de Lily, dit Cole, souriant sans joie, comme toujours. Je ne peux pas te blâmer, Valentine. Que ne ferions-nous pas tous pour avoir la chance de vivre à nouveau en étant comblés ?

James reprit sa forme humaine et s'avança dans la clairière pour se trouver juste à quelques pas de l'homme qui avait enlevé et menacé la compagne marquée de Kane.

— Où comptez-vous aller, Cole ? lui demanda James.

Malcolm cligna des yeux, puis il hocha une fois la tête.

— Rien ne t'échappe, n'est-ce pas ?

Valentine était suffisamment âgé pour savoir que Cole capitulait. Il ne perdrait peut-être pas la guerre, mais il perdait assurément cette bataille. Il savait que Cole rassemblerait sa meute et disparaîtrait. Il était très fort à ce jeu.

Cole baissa les yeux vers le corps endormi de Lily, et son regard s'adoucit.

— Elle était prête à mourir pour me fuir, dit-il.

Il s'agenouilla à côté d'elle, et James, toujours vigilant, fit de même à côté de lui.

Cole n'en fut pas décontenancé. D'une main tremblante, il repoussa doucement une mèche humide de la joue de la jeune femme.

— Elle n'est pas destinée à être mienne.

Cole se pencha sur elle, et James lui permit cette mince consolation, ce semblant d'adieu, ce tendre baiser qu'il posa sur le front de Lily.

Puis, Cole retira ses lèvres et se remit debout. Son regard vagabonda vers la lisière de la forêt, où des loups se déplaçaient entre les arbres. Certains d'entre eux faisaient partie de sa meute et attendaient simplement que leur alpha déclenche une bataille pour aussitôt l'imiter. Les autres étaient de la meute de Kane et attendaient eux aussi de voir ce que ferait Valentine — ou peut-être Lily.

L'incendie se répandait. Des braises rouges flottaient dangereusement dans le vent autour d'eux. Bientôt, elles traverseraient le jardin et atteindraient la remise dans laquelle se trouvait le réservoir de propane. Il n'y aurait plus le moindre espoir de survie pour quiconque se trouverait encore à proximité lorsque le réservoir exploserait.

— Tu dois éloigner Kane et ses gens d'ici, dit Cole à Valentine.

Valentine leva le regard vers l'homme qui avait longtemps été soupçonné d'avoir commis d'innombrables meurtres répugnants — d'avoir enfilé l'uniforme nazi. Il savait qu'aucune de ces rumeurs n'était vraie. Malcolm Cole était un loup-garou alpha remarquablement puissant, très dangereux et très intelligent. Mais ce n'était pas quelqu'un de mauvais.

James hocha la tête. Il comprenait. Il n'y aurait pas de grande bataille ce soir-là.

Cole recula, se métamorphosa en loup et se rua vers la forêt à toute vitesse. Quelques secondes plus tard, Valentine ne pouvait plus entendre ni sentir Cole ou ses hommes.

Ils étaient partis.

À côté de James, Lily remua. Elle toussa dans son sommeil encrassé de fumée. Il se pencha, la prit dans ses bras et se dirigea rapidement vers la lisière de la clairière, où les loups l'attendaient.

CHAPITRE 14

LE 4-1-1

Lily se réveilla graduellement. Elle entendit d'abord des voix assourdies de personnes en pleine conversation, puis le bruit de la circulation au loin. Elle avait un peu froid, mais un rayon de soleil chaud lui touchait la joue, comme pour contrer la fraîcheur. Elle pouvait sentir le détergent des couvertures rabattues sur elle.

Puis, elle *le* sentit. Il sentait la bonne odeur du cuir, le léger parfum d'une eau de Cologne ou d'un vaporisateur corporel et le vent. *Oui, le vent a une senteur,* songea-t-elle en esquissant lentement un sourire.

Elle ouvrit les yeux. Ils brûlaient légèrement, mais le trouble de sa vision disparut après quelques secondes, et elle analysa les alentours.

Elle se trouvait dans la maison de Tabitha, dans la chambre d'amis qu'elle avait utilisée à son retour à Baton Rouge lorsqu'elle était à la recherche d'un appartement. Il y avait des fleurs partout, disposées avec art et accompagnées de messages de prompt rétablissement. Elle entendait la voix de Tabitha dans l'autre pièce. Son amie parlait à une personne dont le timbre lui était familier, mais elle n'arrivait pas à la replacer.

Le regard de Lily parcourut la pièce et se posa sur la seule autre personne présente. Daniel Kane était étendu dans un grand fauteuil inclinable assez près du lit, collé contre le mur. Il avait les yeux fermés. Ses traits plus beaux que nature étaient obscurcis par une légère repousse de barbe. Comme toujours, il était vêtu de noir, son badge accroché à la taille de son jean. Il avait beau dormir, il prenait quand même toute la place dans la pièce. Son souffle était lent et profond, et sa large poitrine se soulevait et s'abaissait dans son sommeil paisible.

Lily n'avait jamais vu Daniel dormir. C'était étrange. Il était toujours habituellement si dominant, si autoritaire, si à la hauteur de la situation. Mais le sommeil changeait totalement la donne. On ne voyait plus que ses traits, sa tendre vulnérabilité.

Pendant qu'elle était étendue sur le côté à observer le loup-garou endormi, les événements des derniers jours lui revinrent soudainement en mémoire.

Malcolm Cole, le nazi qui n'en était pas un. Les marques rouges sur ses bras, révélatrices du sort qui lui avait été jeté. L'incendie.

Elle se souvenait d'avoir été dans le jacuzzi, de s'y être laissé couler. Tout le reste n'était qu'une masse confuse de visions, de bruits, de senteurs et de douleurs. À un certain moment, elle avait cessé de tousser, de vomir, de trembler sans pouvoir s'arrêter, et elle s'était endormie. Elle se rappelait vaguement la présence de personnes autour d'elle, qui l'avaient transportée et qui lui avaient donné des médicaments et de l'eau.

Et maintenant, elle se sentait au chaud sous la courtepointe ; elle se sentait en sûreté, pénétrée de cette langueur qui naît lorsque disparaît finalement une douleur contre laquelle il n'est plus nécessaire de se battre aussi fort.

Son regard doré parcourut la silhouette de Daniel ; elle l'observait avec un aplomb dont elle n'aurait jamais fait preuve s'il avait eu les yeux ouverts. Elle était paralysée par la beauté de son visage angulaire, par les longs muscles fuselés de son corps, par ce côté obscur qu'il semblait vouloir projeter, à en juger par ses vêtements noirs qui s'harmonisaient à ses cheveux d'un noir bleuté. Mais un loup se cachait derrière cette incroyable beauté extérieure, un loup qu'elle n'avait encore jamais vu en chair et en os, mais qu'elle avait aperçu un millier de fois dans ses rêves.

Il ressemblait en ce moment à un ange déchu, défait, peut-être suite à un coup fatal d'un archange. Elle avait envie de s'approcher de lui, de le réveiller d'un baiser, de le prendre dans ses bras jusqu'à ce que la douleur disparaisse.

À cette soudaine pensée, elle se sentit rougir, puis une chaleur piquante se répandit dans son avant-bras. Elle regarda sous les couvertures la mince ligne bleue qu'elle n'avait pas oubliée. Elle se mordit la lèvre et soupira. La marque. Le sceau de Daniel qui lui faisait atrocement mal chaque fois qu'un autre alpha habité d'arrière-pensées à son sujet osait l'approcher.

La marque qu'il lui avait faite sans sa permission, qu'il lui avait imposée comme une entrave.

Soudainement, au lieu de vouloir l'embrasser, elle eut envie de lui asséner un coup de poing. Ses yeux se plissèrent d'eux-mêmes, et elle tourna son bras pour ne plus voir le tatouage chatoyant. Lorsqu'elle releva la tête, elle vit Daniel penché vers l'avant sur son fauteuil, les coudes sur les genoux, les mains légèrement croisées devant lui. Il la buvait des yeux.

Lily resta bouche bée et s'immobilisa sur le lit, se demandant comment il avait pu se réveiller et se placer dans cette position si rapidement sans qu'elle l'entende.

Il l'étudia silencieusement un moment avec un air indéchiffrable. Mais on pouvait voir dans ses yeux bleus qu'il se livrait à une profonde réflexion.

— Comment te sens-tu, chère? lui demanda-t-il finalement.

Lily prit son temps pour répondre. Elle cherchait à deviner dans son expression ce qu'il pensait, ce qui se passait dans sa tête. Mais elle ne trouva pas.

— Veux-tu savoir vraiment la vérité, Daniel, ou préfèrestu entendre quelque chose qui saurait flatter ton ego de mâle?

Elle avait la voix un peu rauque, mais elle pouvait quand même parler.

Daniel ne put cacher la contraction de ses lèvres. Ses yeux brillèrent.

— Les deux, de préférence.

Lily plissa les paupières.

— Je suis profondément fâchée à cause de ce que tu as fait, et si nous étions dans une autre ville, je songerais sérieusement à porter des accusations contre toi, dit-elle, s'interrompant ensuite un instant pour s'appuyer contre son oreiller et se croiser les bras sur la poitrine. Mais comme tu fais la loi ici, je sais que ça ne servirait absolument à rien.

Daniel sembla réfléchir, mais il demeura malgré tout impassible. Puis, il lui répondit de sa voix traînante qui envoûtait chaque fois Lily.

— Je voulais dire, chère, comment te sens-tu *physiquement*?

En posant cette question, il glissa le regard sur son corps dont la silhouette se révélait sous les couvertures, puis il remonta les yeux vers son visage.

— Tu as respiré beaucoup de fumée. Et avalé beaucoup d'eau. Tu as en quelque sorte flirté avec les deux extrémités du spectre.

Lors de n'importe quelle autre journée, et dans n'importe quel autre contexte, ces taquineries charmantes auraient gagné le cœur de Lily. Mais pas cette journée-là. Pas à cet instant — pas après tout ce qu'elle venait de traverser. Elle avait été attaquée, marquée, enlevée et à moitié noyée. Il était particulièrement bon pour négocier et calmer le jeu, et il savait caresser quelqu'un dans le sens du poil pour obtenir ce qu'il voulait. C'était probablement nécessaire dans son travail. Mais elle ne se laisserait pas avoir.

— Tu veux savoir comment je me sens physiquement ? Fatiguée, Daniel, dit-elle, s'interrompant un instant pour soigner son effet. Physiquement et mentalement.

* * * *

Daniel Kane continua de la regarder encore quelques instants en silence, puis il prit lentement une grande inspiration, et il s'appuya contre son fauteuil, les bras posés sur les accoudoirs. Il avait bien compris le message de Lily. Elle était fatiguée de se faire trimbaler de tous les côtés, des bras d'un loup-garou dominant à ceux d'un autre, et de se faire traiter comme une sorte d'esclave amoureuse d'hommes des cavernes.

Il était impressionné qu'elle soit capable de si bien s'exprimer dans son état. Elle devait être affamée. Probablement assoiffée. Manifestement épuisée. Il commençait tout juste à comprendre quel type de personne était vraiment Lily St. Claire. Il savait déjà qu'elle avait bon cœur. Il croyait pouvoir ajouter sans se tromper qu'elle était quelqu'un d'entêté. Toute personne prête à incendier un manoir de plusieurs millions afin de s'en échapper devait aussi avoir une bonne dose de cran et de détermination.

Il parla lentement en choisissant soigneusement ses mots.

— J'ai fait ce que je sentais devoir faire, Lily, s'expliqua-t-il. Je comprends que tu puisses penser que c'était égoïste. Mais mon geste t'a sauvée de Malcolm, et il a aussi sauvé Tabitha, continua-t-il en se penchant vers l'avant une fois de plus, l'immobilisant de son regard qu'il savait très puissant. Et je le referais n'importe quand.

Daniel sentit presque avant Lily le changement qui s'opéra en elle. Ses yeux brun doré se durcirent, et sa jolie mâchoire se serra. Elle passait en mode attaque. Comme par instinct, le loup en lui se prépara aussi à attaquer. Ses muscles se tendirent, et ses sens s'aiguisèrent. Il entendait le cœur de Lily battre de plus en plus vite et son souffle s'accélérer. Il pouvait sentir l'adrénaline dans son sang.

Quelle bonne senteur !

Elle se redressa dans le lit, s'éloignant des oreillers, et il fit de même, posant ses paumes sur les accoudoirs du fauteuil pour pouvoir se mettre debout au besoin.

Lily rejeta les couvertures et passa ses jambes sur le côté du lit. Elle vit aussitôt qu'elle portait un short de sport de Tabitha et un débardeur emprunté. Elle ne s'aperçut pas que le regard de Daniel s'était assombri lorsqu'elle avait repoussé les couvertures. Elle ne remarqua pas que ses pupilles s'étaient dilatées dans l'océan de ses yeux. Elle ne se doutait pas que le sang de Kane commençait à s'échauffer à la vue de ses longues jambes bronzées et de ses mamelons durcis sous le mince tissu du débardeur.

Il savait qu'elle ne pensait qu'à l'attaquer. C'était insensé, et si elle avait pris le temps de réfléchir à ce qu'il avait dit, elle aurait peut-être constaté que, dans un sens, il avait raison. Mais Lily ne voulait plus rien entendre. Il le voyait bien.

Elle se mit debout devant lui, et juste comme il se levait pour se mettre à sa hauteur, elle recula le bras, serra le poing et le projeta vers l'avant de toutes ses forces.

Daniel vit amplement arriver le coup, mais pour la première fois de sa vie, il ne broncha pas. Il supposa qu'il lui devait bien ça. Mais lorsque le poing de Lily frappa la mâchoire de Kane, c'est sa douleur *à elle*, et non sa propre douleur qu'il ressentit immédiatement. La force de l'impact avait projeté sa tête de côté, mais c'est à peine s'il avait ressenti de l'inconfort. Il se tourna pour lui faire face de nouveau, mais il fut tout de suite dépassé par ce qu'il voyait.

Elle était pliée en deux et se tenait le poignet de l'autre main, des larmes lui coulant le long des joues pendant qu'elle lui hurlait des semblants d'obscénités à la manière typique des vraies femmes du sud.

Il cligna des yeux. Puis, comme s'il était sur le pilote automatique, il fit un pas vers elle.

— Lily, laisse-moi voir ta main, lui dit-il.

Il s'approcha, mais elle recula brusquement au moment même où la porte s'ouvrait devant deux personnes qui firent irruption dans la pièce.

Daniel leva les yeux, tout comme Lily. Tabitha se précipita immédiatement vers son amie, et James, surpris de voir Lily recroquevillée et les larmes aux joues, se tourna soudainement vers Daniel, les crocs sortis, ses yeux gris luisant comme du vif-argent.

— Que lui as-tu fait, Kane? demanda le protecteur.

La puissance irradiait par tous les pores de sa peau.

Le loup en Daniel s'anima en rugissant, et ses crocs percèrent ses gencives, s'allongeant jusqu'à ce qu'ils atteignent leur pleine taille. Ses yeux lancèrent des éclairs.

— *Rien*, Valentine. Ça ne te concerne pas.

Sa voix était devenue râpeuse. La tension entre les deux êtres surnaturels était à couper au couteau.

— S'il vous plaît, vous deux, pas maintenant! leur lança Tabitha, qui tenta de s'interposer entre eux, tout de suite retenue par Lily, qui s'était précipitée elle aussi vers l'avant pour rattraper du bras son amie et la ramener vers elle.

— Il travaille pour Cole! cria désespérément Lily en se dirigeant vers la porte, entraînant Tabitha à sa suite.

— Non, Lily, *plus maintenant*! C'est désormais ton protecteur, rétorqua Tabitha, qui tentait de raisonner sa meilleure amie.

Cependant, Lily ne l'écoutait pas, et Tabitha dut la prendre de force en l'attrapant par le haut des bras. Avec beaucoup d'efforts, et seulement parce que Lily était encore affaiblie à ce moment-là, Tabitha réussit à la faire s'arrêter et même se tourner.

— Lily, s'il te plaît! Écoute-moi! Il n'a pas l'intention de te faire du mal, d'accord?

Elle secoua légèrement Lily, comme pour bien se faire comprendre.

Lily revint un peu à elle et cligna des yeux, semblant un peu abasourdie.

— Pardon? demanda-t-elle, la voix enrouée et faible.

Les hommes s'étaient immobilisés. Daniel était déchiré entre affronter Valentine et assister à la scène qui se déroulait entre les deux meilleures amies.

Le regard de Lily alla de Tabitha à James. Leurs yeux se croisèrent, et James s'éloigna soudainement de Daniel d'un pas, puis il se tourna vers Lily. Daniel cligna des yeux. James savait clairement qu'elle avait peur et que c'était de sa propre faute. Daniel était impressionné malgré lui. Il semblait que le rôle du protecteur pouvait prendre de multiples formes.

— C'est vrai, Lily, confirma James. Prends ma main, et tu comprendras.

Daniel réprima un grognement soudain qu'il sentait monter en lui. Il n'aimait pas l'idée qu'une autre personne touche sa compagne, mais il réussit à rester immobile et silencieux. C'était pour le bien de Lily, et il était assez intelligent pour s'en rendre compte.

— Prends sa main, Lily, l'encouragea Tabitha en faisant un signe vers la paume tendue de Valentine. Je te le promets, tout ira bien.

* * * *

Lily était si fatiguée. Tellement fatiguée. Elle avait faim, elle se sentait faible, et soudainement, elle n'eut plus d'énergie pour se battre. Elle poussa un soupir mal assuré, et elle plaça sa main tremblotante dans la forte poigne de Valentine.

Il ferma doucement ses doigts par-dessus ceux de Lily.

Les yeux de Lily s'écarquillèrent lorsqu'elle sentit une vague de chaleur protectrice se répandre instantanément en elle à ce contact. Cette chaleur prit naissance au bout de ses doigts et remonta son bras gauche, puis son épaule avant de traverser sa poitrine. Lily sentit rapidement tout son corps comme enveloppé d'une couverture en laine polaire ; elle se sentait protégée par une centaine de soldats armés. Rien ne pourrait l'atteindre. Elle n'eut pas du tout mal au bras droit, contrairement à ce à quoi elle s'attendait. En fait, elle ne ressentait absolument rien provenant de sa marque.

C'était si différent de ce qui s'était produit avec James dans la voiture de Cole alors qu'elle était submergée par sa présence, par le vin, par son désir de quelque chose… *de plus.* Non, cette fois-ci, c'était différent.

— Que s'est-il passé ? eut-elle finalement le courage de demander.

Valentine répondit avec un sourire chaleureux.

— Je suis devenu ton protecteur. Tu seras toujours en sûreté avec moi, Lily. Peu importe quand tu auras besoin de moi, je serai là.

Lily cligna des yeux. La tournure des événements la déconcertait ; elle ne comprenait pas le comment ni le pourquoi de la situation. Mais elle comprenait que James disait la vérité. Elle le savait, tout simplement. La réponse était là, dans son sang.

Il la protégerait contre n'importe qui, s'il le devait. Y compris contre Daniel.

Elle retira sa main sans qu'il s'y oppose.

— Il ne m'a pas fait de mal, James. C'est moi qui lui ai donné un coup de poing, raconta-t-elle au bel homme de grande taille.

Ses joues pâles rougirent. Ses yeux étaient aussi fatigués que sa voix lorsqu'elle conclut :

— Malheureusement, sa tête est encore plus dure que je ne le croyais.

Daniel attendait la suite tout en assimilant cet échange entre Lily et l'autre loup-garou. James posa une fois de plus son regard vif-argent sur son adversaire. Derrière ses yeux de vieux loup, il réfléchissait à toute vitesse. Mais tout à son honneur, Valentine n'ajouta rien à ce sujet. Il hocha la tête une fois vers Daniel, puis, avec plus de respect, vers Lily.

Le regard que Valentine décocha ensuite à la sœur cadette de Daniel fut totalement différent. Tabitha soutint son regard, mais ses yeux noisette s'assombrirent très légèrement, et ses joues rougirent tout juste suffisamment pour trahir ses émotions.

Lily arqua les sourcils, puis elle leva le regard et vit que les yeux de Daniel brillaient et que ses crocs restaient sortis. Il les observait tous deux, James et Tabitha, d'un air qui n'annonçait rien de bon.

Valentine avait affiché son appréciation et son admiration lorsqu'il avait baissé les yeux vers Tabitha, ses pupilles se dilatant avec avidité. Puis, il s'était tourné et s'était glissé hors de la chambre avec grâce, refermant la porte derrière lui.

Lily observa Daniel, qui semblait déployer des efforts pour faire rentrer ses crocs dans ses gencives. Il regardait vers la porte avec méchanceté.

— Je vais le tuer.

Tabitha leva les yeux au ciel.

— Pfft ! Bien sûr, mon grand frère. Bonne chance, au fait.

Elle prit la main droite de Lily et la tint dans la lumière.

— Il n'y a pas vraiment de blessure, je crois bien. Et pour ce que ça vaut, ma chérie, attends donc d'être devenue une louve-garou avant de donner des coups de poing. À ce moment-là, tu pourras vraiment lui faire mal.

À ces mots, Lily croisa une fois de plus le regard de Daniel, et ils ne se quittèrent pas des yeux. La réalité lui revint alors pleinement à cet instant. Elle était latente et marquée. Elle allait devoir devenir une louve-garou.

Tabitha recula légèrement et jeta un coup d'œil à sa meilleure amie.

— Bordel! dit-elle. Tu sembles encore effrayée, ma fille. Je crois que tu devrais avoir une bonne conversation avec le chef de police ici présent, mais je ne suis pas pour autant sûre de pouvoir vous laisser tous les deux seuls…, dit-elle avant de se tourner vers son frère pour lui lancer un avertissement. Crois-tu pouvoir te conduire comme un gentleman, et non pas comme un flic, le temps de cette discussion?

Daniel inclina la tête et pointa la porte. Il ne s'abaissa pas à répondre à cette question; son expression ne laissait pas place à la réplique. Ses yeux bleus scintillaient comme des saphirs dans son visage, faisant un fort contraste avec le teint pâle de sa peau et le bleuté de ses cheveux de jais.

Tabitha resta sur place un instant à étudier son frère aîné. Elle manifesta soudain de l'inquiétude dans son expression. Lily se tourna à son tour pour observer Daniel attentivement. Maintenant qu'elle le regardait vraiment, elle voyait la légère nuance de violet dans ses yeux et le fait qu'il était plus blême qu'à l'habitude. Il semblait grandement affamé. Sa longue silhouette masculine semblait à peine pouvoir contenir l'animal en lui. Il n'avait jamais paru moins humain. Lily se demanda pourquoi.

— Tu es vraiment un battant, Daniel, mais quoi que tu veuilles faire, tu ferais mieux de ne pas trop tarder, dit doucement Tabitha. Tu es fort, mon grand frère, ajouta-t-elle en secouant la tête. Mais tu n'es pas fort à ce point-là.

Elle prit une grande inspiration et serra doucement la main de Lily, puis elle se dirigea une fois de plus vers la porte.

— Lil, James se tient tout juste de l'autre côté. Il va entendre tout ce que vous allez vous dire.

Tabitha s'arrêta à la porte et décocha un regard significatif à sa meilleure amie. Elle voulait la rassurer ; Lily n'était pas seule.

Elle sortit et referma la porte derrière elle.

CHAPITRE QUINZE

AFFAIRES INTERNES

Lily était sidérée. Elle se demandait ce que Tabitha avait voulu signifier à Daniel en lui disant qu'il ferait mieux de ne pas trop tarder. Était-elle l'objet de cette mise en garde ?

Une fois de plus, Lily se retrouvait seule avec Daniel Kane, chef du service de police de Baton Rouge — le loup-garou alpha terriblement beau, mais au physique tellement surnaturel. Lily déglutit.

— Assieds-toi, Lily. Nous devons discuter.

Elle fronça les sourcils.

— Ça t'embêterait de dire « s'il te plaît », chef ?

Un muscle tressauta sur la mâchoire de Daniel, et celui-ci sembla vouloir esquisser un sourire. Mais ses yeux étaient toujours aussi intenses et sérieux.

— Tu peux m'appeler Daniel, chère. Et *s'il te plaît*, assieds-toi.

Lily s'assit sur le lit et remonta les couvertures sur ses jambes pendantes. Elle avait un peu froid, mais les couvertures contribuaient en outre à servir de barrière entre elle et ce grand méchant loup qui se tenait à quelques pas.

— Je ne pourrais être plus désolé quant à la manière dont j'ai dû te marquer, Lily. Je te jure que je suis *sincère*, mais comme je l'ai dit, si c'était à refaire, je le referais. Je n'avais pas d'autre choix. Tu ne peux pas savoir à quel point une latente peut être attirante pour des gens de notre espèce. Tôt ou tard, tu aurais été trouvée et prise. Un humain ne peut pas faire grand-chose contre un loup-garou, Lily. À part peut-être incendier sa maison, ajouta-t-il, le ton soudainement un peu perplexe.

Il se passa alors une main dans les cheveux et continua de lui parler tout en commençant à faire les cent pas devant le lit.

— Si tu devais te faire prendre, je préférais que ce soit par moi plutôt que par quiconque. Je sais que ça semble égoïste, Lily. Mais je suis amoureux de toi depuis plus d'une décennie. Je me suis tenu éloigné, dit-il en s'arrêtant pour la fixer du bleu de son regard ardent, par égard pour Tabitha. Mais je n'en pouvais plus, chère.

Un long moment s'écoula avant que Lily ne réussisse à déglutir pour faire disparaître la boule qui s'était formée dans sa gorge pendant qu'il parlait. Il était amoureux d'elle. Depuis *longtemps*. Depuis l'école secondaire ? *Bon Dieu…* Tout ce temps-là… Elle n'arrivait pas à y croire. Il mentait sûrement.

Lily analysa son expression. Il avait l'air franc, direct et avide. Elle remarqua sa manière de respirer, comme s'il manquait d'air, comme s'il avait mal dans tout le corps. Elle voyait à quoi ressemblait un homme qui révélait douloureusement ses sentiments amoureux en toute honnêteté.

Bon Dieu, songea-t-elle. *Oh, bon Dieu…* Elle était certaine que Daniel entendait son cœur battre à toute vitesse dans sa poitrine. Elle avait l'impression d'avoir reçu une injection de novocaïne dans les veines ; elle voyait danser de petites bougies lumineuses devant ses yeux.

Daniel s'approcha, et Lily, paralysée et silencieuse, l'observa s'asseoir sur le bord du matelas, une main serrée si fort autour d'une des colonnes du lit que ses jointures en étaient devenues blanches. Elle espéra distraitement qu'il ne la briserait pas accidentellement comme Cole avait brisé les bras de son fauteuil. Les loups-garous étaient si forts, et ce lit était une antiquité.

Ses pensées se bousculaient dans sa tête ; c'était un véritable chaos.

Le regard de Daniel continuait de lui brûler l'intérieur.

— Tu as maintenant deux choix, chère. Tu peux te joindre à moi, t'accoupler avec moi pour que je puisse te transformer. Tu deviendras une louve accomplie, la compagne d'un loup-garou devenue elle-même louve-garou. Tu seras plus forte, plus rapide, et tu guériras plus rapidement de tout. D'ailleurs, il n'y aura plus beaucoup de choses susceptibles de te causer des blessures en ce monde. Même les femelles qui naissent dans nos meutes n'ont pas cette chance. Et les louves accomplies sont très rares, de nos jours, chère. Elles sont les seules qui peuvent donner naissance à d'autres loups-garous. Elles sont notre seul moyen de survie. *Tu* es notre seul moyen de survie, Lily.

Lily resta assise en silence à réfléchir un long moment aux paroles de Daniel. La chambre devint calme. Avec ce qu'elle venait d'apprendre, il y avait matière à méditer toute une vie. Elle n'était pas certaine de ce qui la secouait le plus. Finalement, une question lui vint sur le bout de la langue. Ce n'était peut-être pas la plus importante, mais ce fut la première qu'elle posa.

— Vais-je vraiment pouvoir me métamorphoser en louve ? demanda-t-elle doucement.

Daniel hocha lentement la tête de haut en bas.

— Et tu seras sûrement belle à en couper le souffle, chère. Tout comme tu l'es maintenant.

Son ton avait baissé, et ses yeux s'étaient légèrement assombris.

Un frisson parcourut Lily, et la marque sur son bras se mit à se réchauffer. Mais elle n'était pas encore prête à s'abandonner à son appétit sexuel. Elle était encore abasourdie par les aveux de Daniel. Il y avait encore trop de choses qu'elle ne comprenait pas, trop de choses qu'elle devait savoir.

Elle se mordit l'intérieur de la joue avant de poser une autre question.

— À quoi ressembles-tu sous forme de loup, Daniel ? Je t'ai vu dans mes rêves, mais... je n'ai jamais vu aucun de vous... euh... eh bien, *se transformer,* si je puis dire.

Daniel fronça les sourcils.

— Tu veux dire que Cole ne s'est jamais...?

Elle secoua négativement la tête.

Daniel se leva du lit et recula d'un pas.

— Tu me promets que tu ne vas pas détaler comme un lapin, chère ? Il est fichtrement plus difficile de se maîtriser sous forme de loup que sous forme d'homme, et l'un et l'autre sont très affamés en ce moment.

Dans l'esprit de Lily, il n'y avait aucun doute quant au sens des paroles de Daniel. Mais elle se prépara mentalement et hocha une fois la tête, serrant la couverture dans ses mains.

Il lui répondit par le même signe de tête, puis il y eut un flash étrange. La lumière s'élargit, engouffrant le corps de Daniel dans une aura aveuglante, puis elle se rétracta, disparaissant aussi rapidement qu'elle était apparue. Daniel avait lui aussi disparu, laissant place à un loup massif aux yeux bleu vif et à l'épaisse fourrure d'un noir bleuté.

Lily fixa l'énorme créature pendant ce qui lui sembla une éternité, le souffle entrecoupé, en proie au vertige devant la scène qui venait tout juste de se dérouler devant elle. Elle n'aurait pas dû être aussi abasourdie et surprise après tout ce qu'elle avait traversé et sachant ce qu'elle savait. Mais elle l'était. Elle était pour ainsi dire dépassée de constater avec certitude que l'homme qui l'aimait était véritablement un loup.

Le loup, pour sa part, l'observait aussi. Il ne détacha pas ses yeux des siens, même lorsqu'il se mit à avancer, s'approchant du lit avec autant de prudence qu'un lion se dirigeant vers une gazelle.

Lily était fascinée par la façon qu'il avait de se mouvoir. Il se déplaçait gracieusement, en douceur et calmement. Elle voyait ses muscles se contracter sous sa fourrure. Elle pouvait entendre son souffle, un grognement grave et profond dans son énorme poitrine.

La marque sur le bras de Lily était maintenant très chaude. Et cette chaleur commençait à se répandre à l'intérieur d'elle.

Avec beaucoup de courage, elle repoussa lentement les couvertures sur le côté et se laissa glisser du lit jusqu'à ce qu'elle se retrouve à genoux sur le moelleux tapis pelucheux.

Tout aussi lentement, elle tendit la main vers le loup. Il s'immobilisa alors qu'elle s'agenouillait devant lui, puis, les yeux étincelants, il avança et vint doucement appuyer le museau dans sa paume ouverte. Le visage de Lily s'éclaira d'un sourire qu'elle ne pouvait réprimer. Comme pour répondre à son sourire, le loup lui lécha doucement le bout des doigts.

Elle en éprouva un chatouillement, mais parvint à refouler un gloussement.

— Quel goût j'ai? demanda-t-elle sans réfléchir.

Il y eut un flash soudain devant elle. Elle cligna des yeux, puis vit Daniel, dont les yeux qui n'étaient plus que des pupilles la fixaient.

— Un goût sucré, dit-il, le ton grave, à la limite d'un grognement, les crocs une fois de plus sortis. C'est invitant.

Il avait carrément un sourire de prédateur.

Lily se leva rapidement, mais elle était coincée contre le lit et ne pouvait fuir nulle part. Elle se creusait la tête en l'observant, et elle se sentait de plus en plus profondément aspirée dans l'abîme noir grandissant de ses yeux.

— Tu as dit que j'avais deux choix, dit-elle rapidement, trébuchant presque sur ses mots dans sa hâte à vouloir les prononcer. Quel est l'autre?

Elle sentit le lit derrière elle du bout de ses doigts et comprit tout de suite qu'au moindre mouvement de la part de Daniel, ils tomberaient tous les deux sur le matelas. Et elle se retrouverait totalement prisonnière sous son corps d'acier.

— L'autre choix n'en vaut pas la peine, lui déclara-t-il simplement, franchissant le dernier pas qui les séparait.

Elle se crispa sous sa poigne lorsqu'il glissa ses fortes mains sur ses poignets pour les encercler doucement.

— Alors pourquoi…

Elle frissonna et tenta de déglutir, puis de détacher son regard du sien. En vain. Ces vagues de puissance familières émanaient maintenant de lui. Elle sentit une chaleur à la taille, ainsi qu'une moiteur naissante à l'entrejambe.

— Pourquoi l'avoir mentionné? demanda-t-elle, la voix tremblante.

Il la bouleversait, et cette fois, elle ne pouvait attribuer ça à sa marque. Il exerçait sur elle son magnétisme surnaturel, face auquel elle éprouvait encore et toujours cette même passion.

— Eh bien, chère, dit-il d'une voix traînante en glissant ses mains avec une lenteur délibérée le long des bras de Lily. Je suppose que j'essayais d'être juste.

Il avait un sourire diabolique.

— Juste, c'est... parfait, souffla Lily. Juste, c'est... g-génial.

Elle tenta de rassembler ses forces, mais la semaine avait été longue. Et il était tellement sexy.

Il ne cessa de sourire lorsqu'il la poussa légèrement et qu'elle se retrouva sur le dos dans le lit. Il se plaça au-dessus d'elle, les bras appuyés sur le matelas de chaque côté du corps de Lily, ses muscles étirant le tissu de son t-shirt noir ajusté.

— S'il te plaît, termina-t-elle, gémissant presque ces mots.

Elle le désirait tant à ce moment-là qu'elle ne savait même plus à quelle fin elle avait prononcé ce « s'il te plaît ». Peu importait l'autre choix. D'une part, elle se sentait stupide de même vouloir le lui demander, mais d'une autre part, même si elle était intimidée et aveuglée, elle s'accrochait encore à cette mince particule saine de son cerveau qui exigeait d'elle qu'elle se montre inflexible quant à sa liberté — à ses choix. Elle aurait voulu saisir cette partie d'elle-même, l'étrangler et la jeter par la fenêtre du deuxième étage. Elle réussit tout de même à murmurer :

— Je veux entendre ce deuxième choix, Daniel.

Elle appuyait maintenant ses mains contre la poitrine de Kane, les doigts ancrés dans son t-shirt alors qu'elle mourait d'envie d'insérer ses ongles dans les muscles durs derrière le tissu.

Il se pencha vers elle jusqu'à ce qu'il lui touche presque les lèvres avec les siennes. Ses yeux totalement noirs dégageaient un profond magnétisme, ses crocs étaient fortement appuyés contre sa lèvre inférieure, et il était consumé d'un désir totalement irrépressible. Lorsqu'il se mit à parler, sa voix était devenue un grognement complètement inhumain.

— Tu peux aussi t'enfuir, chère. Et je peux faire de mon mieux pour essayer de ne pas te pourchasser, lui dit-il, ses mots caressant les lèvres de Lily. Mais lorsque des minables dans la rue mourront de ma main et qu'un autre loup te réclamera de toute manière, tu n'auras que toi à blâmer.

Pendant qu'il parlait, il avait trouvé de sa main droite la hanche de Lily et l'avait serrée, puis il avait remonté la main lentement sur son corps, relevant son débardeur pour exposer la chair de son estomac ferme.

Le souffle de Lily s'arrêta dans sa gorge, et elle frissonna lorsque la main de Daniel trouva sa taille, la peau de ce dernier brûlant la sienne. Elle pouvait sentir un faible grondement s'échapper de lui, un grognement à peine contenu qui lui léchait les sens comme les pointes d'une flamme. Elle comprenait à peine ce qu'il lui disait. Elle avait le corps consumé par le désir, l'esprit totalement ailleurs.

Lorsqu'il posa finalement ses lèvres sur les siennes, ce fut avec une délicatesse douloureuse qui allait totalement à l'encontre de sa passion refoulée. Elle ferma les yeux et se cambra contre lui, incapable de s'en empêcher. Elle le désirait de toutes les fibres de son être.

Sans attendre qu'il l'embrasse plus profondément, Lily passa les doigts de sa main droite dans les mèches de ses cheveux noir bleuté, et elle gémit dans sa bouche. Il avait les cheveux soyeux. Elle le saisit sans gêne par les deux poignets et l'attira vers elle, avalant le grognement qui s'échappait de la gorge de Kane. Elle sentit ses crocs, longs, aiguisés et cruels, qu'elle explora effrontément avec sa langue. Elle était intoxiquée par lui.

Elle l'avait toujours été.

Bordel, il avait toujours occupé son esprit — et son cœur. Les seuls hommes qu'elle avait fréquentés ressemblaient tous d'une certaine manière à Daniel Kane. Du gars aux yeux d'un bleu glacial à l'homme à la motocyclette à l'université. Elle avait toujours cherché Daniel. Ils étaient intimement liés. Ils l'avaient toujours été.

Daniel... Elle s'arqua encore contre lui, et il fit de même. Elle sentait au travers du tissu restreignant de son jean qu'il la désirait vivement, et elle eut soudainement la forte envie de l'aguicher — de lui caresser son membre sur toute sa longueur. Elle repousserait peut-être Daniel ensuite pour jouer les difficiles.

Décidée à jouer à l'espiègle, elle entreprit de rompre le baiser, mais *il* lui retint la tête de son poing si soudainement qu'elle en eut le vertige, la tenant captive pendant qu'il intensifiait le baiser d'une manière presque douloureuse.

Elle se sentit immédiatement transportée par une vague de plaisir surnaturel qui l'amena au bord du périlleux précipice de l'orgasme, puis Daniel s'arrêta net, la maintenant dans l'attente, l'aguichant impitoyablement. Seul un loup-garou pouvait infliger un supplice aussi divin.

Elle était totalement transportée. Elle était si mouillée de désir que ses doigts glissèrent d'eux-mêmes entre ses jambes ; elle ne voulait plus que se satisfaire. Mais de sa main libre, Kane lui saisit le poignet et retint son bras contre le matelas à côté d'elle. Elle gémit, contrariée de devoir repousser l'échéance, et le loup s'esclaffa. Le timbre grave et vilain de ce rire roula sur elle, faisant durcir ses mamelons. Mais elle avait toujours une main libre. Elle s'en servit, plongeant ses doigts sous le tissu de son short, puis à l'intérieur de sa culotte.

Elle nota tout de suite l'humidité — ainsi qu'un grognement presque fâché qui vibra simultanément contre ses lèvres. Elle se sentit presque aussitôt devenir faible dans tout son être, et elle se rendit compte que Daniel, par son baiser, prenait la maîtrise de son corps. Elle éprouvait tour à tour un moment de plaisir douloureux et un moment de faiblesse.

C'était injuste. Il jouait avec elle, il brisait ses défenses. Il ne jouait pas franc-jeu. Il jouait selon ses propres règles, et elles étaient tout simplement injustes. Merveilleuses, mais injustes.

Elle protesta d'un «non» qu'il étouffa efficacement avec un baiser tout en lui lâchant les cheveux pour lui saisir le poignet et l'immobiliser avec l'autre au-dessus de sa tête sur le matelas avec l'une de ses puissantes mains. Et il fut de nouveau à califourchon sur elle, comme il l'avait fait dans son propre lit il y avait si longtemps. Puis, *lentement*, il recula sa bouche, la libérant de son baiser.

Lily ouvrit les yeux et leva le regard vers lui en tentant de reprendre son souffle. *Oh, mon Dieu*, songea-t-elle. *Mon compte est bon.* Comme s'il pouvait lire dans ses pensées, Daniel sourit.

Elle eut le souffle coupé.

Il déchira le t-shirt et le short de Lily au moyen de ses griffes, qui bougeaient si rapidement qu'elle ne les voyait pas. Elle eut à peine le temps d'espérer qu'il ne la coupe pas au passage que déjà, il la projetait plus loin sur le lit, dénudée et vulnérable.

Elle cria une demi-seconde avant qu'il pose sa bouche sur la sienne une fois de plus et que son corps d'acier, toujours vêtu, la presse contre le matelas. Elle leva les mains, essayant inconsciemment de le repousser dans un instinct de survie. Elle allait mourir sous la voracité de son attaque. Elle mourrait lentement, elle se sentirait mieux qu'au paradis, mais elle mourrait tout de même. Elle en était certaine!

Elle se démena en vain, évidemment, et lorsqu'elle sentit les mains de Kane descendre sur les côtés de son corps jusqu'à ses cuisses, elle savait que ce serait le point de non-retour. C'était maintenant ou jamais.

Il fit glisser les doigts de ses deux mains sur le devant des jambes de Lily pour lui saisir durement l'intérieur des cuisses. Dans un même geste, il lui écarta les jambes sans ménagement. Lily écarquilla les yeux; son cœur battait fort. Elle ne put offrir aucune résistance lorsque les doigts de Daniel séparèrent les douces bouclettes entre ses jambes, à la recherche de ce même endroit mouillé qu'elle avait elle-même trouvé de ses propres doigts quelques instants auparavant. La sensation était indescriptible. Lily émit un son désespéré qui fut accueilli par le rire impitoyable de Kane, auquel il mit fin en l'embrassant sur la bouche.

Les mains de Lily s'agrippèrent au dos de Daniel lorsqu'il passa langoureusement les doigts sur les lèvres de sa vulve tout en continuant de l'embrasser pour lui procurer davantage de plaisir surnaturel. Son pouce effleura son clitoris, puis il appuya juste au bon endroit. Lily poussa un cri. Ses jambes se plièrent et se déplièrent sous lui dans des convulsions d'extase rapidement à la limite de la torture.

Lorsqu'il enfonça soudainement deux de ses gros doigts en elle sans l'avertir, elle hurla dans sa bouche, et il se recula, interrompant leur baiser. Les doigts toujours enfoncés profondément en elle, il leva son autre bras et agrippa une fois de plus une touffe de ses longs cheveux dorés, tirant brutalement sa tête vers l'arrière pour lui exposer la gorge.

Lily s'arqua contre ses doigts invasifs, désirant obtenir davantage de lui, et il répondit à ses attentes en poussant ses doigts encore plus profondément, continuant d'appuyer son pouce de manière experte sur son clitoris. Il lui effleura le menton de ses lèvres, puis son oreille, et il descendit la bouche sur sa gorge délicate maintenant exposée. Il s'arrêta à cet endroit, le souffle chaud contre sa peau ferme.

Daniel retira lentement ses doigts, et Lily ne put réprimer un cri de protestation; elle le désirait en elle!

Son vœu fut exaucé. Elle sentit alors son sexe, énorme et brûlant, qui lui titillait l'orifice. De sa main libre, il lui saisit une fois de plus les poignets pour les immobiliser au-dessus de sa tête. Elle ouvrit soudainement les yeux d'inquiétude, mais il ne lui laissa pas le temps de réfléchir à la situation et encore moins de fuir.

Lorsqu'il la pénétra d'un mouvement rapide, elle hurla à la fois de plaisir, vif et extatique, et de douleur, bien réelle. Elle était petite et étroite, et il était massif en elle. Il la remplissait jusqu'à ce qu'elle soit saturée, mais comme dans le cas de Malcolm Cole, la douleur ne contribuait qu'à l'exciter davantage, alimentant sa flamme intérieure. Dans cet intense et furieux moment, elle était sur le point d'éprouver un intense plaisir insatiable. Ce plaisir était presque à sa portée — il l'appelait. Elle se mit à remuer sous Daniel, fermant les yeux dans un abandon total, laissant sa chair dominer complètement son esprit. Il ne lui importait plus que d'atteindre ce plateau. Rien d'autre ne comptait pour elle.

Elle était tellement transportée que lorsqu'il se pencha pour lui murmurer des mots à l'oreille, elle enregistra à peine ce qu'il disait.

— Je vais te prendre, Lily, lui dit-il avec sa voix grave et rauque. Je ne peux plus attendre.

Sur ce, Daniel Kane recula légèrement la tête alors que ses longs crocs acérés luisaient dans la lumière du jour déclinant, et il se retira en partie d'elle avant de s'y enfoncer de nouveau, puis il plongea ses crocs sur le côté de sa gorge.

Le second hurlement de Lily surpassa le premier. Elle sentit les crocs de Daniel s'enfoncer dans sa gorge, lui faisant éprouver une sensation des plus bouleversantes. Il y avait certes une sorte de douleur, mais elle n'avait jamais rien ressenti de tel. C'était surtout le délicieux élancement en harmonie avec les mouvements de va-et-vient entre ses jambes qui lui révélait l'existence d'un tout nouveau palier de plaisir. Elle atteignit ce plateau et ne cessa de monter. À chaque coup contre sa gorge, il semblait approfondir la morsure ; Lily était certaine qu'elle n'en guérirait jamais.

Il la tuerait assurément.

Quelle manière de mourir ! songea-t-elle. Ce fut la dernière pensée dont elle eut conscience. Son corps s'agrippa fermement à celui de Daniel, et elle fut emportée encore et encore dans des convulsions répétées. Elle n'était plus sur Terre. Il n'y avait plus de lit. Plus de chambre. Elle flottait sur une mer d'endorphines qui inondaient tout son corps, d'abord aussi crument qu'une lame de rasoir — puis dans une lente déferlante de plaisir.

Daniel Kane n'avait quant à lui *jamais* connu le véritable plaisir jusqu'à ce jour. Il n'avait bu que de l'eau, et maintenant, il se noyait dans le vin. Il n'avait jamais goûté d'autre partenaire durant ses ébats sexuels. Il n'avait jamais osé mordre. Sachant les conséquences, il s'était toujours retenu ; il avait caché sa véritable identité, et il avait donné aux femmes ce qu'elles voulaient. Il avait du talent pour les rendre heureuses. C'était dans son sang, dans son être. Il savait tout simplement quoi faire.

Mais il demeurait toujours insatisfait, et bien au fond de lui, il se sentait chaque fois un peu plus vide.

Mais cette fois-ci, alors que ses dents s'enfonçaient lentement dans la gorge de Lily, le sang de cette dernière, propulsé par ses rapides battements de cœur, jaillit vers lui. Il l'avala avec extase, sans échapper la moindre goutte. Il se nourrit avidement, son corps bougeant avec celui de Lily, l'écrasant contre le lit, désireux d'être collé à elle autant que possible. Il en voulait davantage.

Il lui suçait le sang avec un appétit insatiable et se poussait en elle de plus en plus fort, sachant que son gros membre dans le petit corps de Lily causait probablement de la douleur à cette dernière. Il pouvait la sentir serrée contre lui ; elle l'agrippait sans relâche, et pourtant, il voulait entrer en elle plus profondément. *Profondément.* Il avait mal aux gencives, sa tête tournait, son cœur battait à toute vitesse, et il s'agitait sur elle avec acharnement, exigeant tout ce que Lily avait à offrir — et même davantage.

Le monde autour de lui se dissolvait en un tourbillon de sons et de couleurs qui n'avaient aucune signification. Il ne restait que lui-même, prisonnier de son puissant, inapaisable et inflexible désir, et la petite Lily, son ange latent aux yeux couleur d'amande aux reflets dorés, aux cheveux d'or et au corps pour lequel il était prêt à tout. Sa compagne.

Ma compagne. La mienne.

À cette pensée, il retira ses crocs de son cou, lui tourna la tête et les enfonça une dernière fois de l'autre côté de sa gorge, la réclamant avec une ardeur d'une quasi-cruauté qu'il n'arrivait pas à satisfaire. Il l'avait désirée trop longtemps. Il la voulait *en entier.*

Alors, il la prit. Encore et encore. Lorsqu'il la sentit jouir une dernière fois, il ne put lui-même réprimer un orgasme ; rugissant de plaisir, il la saisit si fermement qu'elle en suffoqua. Ses griffes s'enfoncèrent légèrement dans ses poignets, qu'il retenait contre le lit. Il retira ses crocs de la gorge de Lily, et il grogna dans la pièce. Lily s'agitait encore contre Daniel, essayant d'extirper de lui tout ce qu'elle pouvait encore obtenir. Il ne put réprimer le cri monstrueux qui s'échappa de sa gorge, si fort et grave que les tableaux se frappèrent contre les murs et que les carreaux des fenêtres se mirent à trembler.

Ensuite, après s'être remis de ses émotions, il se rendit compte qu'ils étaient, lui-même et le monstre en lui, parfaitement comblés pour la première fois de leur vie. Il ouvrit les yeux, ses pupilles reprirent leur taille normale, et il baissa le regard pour observer Lily St. Claire. Sa compagne — sa future épouse.

Elle avait les yeux encore fermés, mais non crispés, comme si elle dormait. Ses lèvres rouges contusionnées étaient entrouvertes ; elle avait le souffle court. Ses cheveux couleur de miel retombaient autour d'elle comme des chutes d'or liquide, luisant sur les oreillers dans la lumière du coucher de soleil.

Elle était très blême. De profondes et grosses plaies de morsures la marquaient des deux côtés de son mince cou délicat.

Normalement, toute blessure causée par les dents ou les griffes d'un loup-garou prenait autant de temps à guérir pour une louve-garou accomplie que pour n'importe quel humain. C'était la raison pour laquelle les lois des clans stipulaient que les loups-garous ne devaient pas s'attaquer entre eux à moins d'une absolue nécessité.

Cependant, si les plaies créées par les loups dans le cadre du processus de revendication de leur compagne n'avaient pas guéri plus rapidement, beaucoup de compagnes auraient été perdues au fil du temps. Sur ce plan, la nature et l'évolution avaient bien fait les choses. Les plaies de Lily guériraient rapidement et ne laisseraient que des empreintes de piqûres d'épingle, comme dans le cas des morsures des vampires des légendes. D'ici quelques jours, elles auraient entièrement disparu.

Elles avaient déjà cessé de saigner, et Daniel entendait battre le cœur de Lily. Lentement, mais régulièrement. Elle avait survécu à la transformation. Il percevait la légère différence dans sa senteur. Lily n'était plus une latente. Cette senteur éveillait les sens de Daniel. Elle l'enivrait autant que l'odeur du chocolat chaud, du caramel et des biscuits tout frais sortis du four le faisaient pour un enfant.

Son propre cœur se mit à battre plus vite lorsqu'il se rendit une fois de plus compte de ce qu'il venait de faire. Il sentit une faiblesse dans ses genoux. Elle était maintenant une louve-garou. Il *l'avait transformée.*

Mon Dieu, songea-t-il, *je n'aurais jamais cru…* Soudainement, il se sentit submergé de tendresse envers la

précieuse femme étendue sous lui, cette créature rare et ines-
timable qui représentait tout ce qu'il avait toujours souhaité,
qui était tout ce dont son peuple avait besoin. Il se retira lentement de Lily ; elle poussa alors un gémissement de protestation par ses lèvres entrouvertes et fronça également les
sourcils en un « V » délicat.

Il sourit. Un instant plus tard, il avait reboutonné son
jean. Plus tôt, incapable d'attendre davantage avant de la
pénétrer, il s'était contenté de baisser ce vêtement sans en
enlever un seul autre. Toujours souriant, il la roula sur le côté
et se coucha derrière elle, tirant son doux corps nu contre sa
poitrine ; ils étaient maintenant étendus l'un contre l'autre en
cuiller.

Il remarqua à l'intérieur du bras droit de sa compagne
l'absence de la marque bleue. Il jeta un coup d'œil à sa propre
main gauche ; la marque avait aussi disparu. Elles n'étaient
plus nécessaires.

Les cheveux de Lily sentaient la lavande, et ils étaient
doux comme de la soie contre la joue de Daniel. Il lui
embrassa tendrement le côté du cou, juste au-dessus des
marques qu'il lui avait faites. Il tira ensuite les couvertures
sur eux, ne prenant même pas la peine d'enlever ses bottes.

Il était trop satisfait. Trop content.

Rien n'était plus important pour lui que rester étendu à
tenir la femme qu'il aimait.

Et à espérer qu'elle apprendrait à l'aimer en retour.

CHAPITRE SEIZE

VICTIMES DU PASSÉ

Ce fut la sonnerie de son téléphone cellulaire qui tira Daniel de son profond sommeil douillet. Il leva la tête et jeta un coup d'œil à la silhouette endormie de Lily. Son appareil se trouvait sur la table de chevet située contre le mur opposé. Il aurait voulu ne pas répondre, mais il connaissait, grâce au timbre de la sonnerie, l'identité de la personne qui l'appelait. C'était un appel important.

Poussant un profond soupir, Daniel donna un baiser sur la joue de sa compagne, et sortit à regret des couvertures. Il saisit le téléphone, coupa le son et, jetant un dernier coup d'œil à Lily, sortit de la pièce en refermant doucement la porte derrière lui.

Une fois dans le couloir, il se rendit compte que Tabitha et James n'étaient pas dans la maison ; ils étaient probablement partis beaucoup plus tôt. Il ouvrit l'appareil et remarqua l'heure indue : quatre heures vingt-cinq. Il appuya sur le bouton « parler » et porta le téléphone à son oreille.

— Chef, je crains qu'il y ait eu une autre victime.

C'était la voix du détective Knight. Il semblait étrange. Daniel mit un moment pour reconnaître la gravité de ce ton, et lorsqu'il y parvint, l'état de bien-être qui l'habitait si délicieusement disparut tout aussitôt.

— Qui est-ce, Aiden ?

Knight mit beaucoup de temps à répondre.

— Je suis désolé, chef. Vous devrez venir voir par vous-même.

Le cœur de Daniel se déchira. Il ne pouvait y avoir que deux raisons pouvant expliquer l'hésitation du détective à lui dévoiler l'identité de la victime du meurtre. La première : c'était un membre de sa famille. La deuxième : c'était un ami. Il songea à Tabitha, puis il secoua la tête. *Non.* Elle était avec James Valentine, et il était très fort. Il la protégerait.

— Ce n'est pas Tabitha, dit-il machinalement.

— Non, chef, l'interrompit Knight.

Le détective lui communiqua rapidement une adresse et coupa court à son appel. Daniel composa le numéro de Tabitha… et tomba sur sa boîte vocale.

Il raccrocha et, par-dessus son épaule, il jeta un coup d'œil à la porte fermée derrière laquelle se trouvait sa compagne endormie. Il prit une grande inspiration et soupira en glissant son téléphone dans sa poche. Quitter Lily à ce moment était précisément la dernière chose qu'il souhaitait. C'était maintenant qu'elle avait besoin de lui. Il venait juste de la transformer ; elle serait une personne différente à son réveil, et elle ne manquerait pas de s'en rendre compte. Elle se poserait peut-être des questions. C'était la moindre des choses de vouloir la tenir contre lui, la réconforter, l'aider à vivre cette transition.

Très soudainement, pour la première fois en quinze ans, Daniel détesta son travail. Il se demanda pourquoi il avait toujours voulu exercer ce métier.

Avec beaucoup d'efforts, il s'obligea à trouver une feuille de papier et un stylo pour laisser une note à Lily. Il reviendrait dès que possible. Il espérait seulement que ce ne serait pas aussi long qu'il le craignait.

S'il récapitulait, le maire et sa famille étaient morts, et le meurtrier était toujours en liberté. Le maire avait été un bon ami de Daniel et de la famille Kane, et Daniel n'avait toujours pas eu le temps de faire son deuil, donc encore moins de retrouver le tueur. Et maintenant, il y avait cette nouvelle victime...

Si ce nouveau meurtre avait été commis par la même personne, le service de police se retrouvait alors non seulement avec un cas de tueur sur les bras, mais avec un cas de *tueur en série*. L'un était infiniment pire que l'autre. Et pour ce cas, il faudrait faire appel aux forces fédérales. Elles se chargeaient d'ailleurs déjà de l'affaire du maire, car elle touchait le meurtre d'un politicien. Elles mettaient les mains sur tout ce qu'elles pouvaient trouver, et Daniel avait l'impression que sa ville allait se faire envahir avant la fin de la semaine par des hommes qui portaient des complets bon marché et des souliers chics en plastique.

Avec l'agilité caractéristique des gens de son espèce, Daniel quitta la maison, fermant la porte à clé derrière lui. Il enfourcha sa motocyclette et mit son casque juste pour donner le bon exemple ; il était chef de police après tout. Puis, il démarra la moto et sortit de l'entrée.

Eh bien, ça va assurément la réveiller, songea-t-il, perplexe, en secouant la tête comme il arrivait sur le bitume avant de tourner la poignée de l'accélérateur. *Au moins je lui ai laissé un message.*

Il arriva en cinq minutes à l'adresse que lui avait donnée son détective. À l'avant de la maison, un kaléidoscope de lumières bleues, blanches et rouges tranchait dans l'obscurité matinale, annonciateur de mauvaises nouvelles. Le monde saurait qu'une catastrophe s'était produite ici.

Des bandes jaunes de scène de crime avaient déjà été déroulées autour de la clôture sur le devant de la propriété. Daniel stationna sa moto à côté d'une voiture de l'escouade et l'éteignit. Il retira son casque. Instantanément, ses yeux bleus se mirent à luire. Il dut s'efforcer de rétracter ses crocs dans ses gencives. Il eut un haut-le-cœur. *Non…* Ça ne se pouvait pas.

Il reconnut immédiatement l'odeur de la mort, et derrière cette odeur, au comble du paroxysme, la senteur de sa famille. Knight avait-il menti ?

Daniel descendit de son engin et fendit la foule avec détermination et rapidité. Lorsque des membres de sa meute l'aperçurent, ils s'approchèrent rapidement de lui pour l'entourer et le protéger. Et pour protéger tous les autres *de lui.*

Le détective Knight fut le premier à ses côtés.

— Chef, je suis désolé, mais vous devez vous contenir.

Aiden Knight fit un geste habile vers la lueur dans les yeux de Daniel, et ce dernier s'arrêta net. Le souffle incertain et tremblotant, il se concentra pour ravaler sa terreur, ainsi que la bile qui lui montait à la gorge, s'efforçant par tous les moyens de se maîtriser. Lorsqu'il sentit finalement que le loup en lui avait battu en retraite et qu'il avait retrouvé la capacité de parler, il réussit à grogner :

— Dis-moi de qui il s'agit, Aiden…

— Votre oncle, lui avoua-t-il simplement.

Le major Jordan Stark s'avança quelque peu jusque dans le cadre de porte de la maison, comme s'il voulait en bloquer l'accès à son patron.

— Je tiens à vous prévenir, chef. C'est pire que ce que vous croyez, lui dit Stark.

Ça, Daniel s'en doutait déjà. Mais il n'y avait pas que son oncle. En s'approchant de cette maison qu'il ne connaissait pas, d'autres odeurs distinctes étaient devenues perceptibles. Il y avait l'odeur du sang qu'il reconnaissait maintenant comme celui de son oncle. Mais il y avait aussi une autre odeur de sang, et d'après ce que Daniel en savait, c'était une odeur liée à un type de créature surhumaine, mais pas encore une louve-garou. Une latente.

— Bon Dieu, Jordan, dit-il, sa voix se brisant légèrement. Laisse-moi passer, ajouta-t-il en décochant un regard suppliant à son ami.

À côté de lui, le lieutenant Michael Angel fit un signe de tête à Stark, et les deux s'échangèrent un regard, l'air de se dire «Advienne que pourra.» Daniel savait qu'ils croyaient qu'il allait devenir fou. Et il n'était pas vraiment convaincu qu'ils avaient tort.

Jordan fit un pas de côté. Daniel se prépara au pire, comme il le faisait rituellement chaque fois qu'il arrivait sur une scène d'homicide. Puis, il s'engagea dans l'entrée éclairée.

Déjà, il y avait du sang. Du sang, mais, pas de corps pour l'instant. Daniel suivit la répugnante trace rouge dans le salon, puis jusqu'à l'extrémité du couloir où se trouvait une chambre. Il y avait dans cette pièce un grand lit à deux places, et deux corps se trouvaient dessus.

William Kane avait été atteint de coups de feu, à en juger par le seul indice possible, c'est-à-dire la dizaine de trous de balle, au bas mot, sur le devant de sa chemise. Ce n'était évidemment pas ce qui l'avait tué. Il avait aussi été décapité.

Une seule balle, cependant, avait amplement suffi pour tuer la personne qui était avec lui, étendue à moins d'un mètre de son corps, sur le matelas imbibé de sang. Même dans la mort, elle était magnifique. Ses longs cheveux noisette pendaient sur le côté du lit et absorbaient le sang du loup-garou, comme s'ils en étaient assoiffés. Une balle, à bout portant et dans le cœur.

Le même scénario que pour le maire et sa famille.

Le regard de Daniel passa de l'adorable visage de la femme, qui semblait plus que toute autre chose sommeiller doucement, au corps décapité de son oncle, puis à sa tête, qui se trouvait sur le sol à quelques pas du lit.

William Kane était un homme assez jeune, du moins pour un loup-garou. Il avait dix ans de moins que son frère, le père de Daniel, et en raison du mode de vieillissement des loups-garous, même si William avait quarante-cinq ans, il semblait à peine avoir quelques années de plus que Daniel.

Daniel n'aurait jamais voulu l'admettre, mais il appréciait le fait que le visage de son oncle ne soit pas tourné vers lui à ce moment-là. Ses cheveux d'un noir bleuté étaient courts, contrairement à ceux de Daniel, et l'éloquent tatouage d'un hydravion amphibie Grumman Goose à l'arrière de son cou témoignait de sa passion. Il avait toujours aimé les avions et les piloter. Il en avait fait son métier.

L'heure n'était cependant pas aux états d'âme pour Daniel. Un étrange engourdissement lui remontait les jambes et se répandait dans son ventre. En même temps, son cœur s'effondrait dans son estomac, et ses doigts devenaient glacés. De plus, son sang bouillait. Il tournait et bouillonnait comme de l'acide chaud. Daniel serrait et desserrait les poings de chaque côté de lui.

Il avait trouvé sa compagne, songea distraitement Daniel. *Il était en train de la réclamer et de la transformer lorsque tout ça s'est produit.*

William Kane avait eu la chance de trouver la femme qu'il aimait, la femme destinée à passer une éternité de loup-garou auprès de lui et même à porter ses enfants. C'était ce que tout loup-garou désirait le plus au monde. Et il l'avait trouvée quelques secondes trop tard. Quelqu'un lui avait dérobé son rare et précieux cadeau à son dernier souffle.

Ce tueur savait précisément qui était William Kane. La décapitation en était une preuve évidente.

Le détective Knight, qui se trouvait à côté de Daniel, se pencha tout près de lui.

— La blessure mortelle de la latente correspond aux blessures de la famille du maire, dit-il doucement. La balle a été coulée dans le même moule et porte la même marque. Tirée d'un pistolet Glock 9 mm.

Un millier de pensées se bousculèrent dans le cerveau fiévreux de Daniel à cet instant. Cependant, deux d'entre elles retenaient particulièrement son attention, comme si elles étaient écrites en gras et en majuscules, flottant bon gré mal gré en évidence dans sa tête. Quelqu'un à Baton Rouge s'employait à tuer des proches de Daniel. Et cette personne savait qu'il était un loup-garou.

— Lieutenant, où sont Jennings et Mayfield ? demanda-t-il.

Michael Angel, qui se tenait toujours à ses côtés, sortit son téléphone intelligent de sa poche tout en répondant :

— C'est la journée de congé de Jennings, chef. Mais Mayfield s'occupe de la circulation.

Il attendit, le téléphone prêt, comme s'il savait que son patron lui demanderait de faire un appel.

— Envoie Mayfield chez Tabitha immédiatement. Demande-lui de filer Lily, dit Daniel.

Il n'avait pas besoin de dire à ses hommes que les meurtres étaient devenus une affaire personnelle pour lui. Ils en étaient déjà bien conscients.

Pendant qu'Angel faisait l'appel, Daniel sortit son propre téléphone cellulaire de sa poche, et il composa un numéro. Lily ne répondit pas. Il lui laissa un message tout en se demandant où pouvait bien se trouver son téléphone cellulaire blanc. Il ne se souvenait pas qu'elle l'ait eu sur elle lorsque Valentine l'avait sortie du territoire de Cole. Elle avait traversé beaucoup d'épreuves au cours des derniers jours, et selon toute probabilité, le téléphone avait dû être perdu quelque part en cours de route. Il raccrocha lorsqu'il eut terminé son message, puis il rappela Tabitha. Elle ne répondait toujours pas. Il lui laissa un message, maudissant mentalement les femmes en général, et il raccrocha.

— Mayfield est en chemin, chef, lui annonça Angel en raccrochant avant de remettre son téléphone cellulaire dans sa poche. J'ai aussi appelé Jonathan. Il a dit qu'il se rendrait aussi chez votre sœur, juste au cas.

Daniel le remercia. Le lieutenant se tourna ensuite vers les autres hommes dans la pièce et rejoignit les experts de l'équipe médicolégale. Il devait s'assurer que rien de fâcheux ne se retrouve dans le bureau du coroner — rien qui ne trahisse ce qu'ils étaient.

Stark fit un signe de tête à Daniel et rejoignit Angel, laissant Daniel seul avec Knight.

— Vous allez tenir le coup ? lui demanda Knight, se tournant complètement face à lui.

Daniel observa son ami un long moment en silence. Il n'y avait évidemment pas de bonne réponse à cette question. Mais Daniel hocha positivement la tête de toute manière, donna une tape sur l'épaule de Knight, puis tourna les pieds et quitta la maison sans se retourner.

* * * *

Lily roula sur le lit et sentit immédiatement le vide laissé par Daniel depuis la dernière fois qu'elle s'était retournée. Elle ouvrit rapidement les yeux et se redressa.

Il était parti.

Elle cligna des yeux et fronça les sourcils. Elle baissa le regard sur son corps et les couvertures. Elle était encore nue, et les draps étaient froissés. Elle cligna encore des yeux alors que les souvenirs lui revenaient en rafales.

Elle leva alors les doigts pour se palper les deux côtés du cou. Les plaies étaient évidentes et sensibles au toucher, mais en les touchant, elle sentit aussi ses lèvres former un sourire.

Elle prit une profonde inspiration purifiante et se laissa retomber sur le lit, entourant les couvertures de ses longues jambes avec la grâce languissante d'un chat comblé.

— Daniel Kane, tu ferais mieux d'avoir une sacrée bonne raison d'avoir quitté mon lit, marmonna-t-elle doucement en souriant toujours.

Après quelques moments passés voluptueusement et paresseusement au lit, elle s'étira encore et se leva. Elle devait prendre une douche. Elle se sentait collante entre les jambes, et elle voulait nettoyer les plaies de son cou.

Elle se rendit au placard de la chambre d'amis. Par chance, comme elle y avait entreposé quelques-uns de ses propres vêtements longtemps auparavant, elle n'eut pas de difficulté à se choisir un ensemble qu'elle emporta avec elle à la salle de bain.

Sans aucune retenue, toujours complètement dévêtue, elle ouvrit la porte et sortit dans le couloir. Elle savait d'instinct qu'elle était seule dans la maison. Elle n'entendait personne d'autre. Aucun souffle. Aucun battement de cœur.

À cette pensée, elle s'arrêta net.

Aucun battement de cœur ? Je peux affirmer qu'il n'y a aucun battement de cœur.

Elle écouta. Elle pouvait entendre les enfants jouer dans la cour arrière de la maison de l'autre côté de la rue. Ils discutaient. Non, ils *chuchotaient*, et pourtant, elle les entendait.

Elle pouvait entendre un homme arroser sa pelouse, utilisant ses doigts pour faire pression sur l'extrémité du boyau d'arrosage. Elle reconnaissait cette façon de faire ; elle savait qu'il s'agissait de monsieur Broden, qui habitait cinq maisons plus loin.

Elle pouvait entendre une vibration, un genre de bourdonnement électrique continu. Puis un tic. Puis un tac. Puis un bourdonnement plus aigu qui reprenait au même endroit où avait cessé le premier. Elle savait, sans même avoir à vérifier, qu'il s'agissait d'un feu de circulation. Elle avait déjà entendu ce bruit caractéristique. Elle le reconnaissait. Mais le feu de circulation le plus près se trouvait à un pâté de maisons.

— Oh, mon Dieu, marmonna-t-elle.

Elle entendait *tout*.

Et son odorat lui permettait aussi de sentir plus d'odeurs. Quelqu'un dans le voisinage avait sorti ses vidanges une journée d'avance. Le voisin de Tabitha échouait dans sa tentative de cesser de fumer. L'autre voisin faisait brûler des bougies parfumées. Un animal tout près venait tout juste de mettre bas ; Lily pouvait sentir le placenta. Et les fleurs de cerisier à quelques maisons de distance étaient mûres et en floraison.

Elle pouvait même sentir Daniel. Sur sa propre peau.

Elle fut prise d'une bouffée de chaleur à cette pensée, et elle ne savait plus vraiment au fond d'elle-même si elle souhaitait toujours prendre une douche — elle ne voulait pas se départir de l'odeur de Daniel. Elle se sentait plutôt sensuelle, comme un animal en chaleur.

Que lui arrivait-il ? D'instinct, elle porta une fois de plus les doigts aux marques dans son coup.

— Il m'a transformée ! s'exclama-t-elle de vive voix.

Comme si le fait de dire ces mots à voix haute lui faisait prendre davantage conscience de la vérité, elle chancela et dut s'appuyer contre le mur pour ne pas perdre l'équilibre.

— Je suis devenue une louve-garou.

À ces mots, elle cligna quelques fois des yeux, s'appuya d'une main contre le mur pour se redresser, puis continua d'avancer dans le couloir, pratiquement sur le pilote automatique. Elle se sentait un peu abasourdie, comme prisonnière d'un rêve dont elle ne pourrait jamais s'échapper. Elle ne connaissait après tout que depuis quelques jours l'existence des loups-garous.

Et elle faisait maintenant *partie* de l'espèce ! Ça aurait été suffisant pour faire paniquer n'importe qui.

Par ailleurs, même si elle était dépassée par la tournure irréaliste des événements dans sa vraie vie, elle ne pouvait pas nier qu'elle se sentait également... *bien*. *Vraiment* bien.

Elle se sentait plus forte. Elle avait l'impression qu'elle serait capable de défoncer le mur d'un coup de poing si elle le voulait. Ou d'arracher une porte de ses gonds.

Lily tourna le coin du couloir et entra dans le salon. Elle ne l'admettrait jamais ouvertement, mais en vérité, elle se sentait également magnifique, probablement aussi fière d'elle que pouvait l'être un mannequin de sa personne. Ou Wonder Woman. Elle se sentait sexy comme dans un rêve où aucun homme ne peut résister à vos charmes et où tous les garçons veulent vous inviter à danser.

Elle sourit légèrement et secoua la tête. Une note sur la table basse attira son attention. Elle était rédigée d'une main d'homme, en lettres majuscules. Ce n'était absolument pas l'écriture cursive et ronde que Lily associait depuis long-temps à la main de Tabitha.

Lily se dirigea vers la table et, tenant ses vêtements sur un bras, elle ramassa la note. Elle lut les mots lentement, ses sourcils se fronçant avant qu'elle ne termine sa lecture. Puis, elle les lut une deuxième fois.

Elle se sentit tout de suite triste, mais pas pour elle-même. Pour Daniel.

— C'est toute une vie que tu as choisie, chef, dit-elle doucement.

Pour se faire ainsi arracher cruellement au lit de sa douce et se retrouver propulsé sur une scène de meurtre, il fallait vraiment avoir la vocation. Elle était très désolée pour lui.

Et inquiète, aussi. Serait-ce toujours ainsi ? Baton Rouge n'était pas Chicago, ni Detroit, ni New York, mais ce n'était pas non plus Hanalei, dans les îles d'Hawaï. Il y avait ici un taux de criminalité assez important et une bonne part de crimes violents.

En poussant un soupir bien senti, Lily laissa retomber la note sur la table et se dirigea vers la salle de bain pour prendre sa douche.

Trente minutes plus tard, elle était propre et habillée, et elle avait peigné ses longs cheveux dorés avec ses doigts. Elle sortit sa brosse à dents du tiroir où elle l'avait laissée lorsqu'elle était venue visiter Tabitha, et elle saisit ensuite le tube de dentifrice sur lequel elle appuya fortement pour en expulser une généreuse quantité sur les poils de la brosse. De sa main libre, elle essuya finalement la buée accumulée sur le miroir.

Lorsqu'elle vit son image, elle laissa immédiatement tomber la brosse à dents dans l'évier.

Ses yeux bruns aux taches dorées n'avaient plus que de simples taches dorées, désormais. Ils étaient totalement dorés, et ils *luisaient*.

Son cœur se mit à battre à toute vitesse. Son souffle s'accéléra aussi. Sa peau ne présentait aucune imperfection ; elle semblait luire, comme éclairée de l'intérieur. Ses cheveux blond miel miroitaient vaporeusement, même s'ils étaient mouillés. Ses dents semblaient encore plus blanches qu'auparavant.

— *Sainte Mère...*, murmura-t-elle.

Elle ne se sentait pas seulement magnifique ; elle l'était vraiment.

* * * *

Tabitha ne savait plus trop comment les choses s'étaient passées, et elle s'en fichait presque, mais elle était plus contente qu'elle n'aurait osé l'admettre d'être étendue auprès d'un homme — d'un loup-garou — aussi incroyablement puissant et sexy que James Valentine. Elle avait passé un bras sur la poitrine de ce dernier et avait appuyé sa tête contre son biceps. Des doigts de sa main gauche, il jouait distraitement dans les cheveux noir bleuté de Tabitha.

Celle-ci prit une profonde inspiration, se délectant de la senteur de James. Puis, rassemblant son courage, elle lui posa une question qui lui hantait l'esprit depuis qu'il avait fait cet appel téléphonique à sa meute alors qu'ils étaient dans l'avion en direction du Nouveau-Mexique.

— James…, commença-t-elle en se mordant la lèvre. Pourquoi travaillais-tu pour Cole?

Valentine baissa le regard vers Tabitha, qui avait les yeux levés vers lui, et il sembla considérer la question prudemment. Finalement, il la serra un peu plus dans ses bras et soupira.

— Je suis né dans une petite ville de l'Arizona en 1881. Ma compagne allait naître en 1933, au Mississippi. Elle était magnifique; une latente d'une beauté à couper le souffle. Mais elle a eu la malchance de venir au monde sous les pires traits qu'il était possible d'avoir à cette époque et à cet endroit.

Son expression devint distante.

— Elle avait la peau noire, devina Tabitha.

James acquiesça d'un hochement de tête, et lorsqu'il continua, Tabitha put presque voir les images défiler derrière ses yeux vif-argent. Elle s'habituait aux vagues de puissance qui émanaient du loup-garou alpha à ce moment. Pour l'instant, cependant, il s'agissait de vagues de tristesse. Il était habité d'une colère qui ne s'estomperait jamais totalement.

— Nous nous sommes rencontrés en 1955, et ce fut le coup de foudre. Nous nous sommes accouplés, je l'ai transformée, et elle est tombée enceinte, dit-il, s'interrompant avant de continuer sur un ton plus calme. Elle était très croyante, même s'il m'est arrivé plus d'une fois de lui faire vivre des contradictions en raison de notre singularité — des êtres surnaturels — continua-t-il avec un petit sourire, d'une voix encore empreinte d'amour, comme le remarqua Tabitha. Mais elle était entêtée. Elle insistait pour qu'on se marie. Il était impossible de discuter avec elle, surtout après sa transformation.

Il soupira.

— Nous nous sommes donc mariés dans la plus stricte intimité dans la seule église où il était possible de trouver un pasteur acceptant qu'un homme blanc et une femme noire puissent s'unir dans les liens sacrés du mariage. J'avais des réserves. Nous en avions tous les deux. Nous savions ce que disaient les gens. Bordel, je pouvais les entendre à un kilomètre à la ronde.

Il haussa les épaules sous la tête de Tabitha.

— Mais nous les avons gardées pour nous.

Il s'arrêta, puis il poussa une profonde expiration apaisante, comme pour se redonner des forces avant de continuer.

— Ils ont incendié notre maison un matin, alors que j'étais absent. Ma femme était enceinte de neuf mois ; la grossesse chez les louves-garous est de la même durée que celle des humaines. Elle avait passé une dure nuit. Notre fils lui donnait des coups de pied dans les côtes.

Tabitha vit des ombres traverser son beau visage. Ses yeux gris luisirent légèrement.

— Il ne la laissait jamais dormir...

Il resta silencieux de longues minutes. Tabitha savait qu'elle ne devait pas rompre ce silence.

Il s'éclaircit finalement la gorge et continua.

— Lorsque je suis rentré, le plancher de l'étage s'était déjà affaissé. Nos voisins m'ont supplié de ne pas entrer. Mais je devais essayer.

Il baissa les yeux vers Tabitha et fit un signe vers la cicatrice qu'il avait au bras, puis vers une autre sur sa joue.

— Je l'ai trouvée au rez-de-chaussée. Elle était tombée lorsque les poutres de bois du plancher de la chambre avaient cédé sous elle. Ils lui avaient...

Il se ferma les yeux.

Tabitha retint son souffle.

— Ils lui avaient ouvert le ventre pour en sortir mon fils, et elle n'avait pas eu la chance de guérir complètement avant que le bébé et elle soient coincés dans l'incendie, poursuivit-il en rouvrant les yeux, fixant le plafond sans le voir. Leurs cœurs ne battaient plus.

Tabitha sentit les larmes lui monter aux yeux. Son ventre se serra, et elle leva doucement la main pour toucher la joue de James. Elle ne pouvait pas imaginer l'enfer qu'il avait dû endurer — trouver le corps magnifique de sa femme, torturé et brûlé au point d'être méconnaissable. Puis trouver son enfant assassiné. La douleur qu'elle ne pouvait pas imaginer était tout de même insupportable. Elle n'avait pas besoin de lui dire qu'elle était désolée. Il le savait déjà. Mais elle ne put s'en empêcher.

— James... mon Dieu, commença-t-elle avant de s'arrêter pour déglutir, je suis vraiment désolée.

James prit une minute pour se calmer, puis il continua, la partie suivante de son histoire étant manifestement beaucoup moins douloureuse pour lui que la première.

— Quelques semaines plus tard, j'ai été abordé par un homme aux yeux verts. Je sentais qu'il était un loup-garou. Donc, lorsqu'il m'a demandé si j'avais une minute à lui consacrer, j'ai répondu que oui. Je n'avais rien à perdre.

— Cole ?

James hocha positivement la tête.

— Il m'a dit qu'il pourrait trouver les hommes qui avaient tué ma femme. Il ne voulait pas me préciser comment, mais ça m'était égal. Il les a retracés, et je les ai tués.

Il s'arrêta une fois de plus pour laisser les souvenirs lui remonter à l'esprit.

— Par la suite, j'ai travaillé pour lui par intermittence. J'avais l'impression d'avoir une dette envers lui.

Tabitha attendit un long moment avant de poser sa question suivante, puis elle la formula avec le plus de soin possible.

— A-t-il tué toutes ces autres personnes ?

James, à son tour, prit son temps pour répondre.

— Non, répondit-il finalement tout simplement.

Tabitha fronça les sourcils.

— Comment peux-tu le savoir ?

— Durant longtemps, je ne l'ai pas su. J'ai pensé qu'il se pouvait peut-être que ce soit lui le meurtrier. Il disparaissait à des moments étranges — il était carrément introuvable. Et il se trouvait que ses absences survenaient toujours exactement aux moments où se produisaient les meurtres les plus atroces dont on entendait le plus parler. Des meurtres en série. Des choses du genre.

— Mais ?

James eut un petit sourire.

— Mais une fois, juste après l'une de ses disparitions, je suis parti à sa recherche. Et je l'ai trouvé. Il est apparu comme par magie, le souffle court et couvert de sang. Il sanglotait, lui répondit James, s'interrompant pour réfléchir à un détail. C'est à ce moment que j'ai su. J'ai su qu'il y avait un lien, d'une certaine manière, mais qu'il n'était pas coupable. Il n'était pas coupable de la mort des innocents.

Tabitha ne trouva rien à répondre. C'était une réponse qui engendrait plus de questions.

— Il a sauvé Lily de l'incendie au Nouveau-Mexique, continua James, puis il l'a laissée partir... C'était totalement contraire à l'image que véhiculent sur lui les loups-garous depuis des décennies. Son geste m'a fait beaucoup plus songer au Malcolm Cole qui m'a aidé à retrouver les tueurs de ma femme il y a cinquante ans.

Tabitha réfléchit à ces paroles dans un silence stoïque. Puis, elle tira résolument les couvertures sur eux et ferma les yeux pendant qu'il l'entourait de ses bras robustes.

CHAPITRE DIX-SEPT

BON FLIC, MAUVAIS FLIC

Lily ajusta nerveusement le petit foulard de soie qu'elle avait noué autour de son cou. Elle se sentait tellement comme Sookie Stackhouse dans *True Blood* que c'en était tout simplement ridicule. À quel point pouvait-elle être si prévisible ?

Elle devait se rappeler que les vampires n'existaient pas vraiment et que pratiquement personne ne connaissait non plus l'existence des loups-garous ; quiconque remarquerait le foulard croirait simplement qu'il s'agissait d'un accessoire de mode. En plus, c'était plutôt joli. Kelly, la barista chez Starbucks, toujours très franche avec elle, le lui avait dit. Et la couleur allait bien avec ses cheveux.

Bon Dieu, je suis ridicule, songea Lily. *J'ai l'air d'une adolescente.*

Elle soupira et s'appuya contre le dossier de la chaise noire d'une des nombreuses tables disposées à l'extérieur du café. Le soleil était apparu à l'horizon à peine quelques petites minutes auparavant. Elle ne se levait jamais si tôt. Elle était par nature un oiseau de nuit. Mais elle vivait tant de choses intérieurement et extérieurement qu'il lui aurait été absolument impossible de rester à la maison.

Elle avait perdu son téléphone cellulaire quelque part entre la maison de Tabitha et celle de Daniel, mais comme Tabitha avait un téléphone fixe pour son ordinateur, Lily l'avait utilisé pour tenter de joindre son amie sur son téléphone cellulaire. Elle était tombée directement dans sa boîte vocale. Lily sourit. *Je mettrais ma main au feu que je sais pourquoi*, songea-t-elle. Et elle ne voulait pas déranger Daniel. Les vies d'innocents étaient actuellement entre ses mains.

Elle avait ensuite composé le numéro d'une compagnie de taxis. Elle avait pris une voiture jusqu'à son propre appartement pour aller y récupérer de l'argent, son permis de conduire et quelques autres articles dont elle avait besoin. Elle les avait fourrés dans un sac à main, puis elle avait conduit sa propre auto jusque sur Bluebonnet Boulevard. Elle commençait à bien connaître cette artère.

Lily prit alors une profonde inspiration, puis elle expira lentement. Elle pouvait sentir le café, les gaz d'échappement de la rue, la pluie de la nuit précédente et la terre fraîche d'un jardin dans les environs. Elle pouvait entendre les gens parler à l'intérieur. Elle devait d'ailleurs se faire violence pour résister à l'envie d'écouter les conversations privées. Elle entendait battre les cœurs des personnes.

L'un d'eux était de plus en plus bruyant. De plus en plus près.

— Mademoiselle St. Claire?

Lily leva les yeux, faisant presque l'erreur de retirer ses lunettes de soleil en même temps. Elle les avait mises après avoir constaté qu'elle ne savait pas encore, du moins pour l'instant, comment se servir de ses pouvoirs de loup-garou pour éliminer la lueur brillante de ses yeux. Et Daniel n'était pas auprès d'elle pour le lui apprendre. Par chance, le soleil était déjà haut à l'horizon, si éclatant et agaçant qu'il obligeait presque les gens à porter leurs verres fumés.

Un homme se tenait à côté de la table, tenant dans une main un livre à couverture rigide et dans l'autre un gobelet de café entouré d'un manchon de carton. Il avait de courts cheveux brun-noir et des yeux bleu-gris. Lily le reconnut immédiatement.

Elle avait fréquenté la même école secondaire que lui une éternité auparavant, et il était maintenant un collègue de Daniel. Il ne portait pas son uniforme à ce moment-là, mais elle se rappelait vaguement qu'il était l'un des hommes assis dans la voiture identifiée qui se trouvait devant la maison de Daniel quelques jours plus tôt.

— Oui ? fit-elle en se redressant sur sa chaise. Agent…

Elle chercha son nom dans ses souvenirs. *Allan* quelque chose.

Il eut un sourire compréhensif et rougit légèrement.

— Je suis désolé. J'oublie parfois que je ne porte pas toujours mon insigne d'identité. Tu ne te souviens probablement pas plus de moi à l'école secondaire…

— En fait, oui, insista-t-elle doucement. C'est bien Allan, n'est-ce pas ?

Il cligna des yeux, puis il sourit également, une parfaite copie conforme d'un jeune Anthony Michael Hall venant d'apprendre qu'il avait attiré l'attention de la reine du bal.

— Ouais, c'est exact. Allan Jennings.

Il posa son café sur la table à côté d'eux, et il lui tendit amicalement la main, qu'elle accepta de lui serrer avant d'incliner la tête de côté.

— Jennings. Tu vois, si j'ai bonne mémoire, dit-elle, tu étais tout un génie en classe. N'étais-tu pas le capitaine de l'équipe de débatteurs? Et n'as-tu pas obtenu ton diplôme avec toutes sortes de mentions d'honneur?

Il rougit et leva la main, comme pour lui épargner la tâche d'en dire davantage.

— Je m'en suis sorti décemment.

Lily sourit à ces mots. Il était humble. *Mais il doit être très nerveux,* songea-t-elle. Elle trouvait étrange de pouvoir sentir le cœur d'Allan battre aussi fort.

— Eh bien... je croyais que tu deviendrais avocat ou politicien. Ou peut-être comptable au service des vedettes, dit-elle en lui faisant un sourire aux dents parfaitement blanches. Mais que fais-tu donc dans les forces de l'ordre?

Il saisit son café et prit une gorgée qui le fit tressaillir parce qu'elle était trop chaude, puis il haussa les épaules.

— Tu sais ce que c'est. Comme les *geeks* qui rêvent de jouer au football.

Lily rit. Il était plutôt charmant. Il devait mesurer quinze centimètres de plus qu'à l'école secondaire, et il était aujourd'hui bien bâti. Elle jeta un coup d'œil à son annulaire, une vilaine habitude de sa part lorsqu'elle rencontrait un homme le moindrement bien de sa personne. Pas de bague.

Et comme elle en avait aussi la vilaine habitude, elle se demanda pourquoi.

— J'en conclus que c'est ta journée de congé? demanda-t-elle, se doutant bien que ce devait être le cas, puisqu'il n'était pas avec Daniel sur la scène de crime.

Il hocha positivement la tête, et elle lui fit signe de s'asseoir en face d'elle.

— Je ne veux pas être présomptueuse, mais daignerais-tu te joindre à moi? Comme j'ai été snobée à la fois par ma meilleure amie et par mon copain, j'accepterais volontiers d'avoir de la compagnie.

Elle aurait vraiment voulu enlever ses lunettes de soleil, car elle avait toujours trouvé impoli de parler à autrui en ayant les yeux cachés derrière des verres fumés. Mais elle n'était pas sûre qu'elle pouvait courir le risque que Jennings — ou n'importe qui d'autre, d'ailleurs — remarque l'étrange lueur dans ses yeux devenus tout à fait dorés.

Jennings haussa les épaules, hocha la tête et s'assit en tentant une fois de plus d'avaler une gorgée de café. Il posa son livre sur la table et s'appuya contre le dossier de la chaise.

— Tu sais, tu n'avais pas de si mauvaises notes non plus à l'école, selon mes souvenirs. Tu t'en es plutôt bien sortie. J'ai entendu dire que tu es travailleuse sociale.

Lily hocha positivement la tête.

— Je suppose que mes parents n'étaient pas assez détraqués pour que j'aie ma juste part de problèmes familiaux. Il me fallait donc, j'imagine, absorber aussi ceux de tous les autres.

À ces mots, il manifesta son désaccord d'un signe de tête.

— En fait, ça correspond bien à ce que tu es. À l'école, tu étais toujours celle qui prenait la défense des plus faibles. Une fois, tu m'as même défendu.

Lily cligna des yeux.

— Tu blagues.

Elle ne s'en souvenait pas. Mais à vrai dire, il avait raison ; elle avait défendu beaucoup d'élèves, et ce, dès la maternelle. Elle ne se souvenait pas de leurs noms, juste de la colère qu'elle ressentait lorsqu'elle les voyait se faire harceler. Elle voyait toujours rouge à chaque occasion, et elle sautait toujours tête baissée dans la mêlée.

— Non, dit Jennings en souriant, je ne blague pas. Tu te souviens de Rosella Barrios et de son copain ?

Lily hocha la tête.

— Oh, ouais. Je me souviens d'elle. *Et* de lui.

Comment oublier ? Rosella et Tabitha avaient été des ennemies jurées à l'école. Barrios lui avait fait tous les coups possibles, que ce soit étendre de la vaseline sur le cadenas de son casier ou alors carrément mettre le feu à celui-ci. Sa brute de copain n'était pas mieux.

— J'ai entendu dire que Martin Gomez était maintenant derrière les barreaux, dit Lily.

Jennings lui fit signe que oui.

— Mais bien avant sa période de vols de voitures et d'entrées par effraction, son passe-temps principal était de me faire la vie dure. Un mardi matin, il m'a arraché ma guitare des mains, et il l'a trimballée dans toute l'école en courant, lui confia-t-il en la fixant d'un regard sincèrement admiratif. Tu l'as pourchassé, et tu la lui as reprise.

Lily fixa Allan à travers ses lunettes de soleil. Elle ne put s'empêcher de les enlever pour mieux le dévisager.

— Ah, mon Dieu, je m'en souviens *très bien*. Par contre, je ne savais pas que c'était ta guitare. Je savais simplement que ce n'était pas *la sienne*.

Elle avait coincé Gomez contre la clôture au fond du terrain de stationnement. Il avait ri de sa folle ténacité de « petite blanche », et il lui avait remis la guitare en secouant la tête. Elle était revenue avec l'instrument, mais entre-temps, la cloche avait sonné, et il ne restait personne dans les couloirs. Elle était donc allée la porter au secrétariat.

Et voilà qu'elle apprenait maintenant à qui appartenait cette guitare. Apparemment, c'était celle d'Allan. Lily secoua la tête et rit doucement.

— J'espère qu'elle ne s'est pas endommagée pendant que je courais après Martin.

— Non, la rassura Allan. Remarque, tu ne t'en serais pas rendu compte. Je jouais comme un pied.

Il soupira et recula sa chaise en se levant lentement.

— Ce fut un plaisir d'avoir de vos nouvelles, Mademoiselle St. Claire…

— S'il te plaît, l'interrompit-elle, appelle-moi Lily.

Il sourit et hocha la tête.

— Lily, ce fut un vrai plaisir. Je dois malheureusement me rendre à un rendez-vous, mais je te reverrai sûrement. Peut-être en compagnie de vauriens pendant que vous vous baladez sur des motos volées, qui sait ?

Lily rougit et se couvrit le visage des mains.

Il rit.

— À un de ces quatre.

Elle rit et le chassa. Lorsqu'elle releva les yeux, elle le vit monter dans une Dodge Challenger argentée stationnée en bordure du trottoir, plusieurs voitures plus loin. Il alluma le moteur et s'éloigna. Lily le regarda partir, se demandant silencieusement pourquoi le cœur du policier battait si fort et si vite. Elle n'était pas encore habituée à la finesse de son nouvel odorat, mais sans en être certaine, elle aurait pu jurer, assez soudainement, que Jennings dégageait une odeur de… *colère*.

Elle haussa les épaules et termina son café. Elle prit ensuite un bonbon à la menthe, le croqua et lança son gobelet dans la poubelle.

L'air était très humide, ce matin-là, et elle sentait un orage approcher. Comme humaine, elle arrivait déjà à le prédire auparavant ; maintenant elle en était presque certaine. Le ciel était peut-être encore parfaitement dégagé, mais d'ici quatorze heures, il y aurait du tonnerre et des éclairs.

Elle sourit. Elle quitta la terrasse du Starbucks et s'éloigna sans se presser sur Bluebonnet Boulevard en direction du Mall of Louisiana, où elle avait garé sa voiture.

Le temps qu'elle se rende à destination, le vent s'était déjà levé. Lily regarda le ciel en ouvrant la portière. Au loin, de menaçants nuages noirs orageux s'approchaient de la ville. Elle se glissa sur son siège tandis qu'un très faible coup de tonnerre lui parvenait aux oreilles. Elle se demanda si elle était la seule, dans le terrain de stationnement, à pouvoir l'entendre.

Puis, elle se figea. Car malgré le tonnerre, elle entendait un autre bruit. Rapide et fort, comme un tambour.

Avant qu'elle puisse exactement se rendre compte que c'était là le bruit d'un battement de cœur, la personne qui se trouvait sur la banquette arrière se dressa vers l'avant pour lui passer énergiquement le bras autour du cou, la tirant brusquement contre le dossier de son siège. Elle ne s'était jamais méfiée. L'homme avait un revolver dans l'autre main, au bout duquel avait été fixé un silencieux.

Sans perdre un instant, il poussa le canon de l'arme contre la cage thoracique de Lily, et il appuya sur la gâchette. Une fois, deux fois, trois fois, puis une quatrième et une cinquième fois. Et il tira encore et encore dans sa poitrine jusqu'à ce qu'il n'y ait plus de balles dans le chargeur du revolver 9 mm, laissant dix-sept trous dans le corps de Lily, désormais inconsciente — des trous qui cherchaient déjà à se refermer.

Allan Jennings ouvrit la portière du côté passager de la voiture de Lily, puis il sortit et referma la portière, jetant un coup d'œil à la ronde. Personne ne lui prêtait attention. Il remonta ensuite dans la voiture du côté conducteur, poussant le corps de Lily du côté passager pour se faire de la place. Du sang s'échappa des plaies de la jeune femme, mouillant ses vêtements et le tissu des sièges sous elle.

Jennings ne perdit pas de temps ; il sortit rapidement une paire de menottes de sa poche arrière et les passa aux poignets de Lily après lui avoir mis les bras dans le dos.

— On ne t'a jamais dit de regarder sur la banquette arrière avant de monter dans ton véhicule, Lily ?

Il verrouilla les menottes, puis il en saisit une autre paire accrochée à la taille de son jean sous son t-shirt. Ces deux paires de menottes particulières n'étaient pas conçues pour des humains, mais bien pour des loups-garous. Elles pouvaient s'agrandir davantage que les menottes normales de la police. Et Lily avait de petites chevilles. Il put facilement lui restreindre les jambes.

Lorsqu'il l'eut bien immobilisée, il se redressa sur son siège et la regarda. Les balles tirées à bout portant ne la tueraient pas, mais elle avait presque instantanément perdu connaissance, exactement comme il l'avait prévu. Ça se passait toujours ainsi.

Lily était maintenant étendue les yeux fermés, la tête appuyée contre la portière. La manière dont elle était menottée avait pour effet de lui projeter les épaules vers l'arrière, mettant ses clavicules et ses seins en évidence.

Jennings en avait mal à l'entrejambe.

Les cheveux de Lily ressemblaient à des fils d'or dans la lumière de ce début de matinée, en dépit des éclaboussures de sang qui gâchaient leur étincelante douceur. Sa peau pêche dorée n'avait pas d'imperfections. Mais quant à lui, elle avait toujours été parfaite.

Son regard bleu-gris tomba sur le foulard qu'elle avait autour du cou, et lentement et avec détermination, il dénoua le tissu soyeux pour retirer le foulard, exposant les marques qui ressemblaient à des morsures de vampires.

Son regard s'assombrit, et sa mâchoire se serra. Il eut un air sévère. Puis, il se tourna vers l'avant, glissa un autre chargeur dans son Glock et posa l'arme sur ses cuisses. Il tourna ensuite la clé dans le contact, actionna le levier de vitesse et sortit du terrain de stationnement.

CHAPITRE DIX-HUIT

L'INFILTRÉ

— Elle devait être à pied, mais son odeur disparaît tout à coup.

Jonathan Kane se tourna le visage face au vent, qui commençait vraiment à se lever. De minuscules gouttelettes de pluie lui mouillaient le côté du visage. À ses côtés, James Valentine reniflait l'air tout en écoutant. Ils étaient devant la maison de Tabitha. Lily était partie.

— Peux-tu ressentir sa présence ? lui demanda doucement Tabitha.

Valentine la regarda fixement d'un air impassible. Il secoua négativement la tête et n'ajouta rien.

Au même moment, une voiture de police identifiée qui s'approchait s'arrêta tout près sur le bord du trottoir. Tabitha reconnut le chauffeur, se rappelant qu'il était l'un des hommes qui avaient été postés devant la maison de son frère quelques jours auparavant. Elle se souvenait du fait qu'il s'appelait Mayfield. Elle le salua d'un signe de tête, salut qu'il lui rendit en sortant de la voiture. Il s'approcha en montrant soudain des signes d'inquiétude.

— Ne me dites pas qu'elle est partie, dit-il d'un ton presque désespéré.

Tabitha hocha la tête

— Je crois bien que si, probablement avant le lever du soleil.

Mayfield leva la main, comme pour lui faire signe de ne pas en dire davantage, puis il se pinça l'arête du nez de l'autre main.

— Je ne voulais vraiment pas entendre ça, marmonna-t-il. Le chef va me congédier.

Tabitha se passa une main dans ses longs cheveux noir bleuté et se mit à réfléchir attentivement. *Les gens ne peuvent quand même pas se téléporter,* songea-t-elle. *Si son odeur est soudainement disparue, c'est que Lily aura cessé de marcher.* Elle cligna des yeux et se donna presque une tape sur le front. *Que je suis bête ! Elle est montée dans une voiture.*

— Je ne crois pas qu'elle ait pu aller très loin à pied, agent Mayfield ; je pense plutôt qu'elle est montée dans un véhicule. Pouvez-vous vérifier auprès des compagnies de taxis du quartier ?

Jonathan Kane se tourna et regarda sa petite-fille avec beaucoup de fierté. Tabitha rougit légèrement. À côté d'elle, James observait et écoutait attentivement pendant que Mayfield saisissait la radio fixée à sa ceinture pour communiquer avec une autre personne.

Quelques minutes plus tard, ils connaissaient le nom de la compagnie de taxis contactée par Lily, ainsi que la destination de la jeune femme. James se dirigea immédiatement vers sa berline noire, suivi de près par Tabitha et son grand-père. Mayfield retourna vers sa voiture de patrouille.

Lorsque tous furent assis, les deux voitures se mirent en route, Mayfield roulant devant pour les guider. Tabitha n'avait maintenant qu'à rappeler son frère. Il lui avait laissé le message de le rappeler, et voilà qu'elle devrait lui annoncer que Lily était partie. Il n'y avait probablement pas trop matière à s'inquiéter, mais James avait dit qu'il ne ressentait pas sa présence. Et Tabitha n'était pas certaine de savoir ce qu'il fallait en penser. Elle ne pouvait imaginer qu'un protecteur ne puisse pas ressentir sa protégée. Lui mentait-il ? Et si c'était le cas, *pourquoi* ?

D'un autre côté, Tabitha n'avait jamais connu de protecteur ; ce n'était pas un droit accordé à la légère, puisqu'il venait avec une bonne part de pouvoirs supplémentaires. C'était possible que Lily se balade en ville dans son nouveau corps de louve-garou, profitant de la liberté qui accompagnait sa transformation. Elle était peut-être tout simplement trop loin pour que James puisse la ressentir.

Ouais. Tabitha se limita à cette explication. Car l'autre possibilité était tout simplement trop horrible pour qu'elle veuille y penser.

D'une manière ou d'une autre, elle devait informer Daniel. Tabitha sortit donc son téléphone cellulaire de son sac à main, et elle se prépara à s'excuser, une fois de plus, d'avoir éteint son appareil. Elle appuya sur un numéro de composition rapide et attendit.

Daniel répondit à la première sonnerie, sûrement sans avoir regardé son afficheur, car il ne dit qu'un mot.

— Kane.

— Hé, grand frère, c'est moi.

— Tabitha ? fit-il, la voix immédiatement très inquiète. Ne viens pas me dire que…

— Nous nous dirigeons vers Bluebonnet Boulevard, dans le secteur du Mall of Louisiana, dit-elle en essayant de garder sa voix la plus nonchalante possible. Il semble que Lily ait décidé d'aller faire du lèche-vitrine.

Il y eut une brève pause intense.

— Je vous y retrouve, répondit Daniel, rompant le silence.

* * * *

Daniel n'avait pas encore annoncé à sa sœur que leur oncle était mort. Pis encore, il n'avait pas annoncé à son grand-père que son fils était mort. Jonathan Kane avait déjà perdu un fils ; le père de Daniel était mort des années auparavant.

Brandon Kane et sa femme, la mère de Daniel, Genevieve, étaient partis en camping pour célébrer leur anniversaire de mariage. Ils avaient été assassinés, et puisqu'ils étaient tous deux des loups-garous, Daniel avait toujours présumé que le meurtre avait été très macabre. Il n'existait que quelques méthodes brutales pour tuer un loup-garou. Et aucune d'entre elles n'était jolie.

Mais Jonathan avait caché ces détails à ses petits-enfants, peut-être avec sagesse.

Maintenant, William était mort lui aussi.

Un parent ne devrait jamais être témoin de la mort de son enfant. La nature n'est pas faite ainsi. Il est déjà suffisamment pénible d'accepter une mort naturelle. Comme personne dans la vraie vie n'est appelé à vivre l'étrange histoire de Benjamin Button, la mort d'une personne plus jeune que soi est vraiment plus douloureuse pour celui ou celle qui reste. Trop difficile à supporter pour quiconque.

Pourquoi Daniel avait-il l'impression que tant de personnes, loups-garous comme humains, devaient malgré tout composer avec cette épreuve ? Il avait tant de fois constaté la chose au fil des ans. Comme policier, il n'y échappait pas. Les petits cercueils…

En montant sur sa moto, qu'il fit démarrer, il se surprit de sa nouvelle attitude envers son travail. Il se sentait blasé. C'était la première fois que ça lui arrivait. Il avait toujours rêvé d'être policier, d'aussi loin qu'il se souvenait, et il était maintenant chef du service de police de Baton Rouge.

Allait-il maintenant devenir amer ?

Il sortit la moto du terrain de stationnement du poste de police, oubliant cette fois son casque. Le trajet jusqu'au Mall of Louisiana se fit rapidement malgré la pluie qui tombait maintenant à verse. Dans un sens, il regrettait son choix de véhicule ce jour-là. Les rues mouillées étaient glissantes, et se sortir indemne d'un accident de moto serait difficile à expliquer.

D'un autre côté, il aimait ressentir le fouettement de la pluie battante dans le vent et l'assainissement de l'air qui en résultait. Il se sentait en quelque sorte devenir lui-même plus propre. Il en avait besoin.

Daniel fit le tour du grand terrain de stationnement jusqu'à ce qu'il repère la voiture de police de Mayfield, stationnée dans l'un des coins les plus reculés de l'endroit. Tabitha et Jonathan se tenaient devant une berline noire garée tout juste à côté. Ils levèrent tous deux leurs bras pour attirer l'attention de Daniel, qui emprunta une allée en leur direction.

L'odeur du sang de Lily le frappa comme un train de marchandises. Il arrêta sa moto dans un dérapage contrôlé, posant son pied gauche sur l'asphalte. Il était encore à une centaine de mètres de sa sœur et de son grand-père. Il pouvait sentir la présence de Valentine avec eux, et il se demanda distraitement où se trouvait le loup-garou protecteur.

Mais il était principalement préoccupé par l'odeur qui se dégageait de l'allée où il s'était immobilisé. Il connaissait assez bien le sang de Lily pour en reconnaître l'odeur, qu'il avait humée fortement l'espace d'un instant avant qu'elle ne disparaisse tout de suite après.

Daniel, à califourchon sur son engin, tourna légèrement le visage, son regard bleu vif balayant le terrain de stationnement. Il maudissait maintenant la pluie, qu'il appréciait pourtant tellement à peine quelques instants plus tôt, car elle diluait la senteur qu'il cherchait si désespérément à retrouver.

— Elle était ici, dit Valentine à côté de lui.

Daniel ne fut pas vraiment surpris de voir le loup-garou protecteur soudainement à ses côtés, mais il n'en fut pas moins impressionné. Il se tourna vers l'alpha plus âgé.

— Elle est blessée. Je peux sentir son sang.

Valentine hocha la tête.

— Elle n'est plus ici, maintenant. Et la personne qui l'a enlevée savait que c'était une louve-garou. Il n'y a pas d'autre explication possible.

Daniel blêmit. Durant un bref moment, il vit de vifs points blancs. Ses mains se serrèrent et se desserrèrent autour des poignées de sa moto. Il songea au maire, à son oncle et à la compagne de ce dernier. Il se sentit soudainement profondément écœuré.

Il déglutit, faisant un effort pour contenir la bile qui remontait en lui.

Ce qu'il craignait le plus dans ce monde impensable était réellement en train de se produire. Vraiment. En l'espace de quelques courtes heures, sa vie était devenue un véritable cauchemar.

Valentine posa gentiment une main sur son épaule et la serra, captant profondément, de ses yeux argentés luisants, le regard de Daniel.

— Je ne pouvais pas le dire à Tabitha, mais je ressens Lily. Elle est vivante, Kane. Mais nous devons faire très vite.

Le temps de le dire, Daniel retrouva ses réflexes de policier acquis au fil de ses quinze années d'expérience dans les forces de l'ordre. Une énergie renouvelée irradiait presque de lui. Il se remit d'aplomb d'instinct, et son expression se durcit. Il stationna sa moto dans une place libre et l'éteignit.

Pendant que sa sœur et son grand-père se dirigeaient vers lui, suivis de l'agent Louis Mayfield, qui semblait hésitant, Daniel sortit son téléphone cellulaire de sa poche et l'ouvrit.

En moins de quelques secondes, il envoya un message général à toutes les patrouilles au sujet de Lily et de sa Dodge Neon noire.

— Chef ? le salua Mayfield avec hésitation pendant que le trio approchait.

— Mayfield, je veux que tous ceux et celles qui sont en congé aujourd'hui rentrent *immédiatement* au travail, ordonna Daniel. Incluant ton partenaire.

Il songeait à Jennings et à son intelligence aiguisée. Il excellait lorsqu'il s'agissait de retrouver des gens, et il avait réussi à mettre la main sur bon nombre de voyous au fil des années. Et même si Jennings et Mayfield avaient laissé Lily s'échapper plus tôt dans la semaine, Jennings avait en vérité bien géré la situation. Il avait respecté les procédures, et il s'était exécuté rapidement. De plus, Lily n'avait pas exactement joué franc-jeu.

Daniel voulait que Jennings soit sur ce dossier. Ce n'était pas un hasard qu'il ait fait confiance à ces deux policiers pour surveiller sa compagne.

— Rends-toi chez lui et tire-le du lit, s'il le faut, Louis. Un tueur en série se promène en ville, et cette personne a enlevé Lily. Je vous veux tous deux sur le dossier au plus vite.

— Oui, chef.

Mayfield hocha la tête et tourna les talons pour retourner vers sa voiture, son téléphone cellulaire sorti de la poche de sa chemise d'uniforme.

S'il avait cru qu'il y avait la moindre chance que le téléphone cellulaire de Lily soit quelque part près d'elle, il aurait personnellement communiqué avec le FBI pour demander de faire allumer le micro du téléphone et de le localiser à l'aide du GPS. Cependant, il avait déjà essayé de joindre Lily au téléphone et déjà accepté le fait qu'elle l'avait perdu depuis un bout de temps.

Tout dépendait maintenant de l'endroit où se trouvait la voiture de la jeune femme.

Daniel se tourna vers son grand-père. Le moment était venu de braver la tempête. Il devait lui raconter la vérité au sujet de William.

Un éclair déchira le ciel au-dessus d'eux, et le tonnerre gronda fort et bas dans le ciel noir. Pour quelqu'un d'étranger à la scène, un policier vêtu de noir se tenait à côté d'une moto et parlait à un autre homme d'une voix étouffée par l'orage.

Pour Jonathan Kane, la voix de son petit-fils éclipsait le bruit de l'orage.

* * * *

Lily poussa un petit gémissement et se retourna, ses poignets coincés tirant sur les menottes qui l'enchaînaient à une épaisse colonne de métal derrière le lit. Elle toussa violemment le reste du sang qui s'était accumulé dans son œsophage. À ce bruit, Jennings se leva de l'endroit où il était assis à côté du lit, et il alla chercher un chiffon mouillé.

Lorsqu'elle eut fini de tousser, il essuya le sang de sa bouche et de son menton.

Lily, ne voulant pas le voir, ferma les yeux. Elle ne ressentait plus de douleur, mais elle se sentait incroyablement faible et épuisée. Elle avait perdu beaucoup de sang.

La première fois qu'elle s'était réveillée après qu'Allan Jennings eut déchargé son revolver sur elle, Lily était toujours dans sa voiture, mais sur le siège du passager, les mains liées dans le dos par des menottes qui n'auraient pas dû fonctionner sur elle. Elle avait instantanément pu sentir cette force surhumaine qui l'habitait, et pourtant, les menottes n'avaient pas cédé. Elles n'avaient même pas plié.

Jennings lui avait dit qu'elle devait se calmer et qu'il lui était inutile de se débattre. Il lui avait jeté un coup d'œil, puis il s'était concentré sur sa conduite.

Dans un soudain accès de rage et de panique, Lily avait tenté de lever ses deux jambes pour le frapper derrière le volant. Elle avait espéré pouvoir le faire tomber à l'extérieur de la voiture, se fichant du risque que le véhicule quitte la route. Elle savait qu'elle survivrait. Si ça ne fonctionnait pas, elle n'aurait qu'à sauter elle-même hors de l'auto.

Mais juste comme elle s'apprêtait à agir, Jennings avait bougé avec une agilité étonnante, saisissant le revolver sur sa cuisse pour le pointer ensuite vers elle à une vitesse impitoyable. Il avait tiré encore et encore, et Lily avait perdu une fois de plus connaissance.

À combien de reprises avait-il tiré sur elle ? Combien de balles avait-il logées dans son corps ? Combien de fois avait-elle ressenti cette douleur aiguë causée par un projectile pénétrant dans sa peau ? Elle se demanda alors comme ça, sans raison, combien de balles avaient directement traversé son corps en ligne droite et quelle quantité de plomb se retrouvait maintenant en elle, derrière ses plaies refermées.

Elle fut prise de nausée et sentit le monde tourner autour d'elle. Elle ferma les yeux et réprima un autre gémissement. Elle avait perdu beaucoup trop de sang.

Elle avait faim. *Si faim…*

Lorsqu'elle rouvrit les yeux et qu'elle les fixa sur Jennings, il recula d'un pas.

— Que veux-tu faire de moi ? lui demanda-t-elle.

En parlant, elle se rendit compte que ses dents avaient changé. Elle les parcourut de sa langue et sentit les crocs. Ils étaient plus petits que ceux de Daniel, assurément, mais tout aussi acérés.

Elle pouvait entendre le cœur d'Allan battre et ses poumons se gonfler. Elle pouvait sentir son sang, qui sentait si… *bon*. Il avait pour elle une odeur de nourriture, un peu comme les beignets, ou encore les brioches à la cannelle.

Jennings baissa le regard vers elle durant un long moment silencieux, puis il se passa une main dans ses cheveux noirs, et il laissa tomber le chiffon dans un bol d'eau sur une tablette contre un mur.

— Honnêtement, je ne le sais pas, Lily, dit-il doucement dans un soupir en s'assoyant dans un gros fauteuil pelucheux à environ un mètre d'elle. Je suis désolé d'avoir agi comme je l'ai fait. Il n'y avait pas d'autre moyen de t'emmener ici, expliqua-t-il, le regard allant du visage au cou de Lily. Mais tout ça, c'est de ta faute. Tu n'aurais pas dû le laisser te toucher. Tu n'aurais pas dû le laisser te transformer.

Lily ferma les yeux et se tourna sur le dos. Elle se rendait compte qu'elle avait été déshabillée. Il n'y avait qu'un mince drap posé sur elle qui séparait son corps du reste du monde et d'Allan Jennings.

— Mon Dieu, Lily, il fallait vraiment que tu tombes amoureuse de l'homme que je déteste le plus sur terre, n'est-ce pas? dit-il en se levant, le ton de plus en plus agité. Daniel Kane. *Daniel Kane!* lança-t-il en se passant une fois de plus une main dans les cheveux. Quand j'ai appris que tu étais revenue en ville, j'ai pensé… j'ai pensé que j'aurais peut-être une chance, avoua-t-il avant de se fermer les yeux et de secouer la tête. Mais Kane a été plus rapide.

Soudainement, il se précipita vers elle, la faisant tressaillir. Il se mit à fulminer, debout au-dessus d'elle. D'instinct, elle se tira vers l'arrière en s'agrippant aux menottes.

— Daniel Kane, vedette extraordinaire d'athlétisme battant tous les records dont il était lui-même le détenteur! Daniel Kane, quart-arrière primé des Bulldogs, Daniel Kane, le roi du bal — Daniel Kane, chef du putain de service de police de Baton Rouge!

Il se pencha pour s'appuyer sur le lit, un bras de chaque côté d'elle. Puis, il s'approcha à quelques centimètres de son visage, qu'elle fut forcée de détourner.

— Mais pourquoi devrais-je être surpris? demanda-t-il. Il a toujours eu un faible pour toi, Lily. Savais-tu qu'il m'a carrément dit de me tenir loin de toi à l'école secondaire?

Il lui saisit brusquement le menton, la forçant à le regarder de nouveau. Soudainement, comme si la sensation de sa peau sous ses doigts lui avait calmé les esprits, il relâcha sa poigne, et son expression s'adoucit.

— Tu…, commença-t-il avant de cligner des yeux et de lui caresser doucement le côté de la mâchoire. Tu sembles affamée, Lily. Tes yeux luisent. Tout comme les siens. Mais sur toi… c'est joli.

Si Lily avait été humaine, elle aurait été malade de peur. En fait, elle était si affaiblie et sous le choc qu'elle n'arrivait qu'à le dévisager. *Il est fou.*

Allan fit descendre son pouce sur sa joue, puis il lui effleura tendrement les lèvres. Elle frissonna violemment, puis détourna la tête à nouveau. Et une fois de plus, il ramena son visage vers lui, de plus en plus irrité. Il plaça encore son pouce sur sa lèvre inférieure. Cette fois-ci, elle se figea lorsqu'il lui écarta les lèvres pour observer ses petits crocs blancs.

— Je déteste les loups-garous depuis presque vingt ans, dit-il, le ton distant, comme s'il était perdu dans un genre de rêve éveillé. Mon père connaissait leur existence. Il m'en a parlé très tôt dans ma vie, poursuivit Jennings, reculant après avoir enlevé sa main de Lily. Il était chasseur. Un bon chasseur.

Lily l'observa s'éloigner dans la pièce jusqu'à ce qu'il s'appuie contre le mur, les bras croisés sur la poitrine. C'était la première fois qu'il mettait autant d'espace entre eux, et elle en profita pour regarder autour d'elle.

Ils étaient dans un sous-sol quelque part. C'était un sous-sol aménagé, mais elle sentait l'humidité caractéristique difficile à combattre. Le lit sur lequel elle se trouvait consistait en fait en deux matelas sur une base.

Il n'y avait pas de fenêtres dans la grande pièce carrée, et les seuls autres meubles étaient des tablettes le long d'un mur, un fauteuil en cuir pelucheux, un tabouret en métal et un coffre de voyage dont la serrure ouverte pendait du loquet.

— Jusqu'à ce qu'un jour, il règle le cas d'un couple de démons à Kisatchie, poursuivit Jennings avant de s'arrêter, ses yeux bleu-gris se durcissant pendant qu'il la dévisageait. Mais il n'avait pas quitté immédiatement les lieux, contrairement à ce qu'il faisait habituellement. Cette fois-là, il m'avait emmené. Après avoir tué les démons, il a voulu me montrer comment faire, continua-t-il avec un sourire sans joie. Pendant qu'il m'enseignait son art, un autre démon est sorti de nulle part, tout aussi malveillant que les autres de son espèce. Je n'oublierai jamais son énorme silhouette et ses yeux verts qui luisaient... pendant qu'il déchiquetait mon père.

Le cœur de Lily se mit à battre intensément dans sa poitrine. *Des yeux verts ? Malcolm !* songea-t-elle. *C'était Cole ! Il venait sûrement d'être téléporté à cet endroit en raison de son mauvais sort !*

Puis, un autre détail la frappa.

Kisatchie... un couple... Ah, mon Dieu. C'étaient les parents de Daniel. Seigneur...

Durant tout ce temps, Daniel avait détesté Malcolm Cole, et durant tout ce temps, il ignorait que Cole avait pourtant vengé la mort de ses parents. Elle fronça ensuite les sourcils. Mais si Malcolm avait attaqué et tué le père de Jennings, il y aurait eu un autre cadavre sur les lieux. Tabitha n'avait jamais mentionné la mort d'un autre homme en plus de celle de ses parents. Elle ne savait pas ? Le corps de cette troisième personne n'avait pas été retrouvé ?

Peut-être que si, songea-t-elle, *mais ils s'en étaient probablement débarrassés. Peut-être que les policiers chargés de l'affaire étaient eux aussi des loups-garous.* C'était logique. Daniel était un loup-garou, et il travaillait dans les forces de l'ordre. Il n'y avait aucune raison de croire que les choses n'avaient pas été ainsi depuis un bout de temps.

— Le démon m'a laissé vivre. Je ne sais pas pourquoi, continua Jennings en l'observant attentivement. Mais j'ai juré d'en tuer autant que je le pourrais durant ma vie, dit-il en s'éloignant du mur pour se mettre à faire les cent pas tout en regardant le tapis. Je me souvenais de tout ce que mon père m'avait enseigné : comment les reconnaître, comment les tuer, et même comment masquer mon odeur après coup. Même si j'étais très jeune, je n'ai pas mis beaucoup de temps à me rendre compte que Kane en était un.

Il s'arrêta et regarda Lily.

Lily avait la tête qui tournait. Elle était si affamée et si faible qu'elle pouvait à peine s'empêcher de penser à du sang, à de la viande. Mais elle s'efforçait malgré tout de rester attentive. Si le père de Jennings était mort au même moment que les parents de Tabitha, Allan avait alors huit ou neuf ans, soit environ le même âge que Tabitha. Un petit garçon. Élevé pour tuer.

— Peu longtemps après avoir découvert que Kane était un démon, j'ai constaté qu'il faisait figure de chef parmi les gens de son espèce, continua Jennings. J'ai décidé de le suivre à la trace, de gagner ses faveurs. J'avais besoin de m'infiltrer dans son monde.

Il se rendit aux tablettes contre le mur, saisit son revolver et mit le doigt sur la détente.

— Afin de pouvoir détruire ce monde de l'intérieur.

Il rit, puis il la regarda.

— J'étais bon, Lily. Tu aurais été impressionnée. Il a fini par oublier que j'avais eu un faible pour toi à l'école secondaire. Bordel, après ton départ de la ville, c'était comme si tu n'avais jamais existé à ses yeux. Il ne parlait jamais de toi, pas plus que moi, d'ailleurs, ajouta-t-il en secouant la tête, s'avançant lentement vers le lit. En peu de temps, je suis devenu le seul humain à qui il faisait assez confiance pour les cas les plus difficiles. Tous ceux dont il s'entourait étaient des démons. Exactement comme lui.

Une fois rendu à côté du lit, il se pencha au-dessus d'elle, tenant son revolver avec aise et désinvolture dans sa main droite.

— Lorsque Kane m'a demandé d'enquêter sur Malcolm Cole, je n'en revenais pas, avoua-t-il en riant amèrement. Un démon tueur en série dans la même ville qu'un policier démon. Ça ne pouvait pas être mieux, dit-il en la regardant avec toute la vivacité de ses yeux bleu-gris. J'avais sincèrement espéré que Cole et lui me rendraient la vie plus facile en cherchant à s'entretuer. Il n'y a rien qu'un chasseur aime davantage que de voir deux démons s'entretuer. Faire d'une pierre deux coups, expliqua-t-il en secouant la tête. Mais la situation s'est compliquée.

Les idées de Lily se bousculaient à toute vitesse dans sa tête. En le dévisageant, elle vit ses yeux ténébreux et avides, et elle comprit que c'était maintenant ou jamais. De sa voix la plus douce et la plus voilée possible, elle lui demanda, après s'être léché les lèvres :

— Allan ? S'il te plaît. J'ai faim. J'ai soif. Pourquoi me punis-tu pour ce qu'a fait Kane ?

Jennings cligna des yeux. Il fronça légèrement les sourcils. Soudainement, il remit le Glock dans la taille de son jean et s'assit à côté d'elle sur le lit. Le drap se tendit aussitôt sur la silhouette de Lily, et les yeux d'Allan se promenèrent sur les courbes ainsi révélées par le tissu.

Il s'éclaircit la gorge.

— Que..., commença-t-il, ramenant son regard sur le visage de Lily, que veux-tu manger?

— J'aimerais bien..., dit-elle, s'interrompant pour se lécher les lèvres une fois de plus avant de continuer, j'aimerais bien de la viande.

C'était on ne peut plus vrai. Même si cette envie de carnivore la fâchait un peu, étant donné qu'elle n'avait pas mangé de viande d'aussi loin qu'elle se souvenait, elle savait que ce n'était que naturel. Elle était devenue une louve. Et les loups étaient carnivores. Et maintenant, l'image d'un filet mignon saignant lui semblait tout à fait attrayante.

— Ça doit te mettre en colère, dit-il doucement.

Lily cligna des yeux, stupéfaite un instant.

Il lui fit un petit sourire de connivence.

— Je sais que tu es végétarienne, Lily. Tu l'étais à l'école secondaire.

Il ne se trompait pas. Elle avait eu ses raisons. Elle n'aimait tout simplement pas penser que la viande provenait d'un animal, de ses muscles et de ses os, tout comme ses propres muscles et ses propres os. Mais c'était suffisant pour qu'elle se retrouve à l'écart à la cafétéria. Tout ce qui pouvait la rendre différente des autres élèves au secondaire, elle l'assumait de manière masochiste; c'était plus fort qu'elle. Elle était Lily. La seule de son genre.

— Et maintenant qu'il t'a transformée en monstre, tu dois tuer pour te nourrir.

Des ombres traversèrent le visage de Jennings, et une lueur obscure apparut une seconde dans ses yeux. Mais il secoua rapidement la tête et laissa retomber ses épaules. Il détourna le regard.

— Je sais que ce n'est pas de ta faute. Je sais que tu as fait ton possible pour t'échapper. Tu t'es enfuie. Je suis désolé de ne pas avoir pu intervenir à temps pour te sauver de ses griffes.

Lily ferma les yeux alors qu'elle était envahie d'une autre vague de nausée, cette fois-ci plus forte que la précédente. Elle avait l'impression que son monde vacillait et qu'elle allait tomber. Elle ne put réprimer le gémissement qui sortit de sa gorge. Sa tête glissa de côté. Elle avait mal aux gencives autour de ses canines. Elle eut une crampe d'estomac. Ses mains se serrèrent au-dessus d'elle à l'endroit où elles étaient si bien attachées à la colonne de métal.

— Je suis si désolé, Lily.

Elle ouvrit les yeux une fois de plus lorsqu'elle sentit le revers des doigts de Jennings lui caresser la joue. Elle dut résister à l'envie de se dérober. Dans les circonstances, ça ne l'aiderait pas.

Le lit reprit un peu de sa forme lorsque Jennings se leva.

— Je vais aller te chercher quelque chose à manger.

Jennings se tourna et quitta la grande pièce souterraine. Lily l'entendit faire glisser plusieurs verrous dans la porte. C'était un bruit métallique.

La porte doit être en métal, songea-t-elle. Elle poussa un rire froid désespéré. *Si seulement j'arrivais à me défaire de ces menottes ! De quel matériau peuvent-elles bien être faites ?*

Elle fut prise d'autres vertiges et tenta de se rouler en boule sur le côté. C'était difficile, et elle en avait mal aux

poignets, mais elle réussit à changer de position sans se soucier du fait que le drap s'était déplacé, lui dénudant le dos du
corps.

Elle finit par s'endormir dans un sommeil troublé, préfé-
rant de loin l'obscurité à l'inconfort.

CHAPITRE DIX-NEUF

CHASSE À L'HOMME

Lorsqu'il avait reçu l'appel l'informant du fait que la voiture de Lily se trouvait au nord de la ville sur la route nationale 61, à mi-chemin de St. Francisville, Daniel n'avait pas hésité.

Il s'était précipité à toutes jambes à l'extérieur du poste de police, encore une fois en direction de sa moto. Comme s'ils sentaient que le moment était venu — qu'il s'agissait d'une guerre de loups-garous —, tous les membres de sa meute, en service ou non, l'avaient suivi, chacun se dirigeant vers sa voiture personnelle ou une voiture de police identifiée.

Plusieurs avaient enfourché leur propre moto. D'autres s'étaient regroupés par paires à bord de pick-up ou de VUS. Sur sa Harley Night Train, Daniel avait pris la tête de ce convoi de véhicules aux sirènes hurlantes et aux moteurs vrombissants qui traversaient la ville comme une flèche, brûlant les feux rouges et les arrêts sans ralentir.

C'était tout un spectacle.

Si l'un d'entre eux s'était le moindrement soucié de l'image qu'ils projetaient, il se serait rendu compte que les enfants sur les trottoirs aux coins des rues s'arrêtaient, bouche bée, pour les dévisager, et que des groupes d'étudiants de la Louisiana State University les pointaient du doigt et marmonnaient entre eux, cherchant à comprendre la raison de tout ce tintamarre.

Mais chacun ne pensait qu'à son chef Daniel, dont la vie de la compagne était en danger. Sans Lily, Daniel ne pourrait pas se reproduire. Ce serait encore un coup dur à leur population déjà menacée.

Leur avenir était en jeu.

Daniel savait que très peu de personnes sur la planète croyaient réellement en l'existence des loups-garous — il savait aussi qu'un nombre encore plus restreint connaissait l'arrivée de Lily Kane au sein de l'espèce. Et au sein de ces rares personnes, les chasseurs constituaient la majorité. Et si c'était un chasseur qui avait enlevé Lily, il était alors très probable que ce soit le même qui ait tué l'oncle de Daniel et sa compagne, ainsi que le maire et sa famille. Cependant, dans ce dernier cas, Daniel n'arrivait pas à s'expliquer la raison de l'assassinat.

Pourquoi tuer le maire ? Le meurtrier avait peut-être des raisons personnelles. Cette hypothèse méritait réflexion.

Mais pas maintenant. Car Daniel n'arrivait à se concentrer que sur Lily.

Des cônes de construction formaient une ligne des deux côtés de la route nationale à une voie, ce qui n'était pas sans compliquer la tâche des conducteurs des autres véhicules appelés à se ranger pour laisser passer les voitures en trombe aux sirènes hurlantes. Daniel conduisait sa moto d'une main experte à travers cette succession de panneaux métalliques lumineux de la couleur de citrouilles qui indiquaient par une flèche qu'il fallait converger, tourner ou simplement disparaître. Il n'en revenait pas de tout ce chaos, et il ressentit même de l'empathie envers les pauvres connards qui cédaient parfois à des accès de rage au volant.

Le ciel de fin d'après-midi s'obscurcissait rapidement.

Des nuées de grues blanches volaient en cercles comme des vautours autour du bétail des fermes qui bordaient la route 61. Elles se rassemblaient en volées de couleur neige au-dessus des champs de maïs et de canne à sucre, puis elles plongeaient dans le bayou couvert de mousse pour pêcher des poissons morts et des écrevisses. Certains de ces braves oiseaux s'avéraient surpris par le bruit des voitures, des camions et des motos du groupe de Daniel, mais pour la plupart, ils ignoraient les humains qui s'étaient construit une ligne droite de bitume au travers de leur habitat.

Et Daniel ignora lui aussi les échassiers.

Finalement, droit devant, les vives lumières clignotantes rouges et blanches de deux voitures de police achevèrent de guider Daniel et son petit groupe de loups-garous jusqu'à leur destination, comme un phare dans un brouillard gris à l'horizon.

Daniel se redressa et relâcha progressivement la poignée de l'accélérateur jusqu'à ce qu'il sente sa moto ralentir sous lui. Il l'immobilisa complètement à un peu plus de cinq mètres du premier gyrophare tandis que le reste de sa meute se stationnait le long de l'accotement.

Daniel éteignit le moteur, abaissa la béquille et descendit. Son regard bleu se posa sur la voiture de Lily, et son cœur se serra.

— Chef, nous n'avons touché à rien. Nous n'avons que vérifié si le véhicule appartenait bel et bien à mademoiselle St. Claire, et nous vous avons immédiatement appelé, lui dit l'un des policiers en s'approchant de Daniel et en hochant respectueusement la tête.

Il se remettait à pleuvoir légèrement. Un deuxième orage s'annonçait en même temps que la nuit qui tombait.

Daniel regarda les policiers humains, et il prit une profonde inspiration en tentant désespérément de réfléchir comme un policier, et non comme un mâle alpha qui risquait de perdre sa compagne à jamais.

Ces hommes étaient des humains, non pas des loups-garous. Ils ne pouvaient pas demeurer sur place. S'ils restaient là, ils verraient des choses qui exigeraient des explications, mais en ce moment, Daniel ne pouvait se permettre de consacrer le temps et l'énergie nécessaires à tenir ces hommes à l'écart pendant que le conseil du clan s'affairait à prendre les moyens nécessaires pour garder la population des loups-garous suffisamment en sûreté. D'autant plus que ces moyens faisaient appel à un genre de magie.

— Merci, messieurs, dit Daniel d'un air professionnel en hochant brusquement la tête.

Aiden Knight vint se placer à côté de lui, tout comme le lieutenant Michael Angel. Les deux loups observèrent les autres policiers avec la même impatience méfiante que Daniel sentait monter dans son corps et dans sa tête.

— Nous allons maintenant prendre la relève. Je vous affecte à d'autres tâches pour l'instant, continua Daniel en faisant un signe de tête à Angel, qui comprit le message et fit signe aux autres policiers de le suivre. Le lieutenant Angel va vous expliquer.

Michael Angel rassembla les policiers sur le côté, les éloignant de la voiture de Lily pour permettre à Daniel de lui accorder toute son attention. Ce dernier parcourut les trois derniers mètres jusqu'à la Dodge Neon noire à deux portières, tendit la main vers la poignée et se figea.

L'odeur si intense du sang rouge de Lily assaillit Daniel au point qu'il eut l'impression de heurter un mur. Et il n'avait même pas encore ouvert la portière. Il fut à nouveau pris de nausée, sentant la bile remonter dans son œsophage, l'obligeant à déglutir fortement pour la faire redescendre. Daniel se débattait de toutes ses forces contre cette peur furieuse qui le faisait blêmir et sortir les crocs.

Il sentit Knight à ses côtés et se tourna vers son vieil ami. Knight lui jeta un coup d'œil et poussa silencieusement un juron avant de sortir une paire de lunettes de soleil de la poche au niveau de sa poitrine pour les tendre à son chef.

— Mettez-les, murmura Knight.

Le tonnerre gronda au loin. Une grosse goutte d'eau atterrit sur la manche du blouson de cuir de Daniel.

Ses doigts tremblaient pendant qu'il dépliait les lunettes avant de les enfiler pour cacher ses yeux luisants. Les nuages annonciateurs d'orage qui se rassemblaient au-dessus d'eux étaient si lourds et si sombres que les lunettes de soleil auraient empêché Daniel de bien voir s'il n'avait pas été un loup-garou doté d'une excellente vision.

Dans cette situation, cependant, elles ne seraient d'aucune utilité contre ce qui l'attendait derrière la portière de la voiture. Elles ne suffiraient pas à l'empêcher de voir ce qu'il ne voulait pas voir.

Daniel ouvrit la portière et regarda à l'intérieur. Il avait raison.

— *Bon Dieu*, chuchota Knight à ses côtés avant de lui serrer fortement l'épaule de sa main. Elle est vivante, chef. N'oubliez surtout pas qu'elle est vivante.

Daniel ne dit rien. Le peu de souffle encore en lui était coincé dans ses poumons et refusait de sortir. Les deux sièges avant de la voiture de Lily baignaient dans son sang. Cinq centimètres de l'épais liquide rouge s'étaient accumulés dans les porte-gobelets, et du sang qui commençait à sécher rapidement avait ruisselé autour de la base du levier de vitesse jusqu'au tapis qu'il avait entièrement imbibé.

Le sang avait coagulé et pris une couleur bordeaux intense là où il avait éclaboussé le tableau de bord et les boutons de la radio, mais le ravisseur de Lily devait avoir eu la présence d'esprit d'essuyer les fenêtres avant de se mettre à conduire, car elles étaient relativement propres alors qu'elles auraient dû être elles aussi recouvertes d'une multitude de taches rouges.

Tout le reste était trempé.

Daniel avait rarement vu une telle scène. Il avait été témoin d'innombrables meurtres. Mais, contrairement à ce qu'on peut voir dans les films au grand écran, les corps ne perdent pas autant de sang dans la vraie vie. Lorsqu'elles sont mortellement atteintes, les victimes ont tendance à mourir relativement vite. Une fois mortes, elles cessent de saigner.

Lily n'avait pas cessé de saigner, car elle n'était pas morte. Et elle n'était pas morte, car elle était une louve-garou — son ravisseur avait pu tirer sur elle encore et encore. Et encore.

Le sang n'avait donc cessé de couler, comme en faisait état cette voiture ruinée et trempée.

— Lorsque nous en aurons fini avec lui, Dieu lui-même ne pourra le remettre en un seul morceau, fit une voix derrière Daniel.

Comme s'il rêvait, il se tourna légèrement et reconnut deux autres personnes derrière lui : son grand-père et James Valentine. C'était son grand-père qui avait parlé. Jonathan Kane posa doucement sa main dans le dos de Daniel et prononça des mots dans un vieux dialecte français cajun que seul Daniel pouvait comprendre.

Daniel déglutit une fois de plus pour s'assurer que rien ne remonterait dans sa gorge. Il allait ouvrir la bouche pour répondre à son grand-père lorsqu'une autre odeur le fit se figer une fois de plus.

Le ravisseur de Lily. Il fallait que ce soit ça. Il n'y avait pas d'autre senteur dans le véhicule, et celle-ci était si faible qu'il était évident que le ravisseur avait tenté de la masquer. Il avait presque réussi.

Mais pas tout à fait.

— Merde, je n'en reviens pas, siffla Knight, qui avait aussi senti l'odeur.

— Pas possible, murmura Jordan Stark en s'approchant derrière Daniel.

Accessoirement, Daniel fut impressionné qu'ils aient pu capter l'odeur tout comme lui. Il les avait bien formés. Et il pouvait certainement comprendre leur confusion — leur surprise — quant à ce qu'ils sentaient.

Car cette odeur qui provenait si évidemment du ravisseur était censément celle d'un ami. D'un policier d'expérience.

Allan Jennings.

Daniel avait fait entrer cet homme dans son cercle d'amis. Il l'avait personnellement formé. Il lui avait fait confiance. Et voilà qu'en retour, Allan Jennings avait enlevé et gravement blessé la femme de sa vie.

En fin de compte, son instinct face à Jennings à l'école secondaire ne l'avait pas trompé. Il y avait alors quelque chose en Jennings qu'il n'aimait tout simplement pas. Et lorsqu'il avait découvert qu'Allan désirait Lily, il s'était bien assuré que ce garçon se tiendrait loin d'elle.

Daniel avait un bon instinct, car si ses déductions étaient exactes, Jennings était un chasseur. Daniel avait cru que rien de plus n'aurait pu le surprendre en cette journée. Et il avait eu tort.

— Je vais l'étrangler avec ses propres intestins, lâcha le lieutenant Angel, les dents serrées.

Après avoir renvoyé les policiers humains, ce dernier était revenu auprès de Daniel. Il avait lui aussi senti Jennings dans la voiture.

Daniel retomba sur ses pieds à cet instant. Le policier en lui refit surface, repoussant le loup-garou. En quelque sorte. Suffisamment pour qu'il puisse faire son travail. Il pouvait au moins partir de quelque chose. Et il savait que Lily était vivante.

C'était maintenant une course contre la montre.

* * * *

Daniel laissa le policier en lui prendre les rênes. D'une efficacité suprême, il se vit effectuer les étapes de la traque d'Allan Jennings. Ses conversations au téléphone cellulaire, nombreuses, se déroulèrent rapidement et sans détour. Il exigeait beaucoup, mais ses interlocuteurs étaient toujours très obligeants envers lui. Il était le chef de police, et il s'agissait d'une situation de vie ou de mort.

Il demanda à ce que l'on trouve tous les renseignements possibles sur Jennings, tant ses factures et ses relevés bancaires que ses relevés de cartes de crédit. Il fit effectuer une vérification complète de son profil psychologique et retracer toutes ses activités sur Internet, ses achats en ligne et ses téléchargements. *Tout.*

Environ une demi-heure plus tard, il reçut un appel d'une personne du poste de police. Apparemment, Jennings avait acheté une deuxième maison un an plus tôt. Personne n'avait entendu parler de cette transaction. Son adresse domiciliaire était demeurée la même. Il n'avait jamais parlé de cette deuxième maison à qui que ce soit. Il l'avait payée en entier. Comptant.

— De l'argent de chasseur, marmonna Stark, dont l'expression reflétait le dégoût que tous ressentaient sur l'accotement de la route nationale à ce moment-là.

L'adresse fut rapidement transmise au téléphone. Daniel raccrocha.

— Bon, les hommes, il semble qu'il ne soit pas parti loin. Cette adresse est à peine à un peu plus de cinq kilomètres sur cette route.

Daniel songea au fait que Jennings avait laissé la voiture de Lily ici, tout près de sa maison, dans le but d'embrouiller son chef afin qu'il le croie parti très, très loin avec son propre véhicule. C'était un geste habile de sa part. Heureusement, ça n'avait pas fonctionné.

La communication de ce renseignement eut un effet semblable à l'actionnement d'un interrupteur. La meute se mobilisa instantanément ; Knight, Stark, Angel et les autres retournèrent à leurs voitures, motocyclettes ou camions, et ils mirent les moteurs en marche. Daniel prit une fois de plus la tête avec sa Harley, mais cette fois, la meute ne fit pas hurler les sirènes en filant vers leur proie. Tout comme ils n'avaient pas voulu avertir Cole, les loups ne voulaient pas que Jennings s'aperçoive qu'ils approchaient.

Du moins, pas avant qu'il soit trop tard.

Bougainvillea Lane était l'une de ces routes privées pittoresques et chargées d'histoire que l'on retrouvait dans les anciennes plantations et que l'administration municipale avait jugées dignes de porter leur propre nom de rue. La sortie de cette route n'était pas indiquée sur la nationale 61, et maintenant qu'il pleuvait à verse, ce n'est que grâce à leur expérience que les policiers à moto réussirent à ne pas déraper en tournant dans l'allée de gravier.

L'architecture ancienne de la maison rappelait l'époque d'avant la guerre de Sécession; les piliers blancs supportaient un porche qui faisait le tour du manoir de deux étages, probablement construit à la fin du dix-huitième siècle et rénové par la suite. Des plantes en pots arboraient des fleurs blanches et rose vif; l'air embaumait le chèvrefeuille. Les chênes de deux cents ans alignés dans l'allée laissaient retomber tellement de mousse espagnole que celle-ci en cachait presque les statues grecques qui décoraient la pelouse bien entretenue.

Daniel ne pouvait aucunement s'expliquer qu'un policier puisse avoir les moyens d'acheter une telle propriété. Stark avait peut-être raison. C'était peut-être de l'argent de chasseurs. Mais pourquoi? Pourquoi un chasseur serait-il intéressé par une telle résidence? Elle avait dû coûter des millions. N'était-ce pas un genre de plantation bien connue et assez vaste pour loger plusieurs familles?

D'après ce que Daniel en savait, Jennings était seul au monde — pas de femme, pas d'enfants ni de famille. À quoi serviraient toutes les autres pièces?

Ça n'avait pas de sens.

Mais ces réflexions n'avaient pas empêché Daniel d'abaisser la béquille de sa moto, de descendre de son engin et de se précipiter à une vitesse aveuglante vers le porche avant, son arme à feu en main.

Les autres se dépêchèrent de le suivre. Daniel ne prit pas la peine de cogner à la porte. Il inclina plutôt la tête pour écouter. Il tourna ensuite légèrement le nez vers le haut pour renifler l'air tout en dispersant plusieurs de ses hommes autour du manoir.

On pouvait entendre le bruit d'une émission télévisée provenant d'une pièce au centre de la maison. Une sitcom de fin d'après-midi. Des rires enregistrés remplissaient l'espace séparant la télévision des loups-garous qui attendaient à l'extérieur.

Le regard de Daniel se posa sur son grand-père, dont l'expression légèrement perplexe reflétait la sienne. Jonathan Kane haussa les épaules et secoua la tête. Des ombres de tristesse se voyaient sur son visage. Il avait beaucoup perdu dans la journée. Les êtres qu'il lui restait se trouvaient ici, sur ces lieux.

Quelque chose clochait, d'ailleurs, en cet endroit.

Daniel regarda les planches du porche pendant qu'il continuait d'écouter la cacophonie des blagues du scénario et des rires forcés, puis il releva la tête et hocha celle-ci une fois. Une seule fois.

Il ouvrit à l'instant la porte de la vieille maison, et les policiers pénétrèrent à l'intérieur, Daniel le premier. Lorsqu'il tourna le coin d'un couloir pour entrer dans ce qui était probablement un salon, il y trouva un couple de vieux Afro-Américains assis sur un divan. Daniel leur ordonna de s'agenouiller sur le plancher, ordre auquel ils obéirent sur-le-champ, les mains en l'air, tremblantes.

Daniel et les policiers autour de lui baissèrent les armes en cessant de les pointer sur le couple, mais leurs yeux demeuraient alertes et vigilants.

— *Bon sang*, mais que se passe-t-il ? demanda le vieil homme.

Daniel ne répondit pas. Ses yeux parcouraient les ombres, et il avait le visage sombre.

— Ça ne colle pas, marmonna-t-il. C'est la bonne adresse, mais pas le bon endroit.

La frustration le gagnait rapidement. Le temps était primordial, et ils le gaspillaient. Ce n'était pas le bon endroit. Jennings était ailleurs.

— Nous cherchons un homme blanc qui mesure un peu plus d'un mètre quatre-vingt, commença à expliquer l'un des policiers au couple agenouillé sur le plancher.

Daniel aurait normalement dû se charger lui-même de la situation, mais il n'en avait pas l'énergie en ce moment.

Il se détourna de la scène et quitta la pièce, le revolver toujours bien en main, les yeux toujours vigilants. Il se sentait comme un homme au seuil de l'enfer, et il était prêt à cogner à la porte.

Knight, Stark, Angel et Jonathan Kane le suivirent de près, laissant aux autres la tâche de s'excuser et de régler la situation derrière eux.

— Juste au cas, fouillez les escaliers et vérifiez s'il n'y aurait pas une cave, leur ordonna doucement Daniel en ouvrant la porte principale pour sortir sur le porche.

Knight hocha la tête.

— Je m'occupe de l'escalier. Angel, prends la cuisine et la cave. Stark, fouille le terrain.

Les autres acceptèrent d'un signe et se dispersèrent.

Daniel attendait à côté de sa moto en essayant de reprendre la maîtrise de son corps et de ses idées. Quelques minutes plus tard, sa meute revint. Il n'y avait pas de cave.

Il y avait un grenier, mais il n'y avait de sang nulle part. Et Jennings n'y était pas.

Daniel prit son téléphone et composa un numéro.

— Nichols, redonne-moi l'adresse, ordonna-t-il.

Il attendit pendant que la femme au téléphone répétait l'adresse qu'elle lui avait donnée plus tôt.

— Tu te rends bien compte qu'il s'agit d'un manoir de plantation ? lui demanda-t-il, sa patience presque à bout.

Il y eut un silence pendant que la policière cherchait dans sa base de données. Daniel entendait ses doigts se déplacer sur le clavier. Un clic de souris. Un autre. Encore le clavier.

— Je suis désolée, monsieur. Vous avez raison. Cette adresse correspond à celle de la plantation Ambrosia, en retrait de la route nationale 61... Je ne sais pas ce qui s'est produit.

— Moi si ! marmonna Daniel avant de raccrocher.

Les chasseurs étaient une organisation puissante. À leur tête se trouvait une figure obscure aux moyens financiers immenses dont la sphère d'influence semblait apparemment tout aussi énorme, et le nombre de ses membres se situait dans les centaines de milliers. Une sorte de base d'opération avait été achetée en cours de route pour Allan Jennings, et son adresse avait été changée — cachée — dans tous les dossiers s'y rapportant.

Daniel se pinça l'arête du nez et ferma les yeux. Jennings, à titre de policier, avait eu accès à toutes sortes de renseignements protégés. Comme *chasseur* et policier, ses entrées dans le milieu n'en étaient alors que décuplées.

Daniel se demanda comme ça combien d'autres personnes au service de police s'employaient à trahir les loups-garous. Ce qui le porta à se poser une autre question.

Combien de personnes partout sur la planète, dans le monde de la politique, étaient-elles d'une manière ou d'une autre liées aux chasseurs ?

Si Allan Jennings avait pu infiltrer une meute aussi étroitement unie que celle de Daniel, où donc les loups-garous pouvaient-ils être en sûreté ? Pouvaient-ils seulement l'être ?

— *Réfléchis*, bordel, *réfléchis* ! siffla Daniel pour lui-même en se passant ensuite une main dans ses cheveux noir bleuté, se pinçant l'arête du nez une fois de plus.

Il avait l'impression de se faire secouer le corps par une décharge électrique. Il allait exploser. Il se mit à faire les cent pas en repassant à vive allure les renseignements emmagasinés dans son cerveau.

Il savait maintenant ce qu'était l'enfer. Car quelque part, à cet instant précis, Allan Jennings détenait Lily St. Claire, et seul Dieu savait le sort que ce dernier lui réservait.

CHAPITRE VINGT

TRÈS BON FLIC, TRÈS MAUVAIS FLIC

— Lily.

Lily ouvrit les yeux dans un battement de paupières, et presque instantanément, son estomac se contracta. Elle sentait des élancements dans ses poignets retenus par les menottes dont l'étrange type de métal résistant lui faisait des ecchymoses. *Ce n'était donc pas un rêve...* Son cœur se serra, et des larmes lui montèrent aux yeux. Elle s'efforça de les refouler et se tourna vers Allan Jennings, qui se tenait debout à côté du lit, un plateau en plastique dans les mains.

Elle sentit la nourriture qui s'y trouvait. Une odeur de viande.

L'espoir revint en elle. Son plan était simple. Amener Jennings à lui enlever les menottes. Manger. Retrouver ses forces. Jouer de ruse. Le surprendre. Le tuer.

Elle attendit. Si elle ne disait rien, il déciderait peut-être de lui-même de lui retirer les menottes.

Jennings la fixa longuement en silence, une expression indéchiffrable sur le visage. Mais Lily savait que le drap qui la couvrait avait glissé sur le côté, révélant la moitié de son corps nu. Elle pouvait entendre le sang de Jennings circuler à toute vitesse, et elle pouvait sentir son excitation. L'odeur du liquide pré-éjaculatoire. Elle voyait la bosse sous son jean.

Elle trouvait étrange de constater que ça lui était égal. Elle se sentait comme une dévergondée. Elle se trouvait folle. *Je suis aussi timbrée que lui…*

Elle se sentit encore une fois envahie par cette sacrée nausée, et elle ferma les yeux.

— Vas-tu rester planté là à m'agacer avec cette nourriture, Allan, ou vas-tu finalement me laisser la manger? demanda-t-elle spontanément.

Elle avait la voix différente. Plus basse. Plus sensuelle. Plus sexy.

À ces mots, il sembla se calmer, et il approcha le tabouret du lit avant de poser le plateau sur le matelas. Lily réussit à se redresser sur un coude pour regarder le repas qu'il lui avait apporté.

Il doit avoir commandé cette nourriture d'un restaurant, songea-t-elle. Il s'agissait d'un steak, saignant en plus. Exactement comme elle l'avait imaginé. Elle n'avait jamais rien senti d'aussi bon dans sa vie.

Il n'y avait rien d'autre. Pas de pain ni de pommes de terre ni de légumes, comme s'il savait qu'elle ne toucherait qu'à la viande. *Évidemment qu'il le sait*, songea-t-elle. *Il sait tout sur les loups-garous. Il les traque et les tue depuis des années.*

Elle releva les yeux vers Jennings. D'une main, il sortait un petit trousseau de clés de sa poche de devant, et de l'autre, il saisissait le revolver à sa taille.

Lily se raidit.

Jennings s'en rendit compte, et il garda les doigts ouverts de manière apaisante pour lui montrer qu'il n'avait pas l'intention de se servir de l'arme. Du moins, pas pour l'instant.

— Je ne veux pas te blesser davantage, Lily, lui dit-il. Alors, assure-toi simplement de ne rien faire de stupide, et je n'aurai pas à m'en servir.

À ce moment précis, il lui rappela John Cusack dans *Tueurs à gages*. Il agissait comme s'il venait de lui faire une demande raisonnable. Comme s'il pouvait être justifiable de faire feu trente fois sur la même personne.

Bouillante de rage, elle le dévisagea pendant un long moment en silence. Puis, s'efforçant d'afficher un air vaincu, elle hocha une fois la tête.

Jennings posa alors le canon du revolver — *doucement* — sur la poitrine de Lily, et de son autre main, il ouvrit les menottes.

Une fois libérée, Lily n'osa même pas bouger. Elle ne voulait vraiment pas se faire canarder une fois de plus.

Lorsqu'il recula finalement, prenant les menottes et l'arme dans ses mains, elle se plaça lentement en position assise. Le steak était déjà coupé en petits morceaux, et il n'y avait pas de fourchette.

Lily garda les yeux sur Jennings et son revolver tout en prenant l'un des morceaux entre son pouce et son index pour le porter à ses lèvres. Elle ouvrit la bouche et posa le morceau sur sa langue. C'était si bon qu'elle dut faire des efforts pour ne pas gémir ou fermer les yeux. Elle le mastiqua simplement et l'avala, puis elle prit un autre morceau. Et un autre.

Pendant ce temps, Jennings l'observait tout aussi attentivement qu'elle le regardait.

En quelques instants, Lily sentit sa force lui revenir. Sa nausée s'estompa. Ses crampes d'estomac s'atténuèrent, puis disparurent.

— Tu reprends des couleurs, lui dit-il d'un ton sans émotion.

Elle ne lui répondit pas. Elle termina la viande, puis se lécha les doigts. Elle ne pouvait pas s'en empêcher. Il y avait un verre d'eau à côté de l'assiette sur le plateau. Elle le prit et le porta à ses lèvres. Avant de boire, elle inspira lentement, voulant sentir le liquide.

Ce n'était que de l'eau. Elle but le contenu du verre au complet, puis elle le déposa sur le plateau. Elle attendit ensuite, observant attentivement son ravisseur, soupesant les choix qui s'offraient à elle.

— Étends-toi, lui dit Jennings.

Elle le dévisagea, fronçant les sourcils très légèrement.

Il leva un bras, pointant une fois de plus le revolver vers elle, et ouvrit habilement les menottes de son autre main libre.

— Je t'ai dit de t'étendre, Lily.

Les doigts de Lily saisirent fermement le bord du lit.

— Tu ne pourras pas me garder ici indéfiniment, Allan. Que vas-tu faire? As-tu déjà ton plan? lui demanda-t-elle doucement.

Elle fut une fois de plus surprise du ton qu'elle avait adopté et du courage qu'elle manifestait encore. Elle était plus fâchée qu'effrayée, ce qui était fou en soi. Après tout, il pouvait lui faire perdre connaissance en quelques secondes, puis la décapiter. Ou brûler son corps. Ou la faire périr atrocement d'une façon quelconque, inconnue d'elle, néanmoins efficace en ce qui a trait à l'élimination des loups-garous.

— Je compte retourner au travail demain, et lorsque Daniel Kane sera à son plus bas — en raison de la mort de son oncle et de l'enlèvement de son grand amour —, je le tuerai, confia-t-il dans un sourire méchant.

Les yeux de Lily s'écarquillèrent.

— Son oncle?

Jennings hocha lentement la tête.

— Il fallait le faire. Et je l'ai fait juste à temps.

Il secoua alors la tête, comme s'il était impressionné d'être intervenu avant qu'il ne soit trop tard, puis il haussa les épaules avec nonchalance. Il soupira avant de continuer.

— Après, je vais trouver quelqu'un pour te ramener dans le monde des humains.

Lily se redressa. Son cœur s'emballa.

— C'est impossible.

— Ah oui? fit-il en haussant un sourcil. Tu en as encore probablement beaucoup à apprendre sur l'espèce de Kane, commença-t-il avant de l'étudier un moment, comme s'il essayait de décider quelque chose. Crois-tu que lui ou l'un de ses démons t'auraient un jour avoué que tu n'étais pas tenue de demeurer un monstre après ta transformation?

— Je...

Elle ne voulait pas songer à ses paroles. Elle ne voulait pas considérer cette possibilité. Mais il avait dit quelque chose d'important. Elle retroussa les lèvres et secoua une fois la tête.

— Je ne te crois pas.

Il inclina la tête, et son expression s'adoucit légèrement.

— Bien sûr que non, dit-il calmement.

Dans d'autres circonstances, elle aurait pu être charmée par sa confiance et le léger sourire qu'il arborait maintenant sur son visage. Dans ce cas-ci, cependant, elle avait l'impression qu'il se moquait d'elle.

Et elle commençait à en avoir ras le bol.

— Comme je te l'ai dit, Lily, Kane ne t'en aurait pas parlé. Mais penses-y une minute. Tu as pu te rendre compte de l'existence réelle des sorcières, et tu sais ce qu'elles peuvent faire. Est-ce si exagéré de penser qu'elles peuvent encore en faire un peu plus ?

Lily cligna alors des yeux. Elle baissa le regard sur son bras droit, et pour la première fois depuis qu'elle était avec Daniel, elle remarqua que la marque qu'il lui avait faite quelques jours auparavant avait disparu. Il n'y avait plus de mince ligne bleue. Rien. *Elle a disparu. Elle a dû disparaître lorsqu'il m'a transformée, puisque je n'en ai plus besoin.*

Car je lui appartiens.

Elle remarqua aussi qu'elle n'avait pas de sang sur le corps. Elle était pourtant certaine qu'elle en avait été couverte après avoir été atteinte par toutes ces balles. *Il m'a nettoyée*, songea-t-elle, totalement dégoûtée en faisant ce constat. Elle ne voulait pas penser aux mains de Jennings partout sur son corps.

Elle releva les yeux vers lui, qui l'observait avec beaucoup d'intérêt. Elle frissonna. Il avait l'air de réellement savoir ce qui lui passait par la tête. C'était troublant.

Elle déglutit et s'éclaircit la gorge, tirant finalement le drap sur sa poitrine, comme par mesure de protection.

— Je ne comprends pas, dit-elle en secouant la tête. Pourquoi moi ? Pourquoi ne pas me tuer aussi, tout simplement ?

Elle n'arrivait vraiment pas à comprendre les actions de Jennings. Il avait tué l'oncle de Daniel. Sa haine envers les loups-garous était manifestement viscérale.

Allan émit un bruit de surprise et secoua la tête.

— Tu ne le sais vraiment pas ?

Elle attendit.

— Lily, tout en toi respire la bonté. La lumière. Le salut. Je te connais mieux que tu le crois. Vraiment. J'ai…

Il s'interrompit brusquement, comme s'il allait échapper des mots qu'il ne voulait pas nécessairement qu'elle entende. Sa gorge se serra, puis il continua.

— Je sais ce qu'il y a dans ton cœur, et je ne peux pas laisser Kane et ses monstres te le prendre. Je ne peux pas les laisser te changer. Je ne les laisserai pas gagner. Je vais faire tout ce qu'il faut pour m'en assurer.

Lily resta assise sur le bord du lit à serrer les poings si fort sur le matelas que les ressorts grincèrent. Elle était complètement renversée par ce qu'Allan Jennings venait de lui confier.

Elle n'était pas stupide. Elle connaissait assez bien les hommes comme lui ; elle en avait côtoyé dans le cadre de son travail. Les signes d'obsession étaient clairs à ses yeux. Il était fou, d'accord, mais c'était pire encore. Il était fou *d'elle*. C'était quelqu'un d'intelligent qui occupait un poste d'autorité depuis dix ans. Elle se demanda ce qu'il savait d'elle exactement.

Je suis passée de Malcolm Cole à Allan Jennings, songea-t-elle. *De mal en pis.*

Lily conclut qu'il lui restait deux options. Elle pouvait se battre contre lui, ce qu'elle souhaitait ardemment, mais elle perdrait probablement. Elle pourrait peut-être même le rendre furieux au point qu'il la tue.

L'autre possibilité était de faire semblant d'être de son côté ; elle pouvait faire semblant d'être atteinte du syndrome de Stockholm, ou alors agir comme une femme sans défense qui ne souhaite ni ne mérite le fléau que lui a infligé l'horrible, méchant et pas gentil loup-garou.

Cette deuxième option lui donnait envie de se mordre la langue et de la mâchonner jusqu'à l'avaler. Mais c'était probablement aussi le choix le plus sage.

— Allan, j'ai froid.

À grand renfort de gestes, elle s'enveloppa du drap autant qu'elle le put.

— Et ces menottes me font mal, ajouta-t-elle en faisant un signe de tête en direction des bracelets incroyablement solides qu'il tenait dans sa main gauche. S'il te plaît, laisse-moi simplement rester assise ici. Redonne-moi mes vêtements — ou une couverture.

Elle parlait doucement et le suppliait d'un ton mielleux et conciliant. Elle voulait l'amener à croire qu'elle ne souhaitait plus lutter. Elle jeta même quelques coups d'œil nerveux au revolver, comme si sa peur de recevoir d'autres coups de feu occupait toutes ses pensées. Comme si elle voulait tout faire pour empêcher ce résultat.

Jennings baissa le regard vers elle, ses yeux bleu-gris semblables à un ciel orageux.

— Tu crois sincèrement me faire tomber dans le panneau, Lily? Nous sommes tous deux intelligents, tu t'en souviens? Tu es une travailleuse sociale qui sait comment négocier, dit-il en secouant légèrement la tête. Et moi, je suis policier, ajouta-t-il avec un sourire ironique empreint de reproche. Je suis aussi chasseur, Lily. Je sais comment le démon fonctionne dans ta tête.

Lily se mordit la joue.

— Et ça fonctionne comment, exactement? demanda-t-elle, tentant désespérément de poursuivre la conversation.

Elle était prête à n'importe quoi pour éviter de se faire passer à nouveau les menottes.

— Comment ça fonctionne ? répéta-t-il avec un rire sombre. Comme du poison, répondit-il en haussant les épaules. Mais je suis un peu étonné de la rapidité avec laquelle il agit en toi, Lily. Je te croyais plus forte que ça.

Tu veux voir à quel point je suis forte ? songea-t-elle. *Approche-toi — sans le revolver.*

— Tout de même, poursuivit-il, tu n'es pas aussi avancée que certaines femmes devenues louves-garous que j'ai déjà chassées. Je pourrais te raconter de ces histoires.

Lily ravala le dégoût qu'elle ressentait devant cette confession meurtrière, et elle saisit la perche qu'il lui tendait.

— Allan, dis-moi plutôt ce que m'a fait Kane. Dans quoi me suis-je fait piéger, exactement ?

Elle avait le ton neutre. Elle avait réussi à ne pas laisser paraître une froideur haineuse dans sa voix.

— Dis-le-moi, insista-t-elle.

Jennings sembla réfléchir un moment. Il avait encore un sourire cruel, et ses yeux orageux luisaient dans la lumière des néons.

Lily tenta de calmer son cœur, qui battait à toute allure. *Abandonne,* s'ordonna-t-elle. *Fais l'idiote. Sois docile.*

Il sembla ensuite prendre sa décision. Les tempêtes dans ses yeux s'assombrirent, et il serra la mâchoire.

— J'en serais ravi. Mais pas avant que tu te sois étendue et que tu aies levé les bras au-dessus de la tête comme une bonne fille.

Il avait baissé le ton. C'était probablement le ton qu'il utilisait quand il ordonnait aux conducteurs saouls de sortir de leur voiture pour passer un alcootest.

Lily plissa dangereusement ses yeux dorés. Elle sentit ses canines se transformer en crocs une fois de plus dans sa bouche, et d'étranges lueurs se mirent à danser devant ses yeux. Elle se demanda si elle était sur le point de se métamorphoser en louve. Personne ne lui avait dit comment faire. Elle n'avait aucune idée de ce à quoi elle devait s'attendre. Et elle savait que si la transformation se faisait, il tirerait sur elle. Mais elle n'était pas certaine de pouvoir se réveiller, cette fois.

— *Et tout de suite*, Lily, dit-il en armant son revolver du pouce. Je ne vais pas te le répéter.

Elle serra les dents et, jetant un dernier coup d'œil furtif au 9 mm, elle acquiesça et s'étendit sur le matelas en tirant une fois de plus le drap sur tout son corps. Elle commençait réellement à avoir froid, tant à l'intérieur d'elle que sur sa peau. Elle voulait vraiment une couverture. Elle voulait vraiment ses vêtements.

Elle voulait vraiment, vraiment un Uzi.

— Les bras au-dessus de ta tête, les mains fermées sur le poteau.

Elle obéit, refoulant un ressentiment qui s'exprima tout de même dans un tressaillement des muscles sur sa mâchoire. Puis, une fois de plus, le canon de ce satané revolver se retrouva contre sa cage thoracique pendant que Jennings se penchait au-dessus d'elle avec les super-menottes pour lui entraver les poignets.

Lily eut soudainement une idée. C'était une pensée fuyante, un souvenir bref qui avait traversé son esprit fiévreux qui la lui avait donnée.

C'est maintenant, Lily. Tu as la force qu'il te faut. Tu ne peux pas le laisser gagner. C'était le moment ou jamais. Elle devait s'échapper. Elle devait tenter d'avertir Daniel — ou mourir en essayant de le faire.

Lily sentit sa tête se mettre à tourner et sa poitrine se contracter alors qu'elle se préparait à mettre son plan à exécution. L'idée lui était venue comme un souvenir fugace dans son esprit embrumé.

Le souvenir de Daniel — et de son baiser.

Le baiser d'un loup-garou avait le pouvoir de donner du plaisir à l'autre. Mais elle savait aussi par expérience qu'il pouvait affaiblir et même endormir. Tout dépendait de l'intention du loup. Lily soupçonnait que ce n'était peut-être pas aussi simple que ça, mais elle s'attardait surtout à cette capacité d'endormir l'autre.

Un seul baiser, songea-t-elle. *Un seul petit baiser.*

Au moment même où Jennings appuyait le métal froid des menottes sur le côté du poignet droit de Lily, celle-ci leva la tête et emprisonna les lèvres du policier dans les siennes.

* * * *

— Merde de merde, je ne sais vraiment pas quoi faire.

Daniel laissa les mots sortir tels quels; il était abattu et désespéré comme personne d'autre. Il avait perdu beaucoup dans sa vie, et la moitié de ces pertes étaient survenues au cours des dernières vingt-quatre heures. Mais ça?

Il regarda James Valentine de ses yeux à la fois luisants et rougis, ne voyant plus cet homme comme une menace ou un compétiteur, mais comme une chance à saisir. Un espoir.

Daniel se serait accroché à n'importe quoi — *à quoi que ce soit* — pouvant lui procurer le moindre espoir de retrouver Lily et de la ramener à la maison.

— Dis-moi ce que tu ressens, exigea Daniel du loup-garou protecteur.

Il savait que Valentine pouvait sentir si Lily était encore vivante. Et il voulait savoir la vérité. De précieuses minutes s'étaient écoulées depuis qu'ils avaient découvert qu'elle avait disparu du terrain de stationnement du Mall of Louisiana. Ces précieuses minutes dépassaient maintenant plus d'une heure — c'était très long. Très, très long dans un cas d'enlèvement.

— Je sens qu'elle est vivante, lui dit simplement Valentine. Et je ne te dis pas ça pour t'épargner, Kane, continua-t-il en parlant doucement sur un ton si grave que tous se figèrent autour de lui. Que tu le croies ou non.

C'était suffisant pour Daniel. Il hocha la tête, puis il se détourna du gardien pour regarder des deux côtés de la route. Tous dépassaient les limites sur la nationale 61. Rares étaient ses agents qui prenaient encore la peine de distribuer des contraventions, sauf si les conducteurs ne semblaient pas en état de conduire.

De l'autre côté de l'artère se trouvait une petite église en brique, dont l'affiche usée annonçait une messe à vingt heures le dimanche soir. Cette affiche décrépie par la rouille ne tenait encore à son cadre que par une seule vis. Le terrain de stationnement était zébré d'herbes. Au milieu de la semaine, comme c'était actuellement le cas, il n'y avait aucune voiture, à l'exception d'un véhicule de service garé à l'abandon près du fond de l'allée en gravier. C'était un vieux camion. Comme souvent avec les voitures et les camions dans le sud, celui-ci était rouillé le long des jantes, des portières et du capot. Un emblème sur le côté représentait un chêne et des collines. Le camion appartenait ou avait appartenu à une entreprise de pelouses et jardins.

Sa présence était on ne peut plus justifiée, semblait-il. L'église avait grandement besoin d'entretien.

Sur la route à quelques centaines de mètres de l'église se trouvait une autre allée qui menait à une installation de barbecue. Quatre véhicules y étaient stationnés, et de la fumée s'échappait de la cheminée. Daniel pouvait facilement détecter dans l'air l'odeur de la viande cuite assaisonnée.

À environ un demi-kilomètre dans l'autre direction, il y avait aussi une halte routière pour camionneurs, avec comptoir de machines à sous et boutique de souvenirs. Deux semi-remorques y étaient stationnées côte à côte à l'arrière, et un conducteur de VUS faisait le plein à ce qui semblait être d'où il se trouvait la pompe numéro deux. Même à cette distance, Daniel, en plissant les yeux, pouvait apercevoir de son regard surnaturel les silhouettes de deux bambins qui se chamaillaient sur le siège arrière du véhicule.

C'était tout. Mis à part ces emplacements et l'église, il n'y avait rien d'autre sur ce segment de route.

Daniel se détourna et se mit une fois de plus à faire les cent pas sur le porche du manoir de la plantation.

— Pourquoi ici? Pourquoi a-t-il choisi cette adresse? lança-t-il à la cantonade.

— Je ne sais pas, mentionna Tabitha. C'est ridicule. Voyons, c'est un endroit presque célèbre! Franchement, je suis stupéfiée qu'aucun de nous ne l'ait immédiatement remarqué.

Son timbre de voix était alarmant. Daniel sut précisément ce qui se passait. Sa sœur était au bord de l'hystérie.

Valentine passa son bras autour d'elle et la tint de près contre lui. Daniel savait bien dans le fond que ce geste était peut-être la seule chose à faire pour empêcher sa sœur de sombrer.

Du même avis qu'elle, Daniel hocha la tête, puis la secoua.

— Mais il y a autre chose. Quelque chose nous échappe.

Il leva le regard vers le détective Knight et le fit se figer sur place à cause de ses yeux qu'il savait trop bien à la fois rouges et luisants, car il les sentait brûler dans leurs orbites.

— Allons, détective. *Réfléchis.* Que savons-nous d'Allan Jennings ? Il travaille avec nous depuis *dix ans*, nom de Dieu ! Il doit bien y avoir un indice quelque part !

Aiden Knight cligna des yeux, puis il se passa la main dans ses cheveux bruns.

— C'est un excellent tireur de précision, répondit-il. Ses tirs sont toujours très bien regroupés.

— Il se stationne toujours parfaitement entre les lignes au poste, ajouta un autre policier.

— Il aime analyser les choses — des tableaux, des graphiques, des cartes. Il n'a pas son pareil pour retrouver les gens, continua Knight.

Ce détail éveilla l'attention de Daniel. Une pièce du puzzle se mit en place dans son cerveau.

— Continuez.

— Il lit beaucoup. Mais toujours le même type de livres. Des romans policiers, surtout, avança Mayfield.

Il était un loup-garou, mais aussi le partenaire d'Allan ; il le connaissait donc mieux que les autres.

Mayfield s'arrêta, fixant les lattes du plancher. Des pensées se précipitaient dans sa tête ; Daniel pouvait presque les voir passer.

— Il n'aime jamais trop s'éloigner de notre lieu d'assignation. Si nous sommes affectés à Perkins, il aime prendre son repas à Perkins. C'est la même chose dans tout, à vrai dire, continua Mayfield, qui réfléchissait maintenant visiblement à voix haute, comme lors d'un remue-méninges. Il note tout et garde tout de manière ordonnée. Tout est bien regroupé — comme ses coups au stand de tir.

Une autre pièce du puzzle se mit en place.

— Continue, lui ordonna Daniel.

— Il met sa monnaie en pile sur son bureau, continua Mayfield.

— *Tout* est en pile, ajouta Knight. Ses papiers, ses livres — tout.

— Donc, il est ordonné ? demanda Tabitha sans comprendre où tout cela les menait, manifestement inquiète qu'ils soient en train de perdre leur précieux temps.

— Pas simplement ordonné, répondit Knight en secouant la tête.

Il plongea une main dans la poche de sa veste et en sortit son iPod. Il joua avec l'appareil un moment jusqu'à ce qu'une liste personnalisée apparaisse à l'écran. Il la lut.

— Ses noms d'utilisateur et ses mots de passe dont il se sert pour accéder à ses sites courants correspondent toujours à une même série de lettres et de chiffres, à quelques détails près.

— Donc, il aime se rappeler facilement les choses ? demanda encore Tabitha, qui affichait un air encore plus confus que celui qu'elle avait quelques instants auparavant. Il semble simplement ordonné ! cria-t-elle. En choisissant ses mots de passe de cette façon, c'est tout simplement plus facile de s'en souvenir, dit-elle en haussant les épaules, de plus en plus frustrée. Je fais la même chose.

Daniel cligna des yeux.

Regroupé... Tout ce que faisait Jennings était regroupé. Tant la monnaie sur son bureau que l'impact des balles sur les cibles au stand de tir. Il en avait presque développé un trouble obsessionnel compulsif. Regroupé. En ordre. Facile.

Daniel leva les yeux vers le véhicule de service stationné de l'autre côté de la route. Son regard alla du camion à l'église en brique. Vide. Une vieille affiche brisée. *À l'abandon.*

L'église était-elle vide simplement parce qu'on était un jour de semaine, ou plutôt parce que ce n'était plus une église ?

Sa gorge se serra. Les autres suivirent son regard. Un éclair déchira le ciel, et le tonnerre gronda au-dessus d'eux.

— *Oh, bon sang,* murmura Knight.

CHAPITRE VINGT ET UN

ENTRÉE PAR EFFRACTION

Allan Jennings n'avait jamais prévu cette réaction. Il s'attendait à un coup de pied, à un coup de poing, à ce qu'elle se débatte soudainement. Il s'était préparé à toutes ces éventualités, son index légèrement appuyé sur la détente de son revolver, prêt à obéir à un signal du cerveau.

Mais un baiser ?

Il en avait rêvé. *Beaucoup*. Il avait imaginé, à maintes reprises, ce qu'il ressentirait au contact des lèvres de Lily, douces et pleines, sous les siennes : les presser, les ouvrir, goûter à cette femme...

Ses cheveux exhalaient de faibles effluves de shampoing. *À la lavande*, songea-t-il. Il sentait ses longs cils contre sa pommette. Les vagues de plaisir qui le traversaient lui arrachèrent un gémissement de la gorge.

Oh, comme il l'avait désirée ! Il l'observait depuis si longtemps, la photographiant de très loin, se demandant toujours s'il réussirait à obtenir davantage qu'une photo. Sur sa photo préférée, il avait réussi à capter ses parfaites lèvres roses qui esquissaient un sourire bien sage. Il voulait ces douces lèvres autour de sa bite. Il voulait s'enfouir dans chacun de ses orifices. Il voulait jouir en elle, encore et encore. Il la désirait depuis quinze foutues années.

Elle se trouvait maintenant sous lui sur un lit, nue. Et elle l'embrassait.

Son désir reprit vie, et il se surprit à lui rendre son baiser, la poussant contre le matelas sous elle, tremblant de sa main qui tenait le revolver appuyé contre ses côtes. Il mit son autre main sur le lit pour se retenir alors que ses genoux faiblissaient en raison de l'appétit qu'elle éveillait en lui.

Faiblissaient... Une pensée lui traversa l'esprit comme un papillon de mauvais augure. *Elle me rend faible.* Tout devenait chaotique, flou.

Ses forces s'échappaient de lui. Il voulait s'étendre tout contre elle sur le lit, la tirer contre lui. Le canon du revolver glissa sur le matelas alors qu'elle passait sa langue derrière ses dents. *Je faiblis.*

Puis, il comprit.

La colère l'envahit. *Merde!* Ses yeux s'ouvrirent subitement. Il recula, et d'un geste fluide, il releva la main qui tenait son arme pour frapper Lily de toutes ses forces du revers.

La tête de la jeune femme tourna sur le côté dans un fort craquement. Jennings recula gauchement, essayant de retrouver ses repères. La fatigue s'empara de lui comme les vagues d'une marée, en un mouvement de va-et-vient. En un flux et reflux.

Lily gémit de douleur et cracha du sang. Elle tourna ensuite la tête en direction de Jennings. Elle avait les yeux luisants. Des gouttelettes de sang se voyaient sur ses lèvres et sur le côté de son menton. Un bleu se formait sur sa pommette. Il l'observa d'abord avec un genre de fascination — qui cessa ensuite lentement.

— Salope, siffla-t-il. Tu es plus avancée dans le processus que je ne le croyais.

Elle tenta de s'asseoir, mais il ne lui laissa plus de chances de le défier. Il leva le revolver et actionna la détente. Elle finit par retomber sur le lit au bout de quatre balles, la tête une fois de plus sur le côté dans un état de semi-conscience. Il décida de ne pas l'achever.

Pas cette fois-ci.

La colère alimentant sa détermination, Jennings se pencha vers elle et lui saisit brusquement les poignets, les tirant au-dessus de sa tête pour bien les attacher au poteau derrière le lit. Puis, il retira le drap de son corps et fixa les plaies sur son abdomen. Il savait qu'elles l'avaient fait souffrir. Ce constat sembla à la fois atténuer et attiser sa colère. Le sang de Lily coulait des trous. Allan les regarda se refermer, l'un après l'autre, Lily retrouvant sa peau douce, sans aucune trace des coups de feu, à part le sang dont elle était couverte.

Les balles étaient allées se loger sous le lit, dans le plancher de béton qui se trouvait sous le tapis du sous-sol. Jennings mit le drap en boule dans sa main pour essuyer une grande partie du sang répandu sur le corps de Lily.

Il laissa ensuite tomber le drap et saisit le menton de Lily pour lui tourner le visage en sa direction. Elle ouvrit les yeux dans un battement de paupières.

— Je te hais, murmura-t-elle avant de tousser encore du sang.

Allan rit sans joie. Il avait un sourire dur, impitoyable.

— Je n'ai maintenant plus rien à perdre, lui dit-il.

Il la lâcha alors brusquement. Il recula d'un pas, et il posa le revolver sur le tabouret à côté du lit. Puis, il retira son t-shirt, laissant apparaître son torse large et ferme.

* * * *

Le ventre de Lily se serra. Son cœur aussi. Elle vivait un véritable cauchemar. Jennings ne voulait pas se contenter de la truffer de balles et de l'enlever. Il fallait aussi qu'il la viole.

— Tu veux jouer à des petits jeux, Lily ? lui demanda-t-il pendant qu'il commençait à déboutonner son jean. Parfait. Nous allons jouer, dit-il en secouant la tête, riant une fois de plus. Te rends-tu compte du fait que tu es en mesure de guérir de tout ce que je peux te faire ?

Il laissa tomber son pantalon, en dessous duquel il ne portait rien. Son membre, dur et gonflé, était en érection, rouge et vibrant.

Lily détourna la tête. Elle avait la nausée. Avait-elle mangé assez de viande pour la vomir ? *Mon Dieu, faites que non.*

— Imagine les possibilités, Lily.

Il se trouva soudainement à côté d'elle, et il lui tourna brusquement la tête d'une main pour qu'elle soit forcée de le regarder de nouveau. De sa main libre, il lui prit un sein, et elle se rebiffa à ce contact, tentant de s'éloigner de lui.

Ce geste déclencha en lui une violente colère. Il recula légèrement et la gifla une fois de plus du revers de sa main. Elle lança un cri de douleur et goûta le sang frais. Ses dents avaient coupé l'intérieur de sa joue.

Puis, pendant que sa plaie guérissait, Jennings lui pinça un mamelon de ses doigts. Les larmes montèrent aux yeux de Lily, et la bile reflua dans sa gorge. Elle tenta de respirer, puis constata que ses poumons ne se dilataient pas.

Avec désespoir, elle tira violemment sur les menottes et sentit qu'elles lui déchiraient la peau encore et encore.

Lorsqu'elle tenta de lever les jambes pour le frapper de ses pieds, il serra le poing et lui asséna un coup dans l'estomac.

La douleur était accablante. La vision de Lily se mit à se brouiller. Plusieurs longues secondes s'écoulèrent avant que ses poumons finissent par se dilater péniblement. Son pouls se mit à battre de façon erratique en raison de l'influx soudain d'oxygène, et elle eut un haut-le-cœur. Jennings lui tourna brusquement la tête de côté pendant qu'elle toussait une fois de plus, et cette fois-ci, une petite quantité de bile accompagna le sang.

Jennings approcha les lèvres de son oreille.

— Continue de me résister, Lily. Voyons un peu ce que nous pouvons te faire de plus, d'accord ?

Il se mit ensuite à califourchon sur elle, lui entourant méchamment le cou d'une main forte et tripotant grossièrement son sein de l'autre. Lily pouvait sentir son érection contre son ventre, et elle eut un autre haut-le-cœur.

Dans le cadre de son travail, elle avait été formée pour enseigner aux femmes qu'il ne fallait pas se battre contre l'intrusion du pénis d'un homme au point d'en subir de véritables blessures, que ce n'était pas la peine d'en mourir. On leur enseignait que l'important était de *survivre* au viol — et de s'occuper du reste plus tard.

Lily avait toujours accepté la logique brute de cet enseignement, car il reflétait d'une certaine manière le gros bon sens. Mais quelque chose en elle la rendait mal à l'aise. Comme si ce n'était pas *tout à fait* vrai. Comme si ce n'était pas *entièrement* correct.

Et maintenant, elle savait pourquoi.

Elle avait traversé tant d'épreuves auparavant. Pourtant, la pensée qu'Allan Jennings allait la pénétrer de force lui était trop douloureuse. Elle ne pouvait pas le supporter. Cette dernière transgression, dernière des injustices, la répugnait. *Seul Daniel*, songea-t-elle. *Seul Daniel.*

Daniel — et *seul* Daniel — pouvait la toucher. Elle avait besoin de *lui* — de ses mains, de son corps, de ses intenses yeux bleus. Elle avait besoin de son loup-garou alpha, de son compagnon.

Lily se mit à voir des chandelles alors qu'au-dessus d'elle, Jennings resserrait son étreinte autour de sa gorge, empêchant l'air de se rendre à ses poumons. Il serrait fort. Il tentait de la tuer. Et il le faisait de manière à ce qu'elle se réveille une minute plus tard pour qu'il puisse la tuer de nouveau.

Daniel! Son âme criait le nom de son amour même si son corps frémissait sous le traitement haineux d'un autre homme. Jennings s'était mis à bouger, lui écartant les jambes avec assez de force pour lui laisser des ecchymoses. Elle ne pouvait lui résister. Il ne restait plus d'air dans son corps. Elle sentit un filet de sang couler de sa narine droite. Ses poumons hurlaient, et le sang lui battait dans les tympans. C'était tout ce qu'elle entendait; c'était comme le tonnerre. Elle se noyait... il n'y avait plus de douleur.

Daniel...

Puis, soudain, elle toussa violemment, se secouant sur le lit pendant qu'elle aspirait à pleins poumons. Jennings lui avait relâché la gorge quelques secondes avant qu'elle ne s'évanouisse. Le souffle qu'elle retrouvait lui faisait horriblement mal, mais au-delà de la douleur et maintenant que l'afflux du sang lui faisait moins mal dans ses tympans, elle sentait que quelque chose avait changé.

Il y avait des bruits étranges, forts et intenses. Des cognements répétitifs et des vibrations dans ses os. Elle respira encore bruyamment au milieu de ce qui lui semblait être un douloureux tohu-bohu accompagné de divers craquements. De coups de feu. Il y eut ensuite un déchirement. Une déchirure, comme du métal qui se séparait. Un grognement? De multiples grognements?

Entendait-elle de façon adéquate? Elle tenta d'ouvrir les yeux, mais elle ne vit que des chandelles, des éclairs et des tourbillons. Les grognements s'accentuèrent, faisant frissonner son corps nu.

Puis, il y eut des voix. Certaines criaient. D'autres disaient des mots qu'elle n'arrivait pas à déchiffrer ni à comprendre. Elle les entendait comme si elle se trouvait dans un tunnel, à l'intérieur d'une bulle, ou alors les deux en même temps. Elle continua à chercher son souffle, inspirant avidement et cherchant à éviter d'autres haut-le-cœur.

Puis, de chaudes mains entourèrent ses poignets. Elle entendit le métal tinter en même temps que sa vision s'éclaircissait un peu. Une grande et forte silhouette noire et floue se dressait au-dessus d'elle.

Immédiatement, elle sentit la puissance inexorable de cet homme déferler sur elle comme une vague si intense, si physiquement manifeste — si *réconfortante* — qu'elle poussa un cri rauque de joie et de soulagement, laissant cette fois ses larmes couler sur ses joues.

Daniel.

Elle sentit ses mains entourer doucement ses poignets endoloris, puis la soulever pour la tenir contre lui. Elle ferma les yeux et huma son odeur, pressant sa paume contre les solides muscles sous son t-shirt. Elle entendit le cœur de Daniel qui battait fort et vite.

Il posa son autre main sur la tête de Lily, lui caressant tendrement les cheveux. Il la tenait si fort…

Il lui parla ensuite, sa voix traînante pénétrant la barrière floue dans laquelle elle s'était enveloppée pour se protéger contre ce chaos.

— Je suis là, Lily, lui dit-il doucement en l'embrassant sur le dessus de la tête. Je suis là, ma chère. Tout va bien.

Elle entendait ce qui se passait autour d'eux. Des scènes de violence. Elle reconnut certains bruits. Elle ne s'en souciait guère. Daniel la tenait dans ses bras ; il était ferme, réel et solide dans ces circonstances où il semblait normal qu'il agisse ainsi. Elle tenta de le serrer aussi fort que lui la serrait, mais elle fut prise de vertiges. Elle se détendit donc dans ses bras et se laissa bercer.

Elle savait qu'elle était sûrement affreuse à voir. Elle savait qu'elle était couverte de son propre sang. Il devait y en avoir dans ses cheveux. Mais ça lui était égal. Elle avait survécu à l'enfer.

Lentement, doucement, Daniel se redressa sur le lit et entreprit de se lever. Elle geignit. Elle ne pouvait s'en empêcher. Elle avait froid, et il était sa seule source de chaleur. Elle leva la tête vers lui, et ses yeux se fixèrent dans son regard d'un bleu pur.

— Doucement, chère. Je veux juste te regarder.

Il l'immobilisa sur place et lui transmit de l'énergie, vague après vague, chacune couvrant l'autre et s'enroulant autour d'elle comme une chaude couverture de laine, l'empêchant de bouger devant lui.

— Elle a perdu trop de sang.

Lily reconnut la voix de Valentine. Mais elle ne pouvait détacher ses yeux assez longtemps de Daniel pour vérifier. Il la tenait fermement prisonnière. Elle l'observa, avec une certaine hébétude, ouvrir les lèvres pour exposer ses longs crocs acérés. Il porta son propre poignet à sa bouche et se mordit profondément. Le sang en coula immédiatement.

Il s'agenouilla devant le lit, et en plaçant une main derrière la tête de Lily, il guida ses lèvres vers sa blessure.

— Bois, Lily.

Elle n'hésita pas. Elle ne pouvait pas hésiter. L'odeur était trop bonne. Elle couvrit la plaie de sa bouche et avala.

* * * *

Devant elle, Daniel fermait les yeux. Pour un loup-garou, le partage du sang est une expérience incroyablement intense. Le désir latent d'un loup se manifeste alors à une vitesse et à une amplitude inouïes, à en couper le souffle. La plupart du temps, un loup-garou ne laisse boire qu'une ou deux gorgées. C'est tout ce qu'il peut offrir avant que la faim ne s'empare de lui à son tour.

C'était particulièrement difficile pour Daniel, car Lily était sa compagne, une nouvelle compagne, de surcroît. Il était déjà tellement attiré par elle, il la désirait tant que c'en était douloureux. C'était une douleur qu'un simple mortel ne pourrait jamais comprendre. Donner de son sang à Lily, c'était pour Daniel comme avaler cinq litres d'aphrodisiaque après avoir été privé de jouissance durant un mois.

Ça lui faisait mal. Il la désirait. Il sortait à peine d'un combat, et l'adrénaline qui diminuait dans son sang n'aidait pas du tout dans les circonstances. Cependant, en ce moment, Lily avait besoin de plus que quelques gouttes de son sang. Allan Jennings l'avait atteinte trop de fois et de trop de manières.

Donc, au prix d'efforts incroyables, il réussit à maîtriser le loup en lui, le forçant à se tapir, et même lorsqu'il se mit à trembler légèrement et à suer en raison des efforts qu'il mettait à se refuser quoi que ce soit en retour du service qu'il lui rendait, il continua de lui tenir fermement la bouche contre son poignet.

Lorsqu'une minute entière se fut écoulée, elle commença à vouloir retirer les lèvres. Il l'en empêcha presque, mais elle ouvrit les yeux et les leva vers lui. Il fut stupéfié.

— Bon Dieu, tu es magnifique ! marmonna-t-il.

Les yeux de Lily brillaient comme de l'or. Ses cheveux étaient presque de la même couleur. Une douce lueur avait infusé sa peau, et ses joues avaient retrouvé leur rougeur grâce à la chaleur du sang de Daniel.

Il baissa le poignet. Alors que la blessure qu'il s'était luimême infligée se mettait à guérir, il continua de la dévisager. Il aurait pu la fixer pour l'éternité. Elle était parfaite.

Puis, comme si elle pouvait lire dans ses pensées, elle fit la chose la plus incroyable. Elle eut un petit sourire gêné. Ses canines blanches et parfaites étaient petites et pointues. Le souffle de Daniel se coinça dans sa gorge. Il en ressentit une douleur au cœur. Il lui prit doucement le visage des deux mains.

— Tellement, mais tellement magnifique, chuchota-t-il.

Lily frissonna.

Daniel cligna des deux. Il se leva instantanément et retira son t-shirt. Derrière lui, plusieurs autres personnes s'agitèrent, et Lily contourna du regard la grande silhouette de Daniel pour voir de qui il s'agissait.

— Ce sont les hommes de ma meute, Lily, lui dit Daniel en s'agenouillant devant elle pour l'envelopper de son t-shirt énormément trop grand pour son corps délicat.

Les hommes de Daniel retirèrent leurs vestons et chandails pour les tendre à ce dernier. L'un après l'autre, il les posa sur elle jusqu'à l'enterrer — mais au moins, elle avait chaud à nouveau.

Ce faisant, il surprit Lily, qui fixait le regard sur sa large poitrine, sur ses muscles en saillie, de même que sur ses bras robustes. Il la vit rougir au niveau des joues, juste avant qu'elle s'oblige à regarder le plancher.

Elle blêmit alors. Daniel suivit son regard. Allan Jennings était étendu sur le sol, son corps affalé dans un angle impossible, ses yeux enflés fermés, son nez et ses lèvres complètement méconnaissables. Mais il était aussi menotté. Daniel entendait battre le cœur de Jennings, et il savait que Lily pouvait également l'entendre.

— Il sera remis au conseil du clan et interrogé, dit James, qui avait manifestement observé Lily en même temps.

Lily leva les yeux vers Valentine, qui se tenait au-dessus du prisonnier inconscient.

— Ce qu'il peut nous dire sur les chasseurs est trop important, lui dit-il sur un ton de consolation, comme s'il essayait de lui avouer qu'il était très désolé.

— Nous voudrions tous l'égorger, Lily, déclara le détective Knight.

— Mais Valentine a raison, renchérit Stark, qui se tenait à environ un mètre de Daniel.

Daniel observait Lily pendant qu'elle assimilait la présence des membres de sa meute, comme pour mémoriser qui ils étaient. Le regard de Lily se posa sur les yeux gris-doré de Stark.

— Les chasseurs sont devenus trop puissants, continua-t-il d'un ton doux. Nous avons besoin de tous les renseignements possibles.

Lily serra plus fort autour d'elle les vêtements qu'on lui avait donnés, puis elle se tourna vers Daniel.

— Son père a tué tes parents, lui dit-elle doucement.

Daniel se figea. Comme s'il avait frappé un mur invisible, il eut le souffle coupé. Des souvenirs lui revinrent — une douleur indicible. Il vit rouge immédiatement et voulut se lever pour détruire Jennings, lui mutiler le corps jusqu'à ce qu'il ne soit plus qu'un animal méconnaissable.

Mais Lily le regarda fixement, le souffle doux et irrégulier, et même si l'air autour d'eux tous était devenu on ne peut plus étouffant, il ne bougea pas. Il ne leva pas les yeux de sa compagne.

Après un long moment, il ferma les paupières, et ses mains tombèrent sur le lit de chaque côté d'elle. Il serra le matelas, déchirant le tissu avec ses griffes jusqu'à ce qu'il le ruine sous sa poigne. Lily passa ensuite sa main dans les cheveux de Daniel et tira sa tête contre sa poitrine. Elle le tint ainsi contre elle, sans dire un mot.

Les loups-garous dans la cave devinrent silencieux, par respect pour le deuil de Daniel.

Le tonnerre gronda au loin.

Quelque part à l'extérieur, un orage poursuivait sa route.

ÉPILOGUE

— Je crois que tu ne devrais pas faire ça.

Lily leva les yeux au ciel et soupira.

— Pas toi aussi.

Tabitha leva les mains pour lui faire signe de bien vouloir l'écouter, puis elle continua.

— C'est juste que le conseil est… eh bien, il est très, très puissant, Lil. Il ne faudrait pas que tu attires l'attention de ses membres sur toi. Lorsqu'ils t'ont dans leur mire, c'est pour toujours. Et qui sait quels problèmes ils pourraient te causer si tu décidais de mettre ton idée à exécution?

Tabitha suivit Lily, qui se déplaçait de pièce en pièce, examinant tout et s'assurant d'avoir fait tous ses bagages.

— Écoute, Tabby, le conseil ne me fait pas peur. J'ai été enlevée par trois hommes différents, menottée à deux lits, j'ai reçu plus de trente balles dans le corps, j'ai failli me noyer dans un jacuzzi en plein incendie, et j'ai été transformée en louve-garou, dit-elle en s'arrêtant pour fixer sa meilleure amie de ses yeux de louve, les sourcils relevés. Veux-tu bien me dire ce que le conseil pourrait me faire de plus? Hein?

Tabitha demeura bouche bée, et elle inspira brusquement.

— Ah! Ma fille, tu n'en as aucune idée! La plupart des loups-garous passent leur vie à essayer d'*éviter* de se faire remarquer par le conseil ! Ne m'oblige pas à te dire ce qu'il pourrait te faire…

Mais Lily s'était tournée et avançait à nouveau, et Tabitha fut forcée de la suivre dans la maison tout en argumentant.

— Écoute, Lily, je te prie de me prêter attention à ce sujet. Je suis sérieuse. Le conseil est constitué de bonnes personnes, oui. Je te l'accorde. Et si ce que tu dis est vrai, je suis donc aussi désolée pour Malcolm Cole. Mais au bout du compte, c'est ta parole contre la leur, et s'ils croient que tu es de connivence avec un tueur en série, ça pourrait te causer toutes sortes de gros, mauvais et horribles ennuis !

Lily saisit le chandail qui se trouvait sur la colonne en bois du lit dans la chambre d'amis, puis elle se tourna vers son amie.

— Oh, *mon Dieu*, Tabby ! Te rends-tu compte de ce que tu dis ? Tu viens tout juste d'admettre que Cole est innocent et que tu me crois ! Comment peux-tu seulement accepter que tous les loups-garous du monde le croient coupable d'avoir commis d'innombrables meurtres aussi épouvantables ?

Elle frôla Tabitha à la hâte en se précipitant dans le couloir pour retourner au salon, où reposait sa valise ouverte, sur la table basse. Elle y jeta le chandail et se tourna vers Tabitha encore une fois.

— En plus, crois-tu *vraiment* qu'il y a la moindre chance que le conseil puisse croire *honnêtement* que je suis de mèche avec un *tueur* ? Je suis *travailleuse sociale*, nom de Dieu ! Je n'arrive même pas à tuer une ridicule *araignée*, Tabby — je dois la recueillir dans un pot recouvert d'une feuille de papier pour l'emmener à l'extérieur !

Tabitha bougea son poids d'une jambe à l'autre et ouvrit la bouche, comme pour dire quelque chose. Puis, elle se passa la main dans les cheveux avec frustration.

Finalement, elle trouva quelque chose dans sa tête qui valait la peine d'être dite, et elle prit une rapide inspiration avant de poser sa question.

— Sais-tu seulement où se trouve Cole ?

— Non, bien sûr que non. Personne n'est au courant, tu le sais bien. Il est entré dans la clandestinité après que j'aie…

La voix de Lily s'estompa.

— Incendié son manoir ?

Lily lui décocha un regard sévère.

— Oui, dit-elle, la mâchoire fermement serrée. C'est ça.

— Ah, ah ! fit Tabitha en posant ses mains sur ses hanches. Alors, s'il se cache, qu'est-ce que ça peut bien faire que les gens le croient innocent ou non ?

Lily poussa un soupir de frustration.

— Je te le jure, tu es parfois aussi pire que ton frère.

À ces mots, Tabitha écarquilla les yeux et sembla réellement offensée.

— Quoi ? Que peux-tu bien vouloir insinuer ?

— Il m'a aussi dit de ne pas aller voir le conseil.

Tabitha cligna des yeux.

— Ah oui ?

Lily eut un regard meurtrier.

— Mais que crois-tu ? Non seulement il m'a dit de ne pas y aller, mais il me l'a aussi dit d'une manière condescendante, comme pour bien me faire *prendre conscience* du fait qu'il m'intimait de ne pas y aller, dit-elle en secouant la tête. Comme si j'allais l'écouter.

Daniel était quelqu'un de bien, mais il avait trop perdu dans sa vie, et il avait été forcé de prendre trop de responsabilités trop rapidement. En conséquence, il se comportait parfois comme un véritable trou de cul. Elle l'aimait parce qu'elle voyait ce qu'il y avait de bon en lui; elle le voyait d'ailleurs depuis l'école secondaire. Mais il aurait des surprises s'il croyait qu'il pouvait jouer son jeu de grand méchant flic avec elle.

— Bien sûr que oui! réitéra Tabitha, changeant de tactique. Il s'inquiète pour toi, lui aussi!

— Franchement, Tabitha, je ne vois pas le problème. Je vais juste me rendre au quartier général et demander à parler au chef pour pouvoir lui dire ce que je sais sur le passé de Cole et tenter d'obtenir qu'il soit exonéré des crimes qu'il n'a pas commis. En quoi est-ce si mal?

— Eh bien, d'abord, Lil, tu seras la toute première femme à te rendre devant le conseil, rétorqua Tabitha.

Lily, qui pliait et rangeait des chaussettes sur les côtés de sa valise, se redressa.

— Sérieusement?

Tabitha hocha la tête une fois et se croisa les bras sur la poitrine.

— La *toute première*?

— Oui, m'dame, répondit Tabitha, semblant fière d'elle-même.

Lily plissa les yeux. Elle inclina légèrement la tête et posa à son tour les mains sur ses hanches.

— Holà, Tabitha. Ne crois-tu pas que c'est un peu, hum… comment dire?

Elle fit semblant de chercher le bon mot. Ses lèvres roses charnues firent ensuite un sourire sec et légèrement amer.

— *Puritain ?*

Le mot recelait de dégoût.

Tabitha cligna des yeux, puis elle rougit et laissa redescendre ses bras de chaque côté d'elle.

— Eh bien, à vrai dire, tu n'es pas exactement comme les autres latentes, tu sais.

— Vraiment ? Raconte.

— Aucune autre latente n'a de dons comme les tiens. Aucune autre louve transformée ne peut voir comme toi des aperçus de l'avenir ou revoir des moments du passé, Lily. Tu es différente.

Tabitha avait raison sur ce point. Depuis le moment où Daniel avait laissé sa marque sur son bras, Lily avait eu des rêves et des visions, faute d'un meilleur terme, à propos des gens. Le tout avait commencé avec ses rêves sur Malcolm à l'époque de Dachau. Ce n'étaient pas que de simples rêves ; il s'agissait d'aperçus du passé — du passé *de Cole* —, et ils avaient été très révélateurs.

Lily voyait maintenant des extraits du passé de beaucoup de gens. Au cours des deux semaines écoulées depuis que Daniel et ses hommes l'avaient sauvée des griffes de Jennings, Lily, telle une voyante, avait pu prédire des scènes à venir dans la vie de trois personnes. Ça touchait parfois des loups-garous. Elle avait réussi à prévenir une adolescente de ne pas se servir du camion à quatre roues motrices de son père, car si elle l'avait fait, le véhicule se serait renversé sur elle et l'aurait écrasée.

Cette nuit-là, il y avait eu un orage, et les forces policières de Daniel avaient répondu à de nombreux appels de camions renversés dans le secteur que Lily avait vu dans ses visions. L'adolescente ne comptait pas parmi les blessés, car elle avait tenu compte de l'avertissement de Lily et était restée chez elle.

Lily avait aussi réussi à sauver un garçon loup-garou de blessures qui auraient pu lui laisser des cicatrices lorsqu'elle l'avait aperçu dans une vision en train d'essayer d'allumer un barbecue par lui-même alors que ses parents étaient absents.

Ses visions lui venaient la plupart du temps dans ses rêves. Cependant, de temps à autre, elles lui apparaissaient spontanément en tête, et Lily devait alors faire bien attention pour ne pas se retrouver dans le décor au volant de sa voiture ou ne pas tomber de sa moto.

— Tu as raison, Tabitha, acquiesça calmement Lily en se remettant à faire sa valise. Mais même si je pardonne aux louves-garous qui m'ont précédée d'avoir su « se tenir à leur place », d'avoir gardé le silence et mis consciencieusement au monde des louveteaux pour assurer la survie de la race des loups, je marquerai peut-être le début d'une nouvelle ère, Tabby. Le moment est peut-être venu pour les latentes d'être plus que des *latentes*. Les temps changent, dit-elle à son amie en lui décochant un sévère regard éloquent. Tu l'as toi-même dit.

Tabitha n'eut rien à rétorquer. Elle se rendit compte trop tard qu'elle s'était acculée dans un coin.

Lily s'en rendit compte elle aussi, mais elle était assez mature pour ne pas tourner le fer dans la plaie.

— Le moment que l'une d'entre nous, les louves transformées, se lève et prenne sa place est venu, continua Lily. Et quelle meilleure raison que de défendre une *bonne* personne de gens qui la croient *mauvaise* ?

— Malcolm Cole peut prendre soin de lui-même, Lily.

— Peut-être. Et peut-être pas. De toute manière, je vais faire ce qui est bien à mon sens, car sinon, je ne pourrai plus

me regarder dans le miroir, déclara Lily en fermant la fermeture éclair de sa valise. Eh bien, voilà. Ai-je oublié quelque
chose?

— Seulement James, répondit doucement Tabitha.

Le regard de Lily se posa sur elle. Elle reconnut le léger
rougissement qui était apparu aux joues de son amie et l'air
vague qui ressemblait à de l'envie dans les yeux noisette de
Tabitha.

— Hum. Tu l'aimes vraiment, n'est-ce pas?

Tabitha leva les yeux, et rougit davantage. Finalement,
elle soupira.

— Disons simplement que même si je suis reconnaissante parce qu'il prend soin de toi et te garde en sûreté, je
préférerais qu'il n'y aille pas.

Lily sourit.

— S'il va te manquer autant, pourquoi ne viens-tu pas
avec moi?

— Je dois travailler, Lily. Je ne crois pas pouvoir trouver
une personne qui accepterait de me remplacer assez longtemps pour que je te suive pendant que tu joues les Jeanne
d'Arc contre une armée de vieux loups-garous.

Lily s'arrêta un instant. Elle souleva la valise de la table
basse, et elle fronça les sourcils.

— Ces loups-garous sont-ils *vraiment* si vieux? Tout le
monde parle tout le temps de l'âge vénérable des membres du
conseil, mais je croyais que les loups ne vieillissaient qu'un
peu moins vite que les humains; pas qu'ils étaient… *immortels*, ou quelque chose comme ça.

— Ils ne sont pas immortels, répondit Tabitha en
secouant la tête avant de retrousser les lèvres. Enfin, pas
que je sache, en tout cas. Mais certains vieillissent vraiment

lentement. Cole, par exemple, semble vieillir trois ou quatre fois moins vite qu'un humain normal. C'est à peu près pareil pour James. Et j'ai entendu dire que quelques-uns des anciens membres du conseil méritent vraiment leur titre d'ancien.

Lily réfléchit un instant, et elle soupira. Elle contourna la table, valise en main, et elle prit les clés de la voiture à côté de la lampe dans le couloir.

— Eh bien, espérons que ces vieillards ne vont pas mourir à la vue d'une louve transformée, toujours dans la vingtaine, qui a des visions et qui vient défendre Malcolm Cole, le tueur en série.

Tabitha cligna des yeux et se précipita vers Lily, qui ouvrait la porte avant, laissant pénétrer un grand pan de lumière du midi.

— Oui, murmura-t-elle, secouant la tête tout en suivant les pas de son amie. Espérons-le.

Deux ans plus tard…

— Ton rejeton te réclame, dit Lily en poussant faiblement l'homme endormi à ses côtés.

Il marmonna quelque chose dans son oreiller avant de se tourner vers elle.

— Non, chère. C'est *toi* qu'il réclame, lui dit-il de sa voix traînante typique du sud qui lui faisait toujours autant effet.

Elle ouvrit ses yeux dorés et constata qu'il la fixait. Le noir de ses pupilles empiétait sur le bleu de son regard. Elle reconnaissait cet air. Daniel était aussi insatiable que son enfant.

— Tu es de toute évidence *éveillé*, lui dit-elle. Va donc lui donner son lait.

— William est comme son père, dit Daniel, montrant ses crocs. Seul un sein saura le satisfaire.

Lily plissa les yeux et s'appuya sur un coude.

— Ah?

Il n'en fallait pas plus pour qu'elle se retrouve sur le dos, Daniel sur elle, ses fortes mains immobilisant les poignets de sa compagne sur le lit de chaque côté de sa tête.

Lily le regarda esquisser son sourire rapace pendant qu'il appuyait son membre durci de désir contre le mince tissu de sa robe de nuit.

— T'es pas sérieux, lui dit-elle, essayant de ne pas le laisser remarquer qu'elle était déjà mouillée sous son regard affamé.

La dernière chose dont il avait besoin était de se faire confirmer qu'il l'allumait.

Il avait toujours été un peu plus présomptueux que confiant. Au cours de la dernière année, ils avaient beaucoup travaillé sur leur relation de couple, et il avait réussi, par égard pour elle, à amoindrir certaines de ses rudes manières. Tout de même, il se comportait encore parfois comme un con arrogant.

— Et pourquoi pas, chère? demanda-t-il.

— Il pleure. Ne l'entends-tu pas?

— Je l'entends parfaitement, ma chérie. J'ai une très bonne ouïe, tu t'en souviens?

— Donc, tu vas simplement l'ignorer? demanda-t-elle.

— Je suis jaloux, lui avoua-t-il avec impassibilité, ses yeux s'assombrissant un peu plus, son regard luisant comme celui d'un prédateur. Il peut t'avoir au gré de ses désirs.

Lily leva les yeux au ciel. C'était un con arrogant et *immature*. Si elle n'était pas parvenue à découvrir et à aimer le vrai homme au cœur tendre se cachant derrière ce super loup alpha, elle aurait depuis des mois jeté sa magnifique bague de mariage dans les toilettes.

— Descends de moi, Daniel. Il y a du lait dans le congélateur. Tu sais quoi faire.

— Tu me donneras quoi en retour, chère ?

Une idée surgit dans la tête de Lily, accompagnée d'une vague d'excitation dans tout son corps.

— Beaucoup, dit-elle doucement.

Il haussa les sourcils.

— Ah oui ? Dis toujours.

— Descends d'abord de moi, et je te le montrerai ensuite, dit-elle dans un sourire gêné tout en faisant exprès de passer sa langue sur le bout de ses dents. Je te le promets.

Daniel s'enleva de sur elle à la vitesse de l'éclair. Il se mit debout à côté du lit et attendit pendant qu'elle se déplaçait sur le matelas vers son côté pour se redresser à genoux devant lui. Comme toujours, elle était encore émerveillée de constater à quel point il était beau malgré sa rapacité impénitente. Au milieu de la nuit, même s'ils ne dormaient pratiquement plus tous les deux depuis trois mois, il était toujours aussi magnifique qu'un ange tombé du ciel.

Elle se pencha contre lui et l'embrassa sur les lèvres. Il lui serra immédiatement les cheveux d'une main et la retint solidement en l'embrassant lui-même plus fort. Elle sentait qu'il voulait commencer à l'inonder d'un plaisir mortel par la puissance de sa bouche, et elle sut exactement quand mettre fin au baiser.

Elle se recula et agita le doigt vers lui pour le réprimander.

Il avait un regard d'animal en rut.

Lily sourit alors.

Dans un geste fluide, elle recula un bras, puis projeta son poing vers l'avant, frappant le côté du visage de son compagnon. Sa tête fut projetée de côté, et il recula en titubant jusqu'au mur.

Lily posa les mains sur ses hanches et hocha la tête d'approbation.

— Wow. Tabby avait raison. Un coup de poing de louve-garou est *beaucoup* plus satisfaisant.

Elle n'arrivait pas à croire qu'elle n'y avait pas pensé plus tôt. La venue d'un enfant contribuait vraiment à éclaircir les *pensées*.

Daniel se redressa lentement contre le mur, sa main gauche frottant délicatement sa mâchoire endolorie. Ses yeux étaient maintenant complètement noirs, et son sourire n'avait disparu qu'une seconde avant de réapparaître, encore plus vilain.

— D'accord, chère, reconnut-il, d'une voix basse et sombre. Je suppose que tu me devais bien ça.

— Et comment! Maintenant, va nourrir ton fils.

Daniel laissa tomber sa main et soupira en secouant la tête.

— Oh, et je veux du café Starbucks demain matin, ajouta Lily en se recouchant sur le lit, remontant les couvertures sur elle. Mais pas avant dix heures, termina-t-elle avant de se tourner pour lui présenter son dos.

Derrière elle, elle entendit Daniel rigoler et finalement quitter la pièce.

Lentement, Lily Kane retomba dans les bras de Morphée. Elle s'aperçut immédiatement qu'elle commençait à rêver, et prise d'un calme satisfait, elle se laissa flotter à l'intérieur de ce tunnel flou qui la transportait dans un autre espace-temps.

Puis, son nouvel environnement se mit peu à peu à prendre forme, et Lily commença à observer les lieux où elle se trouvait dans son rêve. C'était relativement sombre… une sorte de boîte de nuit.

Un groupe de musiciens jouait sur une scène. Lily attendit que le son se fasse entendre dans son subconscient, et lorsque ce fut fait, elle sentit les tambours battre au rythme de son cœur. La joueuse de batterie, vêtue d'une camisole, tapait sur la peau de ses tambours tout en secouant ses longs cheveux blond roux, qui retombaient sur ses épaules d'un blanc crémeux, alors que le chanteur faisait le *crooner* devant une salle pleine.

Les yeux de Lily parcoururent la foule. Dans un coin, dissimulée dans l'ombre, se tenait une grande silhouette dont les yeux verts et durs fixaient la joueuse de batterie.

Lily reconnut ces yeux vert jade. C'étaient ceux de Cole.

Elle fronça les sourcils de confusion ; pourquoi rêvait-elle de nouveau à lui après tout ce temps ? Mais quelque chose d'autre dans son rêve attira son attention, et elle se tourna pour voir une deuxième silhouette floue entrer dans le bar.

C'était un homme grand et bien bâti, et Lily se demanda s'il était lui aussi loup-garou. Ses cheveux blonds, qui lui arrivaient aux épaules, étaient retenus par une lanière de cuir. Ses yeux bruns parcoururent la salle.

Puis, ils se posèrent sur la joueuse de batterie.

Lily l'observa fixer avidement la femme sur scène, et elle sentit la peur grandir à l'intérieur de son ventre. Les mots du chanteur firent écho dans le fin fond de son âme.

— *C'est un chasseur venu réclamer son prix. Lily, soustrais l'héroïne aux yeux méfiants de cet homme…*

C'était une vision. Et la femme dans son rêve avait besoin de son aide.

NE MANQUEZ PAS LA SUITE

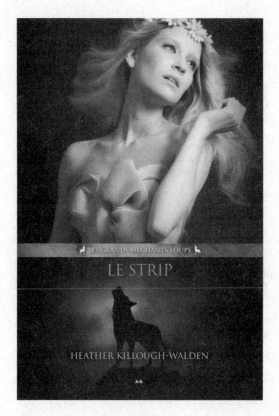

TOME 2

CHAPITRE UN

MISE À L'AVEUGLE

— Eh bien, tout semble parfait. Fait dans les règles de l'art, lie les deux parties, etc., soupira Jessie. Le Nevada…

Il secoua la tête et referma la chemise qui contenait les documents juridiques. Il leva les yeux vers la femme assise en face de lui.

— Ma chère, tu ne reverras jamais un de mes frères au Nevada.

Claire le dévisagea un moment d'un air indéchiffrable, puis une lueur apparut dans ses yeux, et elle lui décocha un sourire je-m'en-foutiste.

— Ça va, Jess. Vous êtes tous pareils, dit-elle, lui faisant un geste de main dédaigneux avant d'avaler une gorgée de bière. Lorsqu'on a vu un frère, on les a tous vus, termina-t-elle en baissant le ton d'une octave, le défiant de ses yeux bleus et froids.

Jessie sentit son cœur accélérer, et une chaleur envahit sa bite. Il connaissait ce regard. Il soupçonnait qu'elle était d'humeur à se battre. Quelque chose la tourmentait ; il l'avait senti dès qu'il était allé la chercher au studio, ainsi que les autres musiciens du groupe. Ils lui avaient demandé de jeter un coup d'œil à certains documents — une offre de contrat de la part d'une personne de l'extérieur de la ville.

Claire s'était montrée trop silencieuse. C'était un signe chez elle qui ne mentait pas. Et apparemment, il avait raison. Elle cherchait un exutoire quelconque. Elle avait envie de se soulager, et comme toujours, il était heureux d'être à sa disposition.

Il attendit un moment, s'imprégnant de ce regard défiant, puis il haussa paresseusement les sourcils, lui signifiant qu'il relevait l'invitation. Il s'inclina au-dessus de ses gros bras musclés, qu'il avait croisés sur le bord de la table, et il la cloua sur place de ses yeux qu'il savait passionnés.

Claire St. James releva bravement les épaules, repoussant de son adorable visage une longue mèche de cheveux blond vénitien ondulés. Elle lui rendit son regard.

Le jean de Jessie commençait à être serré au niveau de l'entrejambe. Claire était si jolie lorsqu'elle affichait cet air. Elle était si magnifique lorsqu'elle faisait semblant de ne pas être sur le point de succomber. Il résista à l'envie de sourire.

— Eh bien, ma fille, dit-il en secouant la tête tout en la fixant de ses yeux ambre. Penses-tu vraiment ce que tu viens de dire?

L'air sembla s'alourdir et s'électriser autour d'eux.

— Plutôt, oui, P. Diddy, lui répondit-elle en plissant ses yeux d'un bleu métallique.

Assise à côté de Jessie, une jeune femme dont les cheveux noirs lui arrivaient aux épaules soupira et secoua la tête. Elle leva ensuite les yeux au ciel et finit de boire sa bière, puis elle en sortit une autre, fraîche, du seau à glace sur la table, et elle recula sa chaise.

— V'là notre signal, marmonna-t-elle.

Mary Jane avait déjà assisté à ce genre d'échange entre Claire et lui. Jessie n'avait pas besoin de lui dire quoi que ce soit. Il garda son regard fermement fixé sur son trophée aux yeux bleus.

Les deux autres personnes à la table étaient les hommes du groupe de quatre musiciens dirigé par Claire. L'un, le plus jeune membre du groupe, était bien bâti pour ses vingt-sept ans. Il avait les yeux bleu-gris et les cheveux blonds rasés en brosse. L'autre était légèrement plus grand, les cheveux brun-roux coiffés en *dreadlocks*. Ses mèches de cheveux cordés contrastaient plutôt fortement avec ses yeux noisette parsemés de points dorés. Les deux hommes se levèrent dans une attitude désinvolte, imitant M.J., et ils se prirent aussi chacun simultanément une bière fraîche. Les sourires réprimés sur leurs beaux visages témoignaient du fait qu'ils comprenaient fort bien ce qui allait suivre. Ils étaient probablement désolés de ne pas y participer.

M.J. se pencha jusqu'à ce que ses lèvres rouges charnues ne soient plus qu'à un souffle de l'oreille de Claire. Ce geste dégageait quelque chose de manifestement érotique, comme tout ce qui touchait la fameuse M.J., et Jessie commença à se sentir impatient. Affamé.

— Essayez de ne pas vous entre-tuer, Charlie, chuchota Mary Jane. Scott joue tôt demain soir, et nous n'avons pas le temps de trouver de nouveau batteur.

Jessie vit Claire sourire sans répondre. Celle-ci fit un signe d'au revoir à ses copains sans détacher ses yeux de Jessie.

Mary Jane et les deux hommes quittèrent la pièce sans un autre mot.

Jessie Graves attendit que la porte d'entrée s'ouvre et se referme avant de déplier les bras et d'appuyer ses paumes sur la table. Il se leva lentement en observant le regard de Claire aller de son visage à sa large poitrine, puis de ses bras puissants à sa taille fine.

Il vit une lueur d'anticipation nerveuse traverser ses beaux yeux. Présente un instant, disparue l'instant d'après. Claire avait un talent pour dissimuler ce genre de réaction. Mais il avait, lui, un talent pour lire en elle.

— Alors comme ça, une petite Blanche entre chez un Noir, et elle se montre irrespectueuse? dit-il, le ton bas et faussement calme alors qu'il commençait à contourner la table qui les séparait l'un de l'autre. Tu ne crois pas vraiment qu'il puisse le tolérer, n'est-ce pas?

Claire commença à se lever à son tour. Jessie observa chez cette dernière chacun de ses muscles se tendre, remarquant son corps agile et puissant passer sans effort en mode de combat.

— Oh, allons, Jessie, le taquina-t-elle doucement en inclinant la tête. As-tu vraiment le temps de t'attarder à ces petits détails, ces temps-ci? dit-elle en souriant, dévoilant ses dents parfaitement blanches. Après tout, n'avez-vous pas un pays à gérer, monsieur le président?

Jessie cligna des yeux. Il aurait franchement voulu rire à cette boutade, mais il réussit à s'en empêcher en se mordant plutôt l'intérieur de la joue. Claire était particulièrement en forme ce soir. Il secoua la tête, à moitié d'émerveillement, à moitié en guise de fausse réprimande.

Il continua d'avancer vers elle, mais elle ne daigna pas bouger d'un poil.

— Belle petite salope, tu n'as pas la langue dans ta poche, murmura-t-il lorsqu'il se trouva devant elle.

Elle dut lever les yeux pour croiser son regard, et Jessie sentit quelque chose fondre en lui. Il adorait chaque fois qu'elle levait ainsi les yeux vers lui.

C'était l'une des choses qu'il préférait dans la vie.

Elle allait inspirer pour répliquer à nouveau, mais il se précipita tout de suite vers elle pour enrouler ses bras autour de son corps et poser ses lèvres sur les siennes. Il empoigna ses épais cheveux doux de sa main gauche pendant que sa main droite s'appuyait fermement sur la courbe délicate de son dos, collant le corps de Claire contre le sien.

Elle gémit contre ses lèvres et tenta de le repousser de ses mains sur sa poitrine. Ça faisait partie du jeu. Il était prêt, bien sûr. Il rompit le baiser et resserra son étreinte. Il baissa le regard vers elle avec un sourire rapace et impitoyable.

— Putain, tu joues à *m'allumer*? siffla-t-il sur ses lèvres avant de secouer la tête. Tu t'embarques pour une longue nuit, ma belle.

Ensuite, il recula d'un pas et lui saisit ses deux poignets, utilisant toute la puissance de son corps pour la retourner, avant de lui lever les bras derrière le dos.

Elle eut le souffle coupé par cette attaque. Il savait qu'elle ne s'y attendait pas. Il ne jouait pas franc jeu. Car Claire St. James n'était pas une faible femme. Elle savait se battre, se défendre. Elle voyait un entraîneur quatre fois par semaine à raison de deux heures la visite, et les leçons d'autodéfense apprises étaient efficacement inscrites dans sa tête.

Mais Jessie connaissait Claire depuis des années. Ils étaient de grands amis — ils couchaient aussi ensemble —, et après tout ce temps, il savait d'instinct quand elle désirait davantage que leurs séances d'intimidation amicales habituelles.

C'était justement le cas ce soir-là. Claire se sentait mal dans sa peau. Il s'en rendait compte. Elle avait beau se dissimuler derrière une carapace, l'embrasser goulument, les dents bien acérées, il voyait bien dans ses yeux que ça n'allait pas, et il le sentait dans l'air autour d'elle. Il avait l'intention de l'aider à s'en sortir.

Même si ça devait prendre toute la nuit.

Claire n'avait pas encore appris à se défaire de ce genre d'attaque. Il le savait, car elle le lui avait confié quelques jours auparavant alors qu'ils regardaient ensemble une partie de hockey. Jessie ne comprenait *rien* au hockey; le match lui était complètement égal. Mais il avait attentivement écouté Claire lorsqu'elle lui avait confié qu'elle trouvait frustrant de ne pas pouvoir se défaire de cette prise. Et comme c'était toujours le cas avec les confidences de ce genre, il avait enregistré ce renseignement dans son cerveau pour en tirer profit éventuellement.

Pour l'instant, il prit rudement ses deux poignets dans l'une de ses larges mains, puis il glissa son autre bras autour de son corps et la fit tourner sur elle-même avant de l'attirer contre sa poitrine.

Elle haleta de surprise et ressentit une petite douleur. Cette prise de lutte ne pouvait pas vraiment la blesser — il savait après tout qu'il devait faire attention à ses bras, car elle les utilisait pour jouer de la batterie; c'était son gagne-pain. Mais la prise pouvait assurément faire affreusement mal.

Il écarta les doigts sur son ventre ferme, puis il monta lentement sa main, effleurant ses seins parfaits en progressant vers son cou. Il enroula ses doigts autour de sa mince gorge, qu'il serra juste assez pour s'assurer qu'elle lui obéisse. Elle cessa de se débattre et ferma les yeux. Dépassant Claire d'une tête, il pouvait voir ses longs cils fournis battre contre ses pommettes. Il se servit de sa poigne sur sa gorge pour forcer la jeune femme à appuyer la tête contre son épaule afin qu'il puisse lui chuchoter des mots à l'oreille.

— Tu as maintenant le choix, ma belle, lui dit-il. Tu peux me devancer jusqu'à ma chambre et t'étendre sur mon lit sans faire de scène, proposa-t-il en effleurant son lobe d'oreille de ses dents alors qu'il sentait sa queue durcie se lever dans son jean, ou c'est moi qui t'y traîne, et ça te fera mal. D'une manière ou d'une autre, nous allons tous les deux aboutir dans le lit.

Il sourit intérieurement et lui serra le cou un peu plus, appréciant sa respiration pénible et le gémissement qu'il faisait sortir de sa gorge en l'empoignant de ses doigts.

— Réponds-moi immédiatement, ordonna-t-il en relâchant sa poigne assez longtemps pour qu'elle puisse parler librement. Vas-tu t'y rendre docilement?

Elle se mordit la lèvre, puis hocha la tête.

— Oui, murmura-t-elle.

Il savait qu'elle mentait. C'était le seul moment où elle lui mentait. Là encore, ça faisait partie du jeu. Il lui lâcha lentement les bras et recula d'un pas, attendant qu'elle se retourne. Lorsqu'elle fut face à lui, il reconnut une lueur de défi dans ses yeux bleus, et il se crispa une seconde avant qu'elle ne file. Il la talonna alors qu'elle se sauvait vers le salon. Elle était à peine arrivée dans cette pièce qu'il la saisit par l'arrière du cou et la fit tomber brutalement par terre sur la moquette.

éditions

www.ada-inc.com
info@ada-inc.com

www.facebook.com/EditionsAdA

www.twitter.com/EditionsAdA